逆転泥棒

藤崎翔

双葉文庫

目次

第1章　侵入と再会

2019年7月3日

俺の名前はヨシト。「善人」と書いてヨシトと読む。

そんな名前の俺だけど、ほんの数時間前に刑務所を出たところだ。

これで前科二犯。「名は体を表す」ということわざを真っ向から否定する人生だ。

それにしても、前科二犯というのも不思議な呼び方だ。字面《じづら》をぱっと見ただけなら、二回しか罪を犯していないのだと思う人も多いだろう。でも「前科何犯」というのは、犯した罪の件数ではなく、刑罰を科された回数を表すので、俺は前科二犯だけど、実際に罪を犯した回数は百回を超えている。だって空き巣なんて一回やれば確実に稼げるような仕事じゃないもん。忍び込んだのにめぼしい物がなくて、何も盗《と》らずに帰ることだってざらにある。そんな空振りの住居侵入も含めれば、百回なんて軽く超えてしまうのだ。百回以上も罪を犯したのに前科二犯なんて、百人以上メンバーがいるのにＡＫＢ48と名乗ったり、何時間もテスト勉強をしたのに「全然勉強してないよ〜」と友達に嘘をついたりするのを凌《しの》ぐレベルの過少申告だ。

そんな前科二犯の俺は、前回の刑期が懲役一年三ヶ月で、今回はしっかり二年食らった。合計三年以上の刑務所暮らしのせいで、体もずいぶん痩せた。まあ服役前から痩せてはいたけど、たぶん今が成人して以来最軽量の体重だろう。

それでも、太っているよりはずっと健康的だし、以前は好きだった酒や煙草も、今は体が全然欲していない。あんなものは一度強制的に絶たれてしまえば金がかかるだけだと気付く。俺は長生きしてしまうのかもしれない。ちっともしたくないのに。

で、出所したからといって、身元引受人がいるわけではない。いれば仮釈放も通ったかもしれないけど、俺にはいないから仮釈放の申請もしなかった。満期で出て、何のあてもなく娑婆《しゃば》に放り出されるだけ。

となると結局、頼れるのは昔の仲間だけだ。

電車を何本も乗り継ぎ、最後はＪＲ中央総武《ちゅうおうそうぶ》線の各駅停車に乗って、東中野《ひがしなかの》にやってきた。捕まってはいないだろうと思っていたけど、もしかすると引っ越してはいるかもしれない。今も住んでてくれよ、と願いながらなじみのアパートまで歩いた。二年間のお勤めを挟んでも、道順は忘れていなかった。

足音がガンガンと響く外階段を上り、二〇一号室の前に来たところでホッとした。ドアに貼られた招き猫のシールと、中から聞こえるテレビの音が、スーさんの健在ぶりを物語っている。「ピンポーン」の「ポーン」の音だけ鳴るドアチャイムを押すと、1DKで家賃がたしか六万円の部屋の中から、ゴソゴソと物音がした。そして、白髪交じりの短髪の無精髭が顔を出した。

「おおっ、久しぶりじゃねえか」

スーさんは、一本欠けた前歯を見せて笑った。二年前と少しも変わらない顔だ。

「本日、こっちの世界に戻ってきました」俺はおどけて敬礼した。

「ああ、今日だったのか。……痩せたな」

「元々痩せてるけどね」

「そうだな。まあ入れ」

そんなやりとりだけで、俺を招き入れてくれた。このおおらかさも二年前と同じだ。

「しばらくはここにいるんだろ？」スーさんが尋ねてきた。

「ああ、悪い、また世話になっていいかな」

「おお、好きにしろ。まあ、ちょっとぐらい家賃は入れてもらいたいけどな」

当面の寝床も確保できた。俺は「ありがとう、マジで助かる」と心から感謝した。

「いや〜、しかし今日が出所だったか。もし明日だったら俺はいなかったから、危ないところだったな」スーさんが言った。

「え、明日何かあるの？」

「ああ、実はちょっと、明日から出かけるんだ」

スーさんは、どこか浮かれた様子で答えた後、ふと思い付いたように提案してきた。

「そうだ、まだ昼間だけど、出所祝いの酒盛りでもするか？」

「う〜ん、いいや」俺は断った。

「そうか、残念だな。お前の昔話が聞きたかったのに」

「昔話？」

「酔っ払って親とかダチの悪口言ったり、昔の女を懐かしんでたの、覚えてねえか」

「えっ、俺そんなこと喋ってた？」

本当はうっすら覚えているけど、全然覚えていないふりをして俺は首を傾げた。

「じゃあ、ますます飲まないよ」

「ハハハ、そりゃ残念だ」

スーさんがまた欠けた前歯を見せた。二年のブランクを感じさせない、他愛もない会話だ。

俺は、前回の出所後もスーさんを頼ったし、今回も頼れるのはスーさんしかいないと思っていた。でも、正式に身元引受人になってもらうわけにはいかなかった。

なぜなら、スーさんも現役の空き巣だからだ。

スーさんは表の仕事もしているけど、裏稼業の空き巣を人生の半分以上、俺の人生と同じぐらいの年数続けている。でも刑務所には、駆け出しだった約三十年前に一度入っただけ。それ以降は無敗記録を継続している。というのもスーさんは、被害に遭ったことを被害者に気付かせもしない、腕利きの泥棒なのだ。痕跡を残さず侵入し、住人が気付かない程度の金品を盗んで去って行く。表稼業のフリーターの収入と合わせれば、それで十分食っていけるらしい。俺もその境地に達したいけど、すでにスーさんより多い前科二犯になってしまったし、仕事の技術が足元にも及ばないから難しいだろう。

「じゃあ、酒は一人で飲むとするかな、でもさすがにまだ早いかなあ」

スーさんは独り言の後、吉幾三の『酒よ』を口ずさみ始めた。機嫌がよさそうだったので、俺はさっそく尋ねてみた。

「ところでスーさん、仕事ある？」

「ん……仕事ってのは？」

「これだよ」

俺は、人差し指をかぎ形に曲げてみせる。するとスーさんは、呆れたように笑った。

「ふん、やっぱり懲りてねえか」

「そりゃ、今さらまともに就職なんてあきらめてるよ。たしか窃盗犯は半分以上が再犯してるんだろ？　俺も多数決に従うよ」俺は冗談めかして言った。

すると、スーさんは笑い返した後「そうだそうだ」と思い出したように言った。

「実は一件、期間限定のいい仕事があるんだ」

「期間限定？」

「ああ。表の仕事の出先で、たまたま見つけてな。仕事帰りにちょっと下見したら、ずいぶんよさそうな現場だったんだけど、俺はちょっと用事があったから、このまま捨てるしかないと思ってたんだ。ちょうどよかったよ」

スーさんは俺の肩をぽんと叩くと、「まあ座れ」と座布団を出してくれた。そして、座卓を挟んで俺と向き合って座り、詳しく語り始めた。

「現場は、新築の一戸建てだ。住んでるのは若い女だが、同居人がいるかは分からない。で、実はこの家、隣のビルの塗装工事の間だけ、工事の足場から二階のベランダに移れそうなんだ。家の側はもう塗り終わったみたいで、メッシュシートが外してある。メッシュシートは隙間なく張ると、風を受けて足場を倒しちまうことがあるからな。最初に隣の家の側を塗って、風を逃がすためにシートを外したんだろう」

スーさんは、表の職業も色々経験していて、建築現場などにも非常に詳しい。空き巣さえやっていなければ、誰からも尊敬されていいほど広範な知識の持ち主だ。

「それで、家の二階のベランダの窓が、今は網戸にしてあるみたいなんだ。住人の女が外出するところを見たら、一階はちゃんと施錠してたけど、二階は網戸のままだった。家のグレードからして、冷房代をケチる必要があるとは思えねえが、田舎者の成金ほど貧乏性だったりするからな。そのせいで空き巣に入られたんじゃ話にならねえけどな」

スーさんは、ターゲットに対して毒づきながら話を続ける。

「隣のビルの塗装工事の工期を見てみたら、あさってまでだった。でも明日の天気予報は雨。外壁塗装は雨じゃできねえから、明日は工事中止だ。まさに恵みの雨だよ」スーさんはにやりと笑う。「やるなら明日しかないと踏んでる。何日か下見した感じだと、女は夕方の四時頃に家を出て、買い物に行くのが日課らしい。ガキの声も聞こえなかったし、その間は家の中は無人だろう。セコムなんかにも入ってないみたいだし、足場からベランダに跳び移って、盗るもん盗って出て行けば一丁あがりだよ」

スーさんはそこで、座卓の上に積み上がった書類やスポーツ新聞の間から、クリアファイルを引っ張り出した。そこに挟まれた地図のコピーに、赤ペンで印が付けてある。

足立《あだち》区と葛飾《かつしか》区の境辺りだ。

「ここが現場だ。表札は出てない家だったけど、前の道路から写真を一枚撮っておいた。それが、えっと……ああ、これだ」

スーさんは、今度は座卓の上のガラケーを手に取ると、画像を表示させた。そこには二階建ての、真新しいクリーム色の一軒家が写っていた。

「ああ、このガラケー、しばらくお前に貸そうか。俺は普段こっちを使ってるから」

スーさんが、ポケットからスマホを取り出して見せた。

「ありがとう、助かるよ。ちょうど携帯なくて困ってたんだ」

俺はまた感謝して頭を下げた。服役前に持っていたスマホは、料金を引き落としていた口座の残高が底をついて、とっくに契約が切れている。一応手荷物として刑務所に預けてはいたが、もう電源も入らない。

「それじゃ、明日の午後四時までに、作業服を着て隣のビルの足場に入っておいて、女が出かけたのを見計らってからベランダに跳び移ること。落ちるんじゃねえぞ」

スーさんが仕事の手順を確認した。俺は「ありがとう、了解です」とうなずく。

「じゃ、明日使うのは、作業服と傘と、さっきの地図と、あと靴カバーだな……」

スーさんは親切にも、明日の俺のために、押し入れや引き出しを開けて仕事道具を揃えてくれた。と、その作業の途中で、ふと手を止めて言った。

「あれ、こんなのがあった」

スーさんが手にしていたのは、手のひらサイズの細長い物体だった。スーさんが親指で小さな突起を押すと、シャッと音を立てて刃が出てきた。――飛び出しナイフだ。

「まさか使わねえよな？　こんなの使うのは素人《しろうと》だもんな」スーさんが俺に確認する。

「うん、いらない」

俺はうなずいた。というか、スーさんにそんなことを言われて、使うなんて言えるはずがなかった。まあ、住人にナイフを向けた時点で、空き巣から強盗になって罪が重くなるだけだし、被害そのものに気付かれないことを目標とするスーさんや俺の流派では、ナイフなんて必要ないのだ。住人と鉢合わせしそうになったら一目散に逃げる。それが俺たちのやり方だ。

「ナイフなんて、俺も駆け出しの頃は使ってたけど、もう何十年も使ってねえもんな。でも、なんでここにあったんだ。……ああ、この前どうしてもカッターが見つからなくて引っ張り出したんだ。しかもその直後にカッターが見つかってよお。まったく年は取りたくねえよな」

スーさんが、愚痴を言いつつも上機嫌な様子で、ナイフを引き出しの奥にしまった。

「ていうか、本当にありがとう。わざわざご親切に、道具まで用意してくれて」

俺が礼を言うと、スーさんは笑顔で振り返った。

「そりゃ、俺の家なんだから、お前一人じゃ道具の置き場所も分からないだろうがよ」

「まあ、それはそうなんだけど……それにしても、すごい親切だなと思って」

俺は、さっきから密かに抱いていた疑問を口にした。

「だって、こんなよさそうな仕事、本当に俺にくれちゃっていいの？　スーさんが自分で入ることだってできるわけじゃん」

俺への出所祝いだとしても、下見まで済ませてある仕事を丸ごとくれるなんて太っ腹すぎる。スーさんは還暦を過ぎているけど、まだまだ体は衰えていないはずだ。さっきからやけに上機嫌だし、今日のスーさんは、俺に対して過剰なほど優しいような気がしていたのだ。

するとスーさんは、にやりと笑った。

「ふふふ……実は、これにはわけがあるんだよ」

スーさんは、さっきとは別のクリアファイルを、座卓の上から引っ張り出した。そこには、宝くじと新聞の切り抜きが挟まっていた。

「ジャ〜ン。なんと、これが当たったんだよ」

「えっ、マジで⁉」俺は思わず身を乗り出した。

「三等の百万円だ。もう換金したけど、記念にコピーしたんだ。１６９０５７番」

宝くじのコピーと新聞の切り抜きを見比べると、たしかに三等の当選番号が一致していた。

「すげえ！　絶対当たんないと思ってたけど、ついに当たったんだ」

スーさんは、昔からずっと宝くじを買っていた。俺は「どうせ当たらないんだし、金がもったいないだけだろ」と言ってたけど、スーさんは「馬鹿、当てたら一発で回収できるんだよ」と言って聞かなかったのだ。宣言通りの結果を出したスーさんは、満面の笑みで語った。

「この金で、明日からスナックのおねえちゃんと地中海クルーズに行くんだよ。で、昨日まで交通警備のバイトを入れてたんだけど、その現場の近くで、この優良物件を見つけちまってな。普段だったら絶対俺が入ってたけど、隣のビルに足場が組んであるのはあさってまでだ。せっかくの旅行の前にうっかりミスって、サツにパクられたりしたら一生後悔するだろ」

「なるほど、そういうことだったのか」

俺は納得した。さっきスーさんがちらっと「明日から出かける」と言っていたのは、ホステスとの旅行だったのだ。スナック通いも、お気に入りのホステスに本気で熱を上げてしまうのも、スーさんの昔からの習性だ。そんなホステスと地中海クルーズに行けるのなら、やたらと上機嫌なのも合点がいった。

「てなわけで、俺は明日から留守にするからな。間違ってもサツにばれてここに踏み込まれたりするんじゃねえぞ」

「うん、分かった」俺はうなずいた。

「じゃ、明日の仕事の、俺とお前の取り分は、出所祝いも兼ねて四・六にしといてやる」スーさんが笑顔で言った。

「えっ……」

俺は絶句した。宝くじで百万円も当たったのに分け前取るんだ……と思ったけど、スーさんは笑顔を消して、ぎろりと俺を睨みつけた。

「おい、不満だってのか？　俺がしっかり下見して、お前は実行するだけだ。しかも、これから居候させてやろうっていうんだから、本当だったら家賃として半分以上もらってもいいぐらいだ。そこを出所祝いで、お前に六割くれてやろうって言ってんだよ」

もちろん、スーさんは、世話好きで優しい人だけど、金に関しては結構シビアな部分もあるのだ。当面の寝床と携帯電話まで貸してくれる相手に対して、今の俺が逆らえるはずがない。

「……はい、了解です」

俺は苦笑いしながら、ぺこりと頭を下げるしかなかった。

2019年7月4日

翌日は予報通り、朝から断続的な雨だった。スーさんが意気揚々と地中海へ旅立った数時間後、俺はスーさんから借りた作業服を着て、ビニール傘を持ち、その他もろもろの仕事道具を装備してアパートを出発した。

電車を乗り継ぎ、ターゲットの家の最寄りの綾瀬《あやせ》駅で降りる。そういえば神奈川県にも綾瀬市という所があるが、この東京都足立区の綾瀬駅は、都内でも神奈川県とは反対側の北寄りに位置しているし、たぶん関係はないのだろう。この辺の人が都内の南の方でタクシーを拾って「綾瀬まで」とだけ言って眠っちゃうと、「着きましたよ」と神奈川で起こされちゃうかもしれないな……なんてどうでもいいことを考えながら、ターゲットの家を目指して歩く。

平日の昼間に、空き巣狙いの泥棒が怪しまれないように住宅街を歩き回るには、外回りの営業マン風のスーツや、ガテン系の作業服が適している。とはいえ、作業服を着たからといって油断してはいけない。本物の作業員でないことが誰にも見抜かれないように、挙動不審に見えないように気を付けなくてはいけない。

そんな中、スーさんにもらった地図のコピーはちょうどいいアイテムだった。これを持って作業服姿で歩けば、測量などの作業員っぽく見える。俺は、これから空き巣に入る家に印を付けた地図を堂々と見ながら、空き巣じゃないふりをして歩き、十分ほどで目的地に到着した。

周囲の街並みは高級住宅街というほどでもないが、その家は真新しく、造りも頑丈そうで、見るからに金持ちの住まいだった。そしてスーさんの下見通り、隣の四階建てのビルには外壁塗装の足場が組まれていた。もちろん今日の工事は雨で休みだ。家の二階のベランダまで、ビルの足場から跳び移れる距離であること、その面の足場は外側のメッシュシートが外してあることも、表の道路から一目見て分かった。

俺はいったん、近くのコンビニで時間をつぶして、午後三時四十五分に現場の家の前に戻った。そこで、道路の人通りが途絶えたのを見計らって、隣のビルのメッシュシートをめくり、塗装用の足場に侵入した。

だがその時、アクシデントが発生した。思いのほか低い位置に鉄パイプが渡されているのに気付かず、ゴツンと額《ひたい》をぶつけてしまったのだ。

「いっ……！」

痛《い》ってえっ！　と普段だったら思わず叫びたくなるほどの激痛だったが、どうにか声を殺して額を触った。少し腫れていた。たんこぶができてしまったようだ。

俺は額をさすりつつ、ビニール傘をいったん足下に置き、足場の二階へと階段を上った。道路側にはメッシュシートがかかっているので、外から俺の姿は見えづらいはずだ。しゃがんで身を潜めていると、スーさんが下見した通りの午後四時過ぎに、ターゲットの家から住人の女が出てきて、俺が潜むビルとは反対方向へと出かけて行くのが見えた。後ろ姿しか見えなかったが、スレンダーな若い女のようだった。

さて、いよいよ作戦決行だ。俺は静かに足場を歩く。足場の二階は目当てのベランダより少し高い位置に組んである。俺はベランダの正面に立つと、まず持参したタオルで濡れた足下を拭き、それを作業服のポケットに入れてから、表の道路に人の気配がないのを確認した。そして、今度は頭をぶつけないように、頭上の鉄パイプの位置もちゃんと確認した上で、二メートル弱離れたベランダをしっかり見据え、思い切ってぴょんとジャンプした。

よし、成功。見事にベランダに着地した。周りから見えないよう、すぐ腰壁の陰にしゃがむ。多少物音はしたが、家の住人が不在なら誰にも気付かれなかったはずだ。また、雨だから少し不安だったけど、ベランダの窓は数センチ開けられて網戸になっていた。

そのままじっと耳をすませる。物音はない。やはりこの家は今、無人のようだ。

窓から侵入する前に、靴カバーを作業服のポケットから取り出し、靴にかぶせる。靴のまま入れば足跡がつく。でも靴を脱げば、住人が帰ってきてしまった時に逃げるのに時間がかかる。双方の欠点を補うのが、百円ショップで売られているこの靴カバーだ。本来は、靴を雨や泥から守るための便利グッズなのだが、今では泥の側にとっても便利グッズとして重宝されているのだ。——うん、これはうまいこと言ったな。なかなかの泥棒小咄《こばなし》だ。

そんな余談を脳内で挟みつつ、俺は靴カバーを装着し、ポケットから手袋を取り出して両手にはめた。そして、しゃがんだままそっと網戸を開け、いよいよ家に侵入した。

ベランダに面した部屋は、金持ちの割には殺風景な、ベッドとパソコンと椅子と机という、女子学生の勉強部屋のようなレイアウトだった。だが、その机の引き出しを開けると、さっそくお目当てのものが見つかった。

赤い長財布。中を見ると、なんと一万円札が二十二枚も入っていた。実に幸先のいいスタートだ。とりあえず十枚いただくことにした。

ここで欲をかいて全額盗ったりしてはいけない。さすがに通報される恐れがある。しかし、財布に二十二万円も入っているような経済力の持ち主なら、それが十二万円になっていたからって、ただちに「盗まれた、通報しよう」とは思わないのではないか。「ん、この前ATMでもうちょっと下ろした気がするけど……まあいいや」ぐらいにしか思わないはずだ。

これは予想以上に羽振りがいい家のようだ。俺は十万円をポケットに入れ、掃除の行き届いた廊下を通り、隣の部屋に移動した。黒いシックな木製のドアを開けると、すぐ正面に、高そうなスーツやネクタイが掛かったハンガーラックがあった。

そして壁際の棚に、さらなるお宝を発見した。腕時計のコレクションだ。

男物の時計が十六個ある。俺は目利きは全然できないけど、どれも高級そうだということは分かる。また、並べ方はずいぶん雑然としている。いかにも成金タイプだ。有り余る金で高級腕時計を買い集めてはみたものの、もう飽きているとみた。

俺はその中の三つをポケットに入れた。うち一つはロレックス。目利きのできない俺でもさすがに知っている、高値買取が確実なブランドだ。もっとも、ロレックスは二つしかなかったため、さすがに両方盗ったら通報される可能性が高いと思って、一つにしておいた。

十六個が十三個に減る。これが持ち主に通報されない、うまくすれば気付かれもしないギリギリのラインだと踏んだ。こんな雑に並べているようなコレクターだ。気付いたとしても「あれ、どこか別の場所に置いたかな」程度で済むのではないか。

それにしても、やはりここは相当いい物件だ。何ヶ月か経ったら、もう一回ぐらい狙えるかもしれない。そのためには今回は通報されたくない。とりあえず、現金十万円と腕時計三つ、しかもうち一つがロレックスだから、二十万円ほどの利益は確定と考えていいだろう。ここから先は、よほどの物がない限り、欲をかくべきではない。

俺は階段を下りた。うるさい室内犬でもいれば面倒だったが、幸いそんなこともなかった。念のため持参した犬の餌は使わずに済みそうだ。あとは一階をざっと見て、よほどのお宝がなければ脱出だ。――と思いながらリビングに入ったところで、俺は妙な気分にとらわれた。

なぜだろう。ふと、懐かしいような気分がよぎったのだ。

まあ気のせいだろう。俺はすぐ気持ちを切り替えた。リビングには高そうな大型テレビやソファがあるが、当然盗むには大きすぎる。ＤＶＤプレーヤー、壁掛け時計、ダンベル……目に入った物はどれも盗むには値しない。というかダンベルなんて値段÷重さで最下位レベルなので盗むわけがない。リビングとつながる広いキッチンにも、見たところ金目の物はなかった。

リビングの壁際のクローゼットを開けると、男物のスーツと女物のワンピースが掛かっていた。だが、いくら値打ちがあったとしても着て出て行くわけにはいかないし、そもそも腕時計の目利きもできない俺には服の価値なんて分からない。その後もしばらく一階を見て回ったが、現金十万円と高級腕時計に勝るほどの品は見当たらなかった。

――と、そのさなか、またも俺の心に、妙な懐かしさが湧《わ》き上がった。

もしかして、前にも入ったことがある家なのか？　いや、都内でもこの辺は初めてのはずだぞ……。俺はモヤモヤした気分のまま、リビングを見回した。

そこで、本棚が目に留まった。見覚えのある文字列が、目に飛び込んできた。

「茨城県牛久《うしく》市立大野《おおの》中学校」と「茨城県立竜ケ崎《りゅうがさき》西高等学校」――二冊の卒業アルバムが、そこには並んでいた。

思わず鳥肌が立った。両方とも俺の出身校なのだ。もっとも、高校の方は卒業できなかったのだが。

さらに、その本棚の上に、写真立てが一つ飾ってあった。

今度は、鳥肌どころでは済まなかった。公園らしき木立をバックに微笑む、その女の写真を見て、俺は思わず「えっ」と声を上げた。心臓が止まるかと思うぐらい驚いた。

まさか、こんなことが起こるなんて……。

たしかに俺は、今まで百軒以上の家に空き巣に入ってはいるけど、だからってこんな偶然を引き当ててしまうことがあるのか。

木村マリア――忘れるはずもない。写真に写っているのは、俺の初恋相手だ。

また、俺がさっきから感じていた、妙な懐かしさの原因も分かった。それはにおいだった。部屋にわずかに残ったマリアの体臭だ。――というと不快なにおいのようだが、そうではない。かといって、シャンプーや香水のような人工的な香りでもない。ほんのり甘い香りの中に、ほんの少しだけ汗のにおいが入っているような……そう、俺は小学生の時、初めて彼女に出会った瞬間から、この香りに異国を感じていたのだ。彼女は母親がフィリピン出身だった。「名前がカタカナってありえなくない？　せめて漢字にしてほしかったわ」と何度も言っていたのを覚えている。

ということは、さっき出かけていった女が、マリアだったということか――。

とりあえず、こんな豪邸に住んでいるのだから、幸せに暮らしているのだろう。それは素直に喜ばしいと思った。そういえば、この家の下見をしたスーさんが、網戸のまま出かけたマリアについて「冷房代をケチる必要があるとは思えねえが、田舎者の成金ほど貧乏性だったりするからな」なんて評していたが、まさにその通りだ。この家をマリアが建てたのなら、言い方は悪いが、まさに田舎者の成金だろう。茨城から上京して、どんな仕事をしているのか知らないが、相当な稼ぎがないと、二十三区内にこの家は建たないはずだ。それにしても、マリアは東京でバリバリ働いて大金を稼ぐようになったのか。そうかそうか、それはよかった……。

と思いかけて、ふと気付いた。

この家は、本当にマリアが建てたのだろうか。

俺は、マリアが独身だと決めつけて考えていた。無意識に俺の願望を反映していたのだろう。でも冷静に考えて、その可能性はどれほどあるだろうか。——苦い思いが心に広がっていくのを感じながら、俺はポケットの中の腕時計を触った。

腕時計のコレクションは、男物ばかりだった。そもそも、腕時計があった二階の部屋のハンガーには、高そうなスーツやネクタイが掛かっていたし、一階のクローゼットにも男物の服が掛かっていた。ダイニングテーブルの椅子は二つだし、ソファの上のクッションも二つある。一方で子供用の家具やおもちゃは見当たらない。——これはどう考えても、男との二人暮らしだ。今見える範囲にはマリア一人の写真しか置かれていないけど、もっと探せば他にも写真が出てきたりして、同居する男の素性も分かるかもしれない。でも正直、今のマリアに夫や彼氏がいることを知ってしまうのは嫌だ。

だが、そこでまた俺は思い直す。——待てよ。男と一緒に住んでいるからって、夫や彼氏と決まったわけじゃないぞ。そうだ、弟かもしれない。マリアにはケントという弟がいたのだ。それに、今はシェアハウスなんてものが流行《はや》っているとも聞く。刑務所暮らしをしていた俺もそれぐらいの流行はつかんでいる。なんでも、大規模なところでは何十人もの、縁もゆかりもない人間が、風呂や台所やトイレを共同で使いながら一つ屋根の下で生活するらしい。それを初めて聞いた時「それってほぼ刑務所じゃん」と俺は思ったものだが、とにかく恋愛関係じゃなくても男女が同居することが今はありえるのだ。つまりマリアが男と同居しているからって、イコール結婚や同棲とは限らないのだ。そうだそうだ、よかった、安心した……。

なんて一人で考えながら、俺ははっと気付いた。

いったい俺は、さっきからじっと突っ立って何を考えてるんだ。もう盗む物は盗んだんだから、さっさと逃げなきゃ駄目だろ。泥棒が収穫を終えた家に長居してもメリットはない。捕まるリスクしかないのだ。

というか、もしマリアが独身だったとして、俺は何を望んでるんだ？　もう一度会おうというのか？　前科者に成り下がって昨日出所したばかりの俺が、会える身分なのか？　会ったとしてどうなる？　まさか今度こそ恋が成就するとでも思ってるのか？

――と、心の中で自問していた時だった。

玄関の外で足音がした。さらに、ガチャッと鍵が差し込まれる音が聞こえた。

しまった、帰ってきてしまった！　もう、俺の馬鹿！　泥棒が収穫を終えた家に長居しても捕まるリスクしかないのだと、さっき自覚したんだから、その後の自問タイムもまず逃げてからにすべきだったのだ。

それにしても、マリアは思っていたより帰りが早かった。まだ出かけてから十分少々しか経っていないはずだ。雨だから早く帰ってきたのか、それとも忘れ物でもしたのかは分からないが、いくら幼なじみだからって、さすがに留守宅に侵入した状態で「やあ、久しぶり」なんて挨拶してもごまかせるわけがないだろう。

俺はとっさに廊下に出て、手近な扉を開けた。そこはトイレだった。とりあえず扉を閉めて身を潜めていると、玄関のドアを開閉する音が聞こえた。次いで、廊下を通り過ぎていく足音、しばらくして水を流す音がした。水道で手を洗っているのだろう。

その隙に、俺はそっと扉を開け、ビニールの靴カバーがガサガサと音を立てないよう、大股の忍び足を心がけながら玄関まで移動する。

だがそこで、床に置かれたスリッパラックに脚をぶつけてしまった。カタンと音が鳴り、脛《すね》に痛みが走る。ああっ、結構痛い。額を鉄パイプにぶつけたのに続き、本日二度目の激突だ。

でも不幸中の幸い、脛をぶつけた音の大きさは、手を洗う水音にかき消される程度だったようだ。水音は止まらず、また足音がこちらに向かってくるようなこともなかった。

俺は痛みをこらえつつ忍び足で玄関に下りると、外に人がいないことをドアの覗き窓で確認し、音を立てないように鍵を開け、ドアを静かに閉めて外に出た。内心ドキドキしていたが、まったく不審者ではございませんよ、という堂々とした態度で道路に下りて手袋を外し、人目がないのを確認してから隣のビルの塗装用の足場に入り、犯行前に置いたビニール傘を回収して歩いた。雨はほぼ止んでいたが、まだ水溜まりは多いから、ビニール製の靴カバーは外さなくても不自然ではないだろう。

しばらくして、スリッパラックにぶつけた脛の痛みも引いてきた。さすがに鉄パイプにぶつけた額よりは軽症だったようだ。早歩きしながら、不自然にならないように後ろを振り向き、辺りを見回す。追っ手もいないし、通行人に不審な目で見られている様子もなかった。

ふう、どうにか助かった。それにしても、まさかこんなことが起こるとは——。犯行が一段落したところで、安堵の気持ちとともに、再び驚きがよみがえってきた。大野中学校と竜ケ崎西高校の卒業アルバム、そしてあの顔写真。あの家の住人はマリアだったのだ。まさか初恋相手の家に忍び込んでしまうなんて……。

と、しばらく考えていたが、時間が経って冷静になるにつれ、疑問が湧いてきた。

待てよ。あれは本当にマリアだったのか？

もしかすると、他人の空似かもしれない。そもそもマリアの顔を最後に見たのは、もう十何年も前だ。俺だって三十を過ぎて、十代の頃とはかなり見た目が変わっているはずだ。マリアだって同じだろう。あの写真は、高校時代のマリアとよく似た別人の写真だっただけで、現在のマリアはもう全然違う姿になっている可能性もあるのだ。それに卒業アルバムだって、あの女と一緒に暮らしている男の物かもしれない。そういえば背表紙に「平成十何年度卒業生」とか書いてあった気がするけど、数字はちゃんと読まなかった。もしかすると、俺たちとは全然違う学年だったかもしれない。

そんなことを思いながら電車に乗り、いったんスーさんのアパートに帰る。そこで作業服からカジュアルな服装に着替え、戦利品の腕時計と、ペーパードライバーでゴールドだったため服役中に更新期限が来なかった運転免許証を持って、腕時計の買取店に行く。作業服のままで高級腕時計を売りに行ったらさすがに怪しまれるし、身分証明書は必須なので、このプロセスは踏まなければいけない。ただ、免許証から前科がばれるようなことはないし、過去の犯行では転売先をほどよく振り分けていたので、この方法で意外にたやすく売却できてしまうのだ。

――約一時間後。店員が俺に、電卓で金額を提示した。

「これぐらいでいかがでしょう」

三十一万七千円。腕時計三つで、箱も保証書も無しでこの金額は、大当たりと言っていい。俺は心の中では大喜びしていた。とはいえ、金はもらえるだけもらいたいので、俺は平静を装って「もう少し上がらない？」とふっかけ、「じゃ端数をおまけします」

と店員が言って、三千円だけ上がって三十二万円になった。

こうして俺は、出所翌日の犯行で、現金十万円と腕時計の売却代金、しめて四十二万円も稼いでしまった。もっとも、スーさんに四割引かれる約束なんだけど、それでも二十五万円ほど手元に残ることになる。それに、獲得額をちょっと少なくスーさんに申告すれば、俺の分け前はもっと増える。まあ、ばれたら追い出されかねないから、あまりやらない方がいいけど。

とにかく、スーさんが帰ってくるまで余裕で生活できるのは確かだろう。気持ちにゆとりが生まれたところで、俺の中に再び熱い感情が湧き上がった。

あの家の住人は、本当にマリアだったのだろうか。それとも、たまたまよく似た顔の、別人だったのだろうか。

もしマリアだったのなら、もう一度会いたい——。

2019年7月5日

翌日の午後。俺は電車を乗り継いで、また犯行現場に向かってしまった。

常識的に考えれば、こんなことは絶対にやるべきではない。まあ、出所翌日から空き巣を働いた、非常識にもほどがある人間が「常識的に考えれば」なんていうのもおかしな話だけど、とにかく犯人が犯行現場に戻るなんてデメリットしかないのだ。

でも俺は、服装を変えて周辺をうろつくだけなら大丈夫だろうと最終的に判断し、作業服ではなくカジュアルな私服で出かけた。もし昨日の犯行が気付かれて通報されていたら、あの家の近くにパトカーや警官の姿が見えるはずだ。それが遠目に見えた段階で、不審に思われないようにそっと引き返し、そのまま駅に戻ればいいのだ。

確かめたいだけだ。あの家に住んでいた女が、本当にマリアだったのかどうか。

あの顔写真。そして大野中学校と竜ケ崎西高校の卒業アルバム。彼女がマリアだと思う根拠は多分にある。でも断定はできない。顔写真は他人の空似で、卒業アルバムはよく見たら学年が全然違った、なんて可能性も排除できない。

俺は昨日と同じ道順を通り、昨日侵入した家の前を訪れた。近くにパトカーが停まっているようなこともなく、何も変わった様子はない。一方、隣のビルはもう足場の解体作業に入っていた。となると、家の前の道をうろついて、作業員の印象に残ってしまうのはよくない。昨日の俺の犯行が何日か経った後で発覚し、警察がこの作業員たちに聞き込みをして「そういえば、犯行当日かどうかは分からないけど、前の道をうろついてる怪しい男がいました」なんて証言をされてしまう恐れもゼロではないのだ。

俺は家の前を通り過ぎ、角を曲がった。昨日の午後四時頃、マリアかもしれない住人の女が歩き去った方向だ。ちょうど今の時刻も、四時少し前だ。

しばらく歩くと、商店街に入った。昨日、マリアかもしれないあの女は、この商店街で買い物をしていたのかもしれない。もしかすると今日もいるかもしれない。ただ、これだけ多くの人が行き交う商店街で、また彼女を見つけるのは難しいような気もする。彼女に会いたいなら、やはり家の前で張り込むのが最も確実だ。でも、そんなことをすれば当然、通行人にも隣のビルの作業員にも怪しまれてしまう。う～ん、どうすればいいか……なんて悩んでいた時だった。

正面から歩いてくる、女の姿が目に入った。

おおっ、間違いない。高校時代のマリアによく似た、あの女だ。

他人の空似かもしれない。ただ、実物を見ると、やっぱりよく似ている。でも、俺だって年を取って、見た目も相当変わっているはずだし、マリアだってすっかり変わっているのかもしれないし……などと改めて考えながら、俺は女をじっと見つめて歩く。女もこちらに向かって歩いてくるので、距離はどんどん縮まっていく。そして、もう少しですれ違うという時だった。

女がぱっとこちらを見た。視線に気付いたのだろう。

俺はとっさに目をそらそうかと思ったが、その時すでに彼女は、こぼれそうなほど目を大きく開いて、俺を見つめていた。

「よしと、くん？」

女が言った。──もう確定だった。

「嘘でしょ……善人君？」

「……マリア？」

俺も、今気付いたような芝居をしながら、約十六年ぶりに彼女の名前を口にした。

「うそ～っ、こんなことってある？」

マリアは目を見開き、口元を押さえて泣き出しそうな顔になった。商店街を歩く通行人が、何事かと怪訝《けげん》な顔でマリアを見て通り過ぎていく。マリアは、その視線に気付いて恥ずかしくなったのか、「すいません」と小声で言って周りに頭を下げながら、俺に近付いてきた。

改めて近くで見ても、マリアは高校時代から変わっていなかった。もちろん大人になっていたが、老けた感じはなかった。むしろ大人になって、より美しくなっていた。

「あの……元気だった？」マリアは潤んだ目で俺に尋ねてきた。

「うん。元気だよ」

「でも……善人君、痩せたね」

「元々痩せてただろ、俺」

「ふふ、そうだったね」

マリアは笑みを浮かべながら、潤んだ目元をそっと拭った。そういえば、先日スーさんともこんなやりとりを交わしたことを思い出した。

「マリアは元気か？」

俺の問いかけに、彼女は「うん」とうなずいてから、聞き返してきた。

「善人君、この辺に住んでるの？」

「いや、あの……」

答えに窮した。無計画なことに、マリアと再会して会話まですることは想定していなかったので、自分のことをどう説明すべきか何も考えずにここまで来てしまっていた。

「俺は……仕事でこの近くまで寄った帰りなんだ」

とっさに取り繕った後、本当は知っていることを尋ねた。

「マリアは、この辺に住んでるの？」

「近く。すぐ近く。うち、すぐ近く！」

マリアは興奮気味に、俺が昨日侵入した家の方向を、繰り返し指差した。

「なんか、日本語が片言の人みたいだぞ」

「そうだね、アハハ」

マリアは笑った。無邪気な笑い声も昔のままだった。

と、そこでマリアが、俺の額を指差して言った。

「ていうか、おでこにたんこぶできてない？」

「えっ……ああ、本当だ、どこかにぶつけちゃったのかな」

俺は額を触り、さも今気付いたようなリアクションをした。昨日足場の鉄パイプにぶつけた額は、今日もまだ少し腫れていた。

「なんか、そのたんこぶ見て、私たちが最初に会った夏休みの日のことを思い出しちゃった。ほら善人君、あの日もおでこにたんこぶ作ってたじゃん」

「えっ……ああ、そうだったな」

少し考えてから思い出した。——そういえば俺は、マリアと初めて出会った日にも、ある男のせいで額を強打して、たんこぶをこしらえてしまったのだ。

「ていうか、そんなこと思い出してたら、泣きそうになってきた……。やばい、超懐かしい」

マリアが笑いながら、そっと目頭を押さえた。

「本当だな。こうやって会うのは、高三の時以来だもんな」

昨日から分かっていたのに、俺はまた、さも今思い返したかのように言った。

「うれしい、マジでうれしい。また会えるなんて」

マリアはそこまで笑顔で言ってから、少しうつむいて笑顔を曇らせた。

「だって……あんな別れ方しちゃったからさ」

「ごめん……あの時は、本当に」

俺は頭を下げて謝った。だが、マリアは首を横に振った。

「ううん、善人君が謝ることじゃないよ。善人君は何も悪いことはしてないもん。後から聞いたけど、いろんな事情があったんだよね？」

「いや……俺が悪いんだよ」

俺は、気まずくうつむくしかなかった。胸によみがえるのは、高校三年生の時の、たまらなく苦い思い出だった。

だがマリアは、気まずい沈黙を振り払うように、また明るく尋ねてきた。

「それで、善人君はどこ住んでるの？」

「ああ、今は……東中野に住んでる」

少し迷ったけど、居候中のアパートの場所を正直に答えた。

「そうなんだ～。あ、結婚とかは？」

「してない。長いこと彼女もいないよ」

「へえ～」

マリアは微笑んでうなずいた。——マリアはどうなんだ、結婚してるのか、と聞きたいのはやまやまだったけど、していると答えられた場合のショックを味わうのが怖くて、その勇気が出なかった。

するとマリアが、思わぬ提案をしてきた。

「ねえ、すぐ近くだし、今からうち来ない？」

「えっ……いいの？　お邪魔しちゃって」

実は昨日もお邪魔してるんですけど、なんてことはもちろん言えない。

「うん。散らかってるけど、よかったら来て」

「ああ……」

そんなことないよ、今まで百軒以上の家に入ったことがあるけど、結構きれいな方だったよ、なんてことは当然言えない。

「じゃあ……お言葉に甘えて」

俺がうなずくと、マリアはうれしそうに、にっこり笑ってくれた。

「おお、すごい立派な家じゃん」

マリアに案内された家の外観を見て、俺は初めて見たかのように感嘆した。

「ああ、うん……」

マリアは謙遜し慣れていない様子で、伏し目がちに笑みを浮かべながら、玄関の鍵を開けて俺を招き入れてくれた。

「じゃ、どうぞ」

「お邪魔しま〜す」

昨日に続いて二度目の訪問だが、玄関から通常経路で入るのは初めてだ。昨日は靴カバーで入ったけど、今日は当然靴を脱いで、スリッパも履いた方がいいかな――なんて思っていた時だった。

「あれっ？　ここにスリッパあるって、よく気付いたね」

マリアが俺の様子を見て、不思議そうに言った。

「あっ……」

俺はすでに、スリッパラックからスリッパを取っていた。昨日、マリアと鉢合わせしそうになって逃げた際、ラックに脛をぶつけたから場所を覚えていたのだ。だが、よく見るとそれは、シューズボックスの陰になって来客からは見えづらい場所にあった。

「……まあ、スリッパって、だいたいこの辺にあるでしょ」

俺はとっさに取り繕ったが、マリアは首を傾げる。

「そうかな？　知り合いの家も、あと実家も、スリッパは靴箱に入れてるけど」

「ああ、いや、あの……」

俺は少し考えてから、その場しのぎの嘘をつく。

「実は俺、住宅関係の仕事をしててね、人の家によく入るんだ。やっぱり、何百軒と他人の家の中を見てるから、いろんな家のパターンがインプットされてるっていうか……。とにかく、ここら辺にスリッパが置いてある家って、結構多いんだよ」

「なるほど、そうなんだ〜」

とりあえずマリアは納得したようだった。だが、すぐに尋ねてきた。

「で、住宅関係のお仕事って、建築士さんとか？」

「いや、建築士ではないんだけど……」

「じゃあ、大工さんとか？」

「ん、いや、その……」

まずい。その場しのぎの嘘に食いつかれてしまった。とっさについた嘘のために、さらなる嘘をつかなければいけなくなっている。まるでどこかの国会の風景のようだ。

「えっと、大工でもないんだけどね……」

迷ったが、住宅関係で、俺がもっともらしく語れる分野といったら一つしかない。

「一応、肩書きは……防犯診断士、みたいな感じかな」

「へえ、そういうお仕事なんだ〜」マリアは笑顔でうなずいた。

「まあ、フリーでやってるんだけどね、今日も仕事の帰りだったんだ」

「なるほど。だからラフな服装なんだね」

マリアは納得した様子だった。ちゃんと計算したわけじゃなかったけど、仕事帰りと言っておきながらカジュアルな服装だったことに対しても、「フリーの防犯診断士」という嘘の肩書きが説得力を与えてくれたようだ。

「あ、大丈夫かな、うちの防犯」

マリアが廊下を歩きながら、ふと心配そうに周りを見回した。

「ああごめん、ここから見ただけじゃ分からないけどね……」俺は曖昧に答える。

「まあ、プロの人にタダで見てもらおうなんて図々しいよね」マリアが笑った。

「いやいや、そんなことはないけど……」

金目の物がゴロゴロあって、隣のビルに泥棒が跳び移れそうな足場が組んであるのに、ベランダの窓を網戸にして出かけちゃダメ——と言ってやりたいけど、もちろんそうもいかない。

「まあ、これだけ立派な家だと、泥棒に狙われやすいっていうのは確かかな」

俺は一応忠告してやった。するとマリアは言った。

「そっか〜。まあ、今まで何もなかったからって、油断しちゃだめだよね」

今まで何もなかった——マリアがそう言っている時点で、昨日の俺の犯行は気付かれていないのだと分かった。とりあえずホッとする。やはり現金も腕時計も、欲をかかずに気付かれない程度だけ盗んだのがよかったのだろう。前回の服役は、このさじ加減を間違えて住人に通報されたことが原因だったので、俺も少しは成長したようだ。

「あ、どうぞ座って」

部屋に入り、マリアにダイニングテーブルの椅子をすすめられた。俺が座るとすぐ、マリアは冷蔵庫に入っていた麦茶をコップに注いで「どうぞ」と出してくれた。

「ああ、どうもありがとう」

俺は麦茶を一口飲んでから、広いリビングを見回して言った。

「ていうか、こんな家を建てるなんて、マリアはずいぶん立派な仕事をしてるんだな」

「いや……私が建てたわけじゃないよ」マリアが首を横に振る。

「え、そうなの？　なんかすごい儲かる仕事でもしてるのかと思ったけど」

「いや、私、今は主婦だから」

「主婦……」

俺の心は、ゴツンと殴られたような衝撃を受けた。

もちろん、このテーブルの椅子も二脚だし、明らかに男物の服や腕時計もあったし、覚悟はしていたことだ。でも、男と住んではいるけど弟もしくはルームメイトで、恋愛関係はないということもありえるんじゃないか——なんて希望はあっけなく潰《つい》えた。

「じゃ、旦那さんがずいぶん成功してるんだな。そりゃよかった」

俺は笑顔を作って、全然ショックなんて受けていない風を装った。

「で、旦那さんはどんな仕事をしてるの？」

俺が尋ねると、マリアは困ったような顔をして、しばらく沈黙した後で言った。

「善人君……何も知らないんだね」

「えっ？」

「地元に帰ったりとか、昔の友達に会ったりとか、あんまりしてないんだね」

「まあ、あんまりっていうか、もう全然してないな」

「そっか……」

マリアは、しばしうつむいた後、言いづらそうに告白した。

「私、お医者さんと結婚したの」

「医者……」俺の心がざわついた。

「そのお医者さんっていうのは、善人君の、よく知ってる人。……ちょっと待ってて」

マリアは、いったん玄関の方に行ってから、両手で四角い物を抱えて戻ってきた。

それは、結婚式のフォトフレームだった。

ウエディングドレス姿のマリアと、タキシード姿の、でっぷり太った眼鏡の男が並んだ写真。そのフォトフレームには、こう刻まれていた。

「Ｈａｐｐｙ Ｗｅｄｄｉｎｇ ＴＡＫＥＳＨＩ♥ＭＡＲＩＡ」

やっぱりそういうことか――。相手が医者と聞いた時点で、予感はしていた。

マリア以上に長い時間を共有してきた、幼なじみであり親友でありライバルでもあった男の顔は、十五年以上の月日で多少変化しようとも、忘れられるはずがなかった。思えば、マリアと初めて会った日に、俺の額にたんこぶができたのも、こいつのせいだったのだ。

俺は、胸が詰まりそうになりながらも、祝福の言葉をかけた。

「へえ……。小学校からの幼なじみ同士で結婚なんて、ロマンチックな話だな。おめでとう」

すると、マリアがふと思い付いたように言った。

「そうだ、この後時間ある？　もしよかったら、主人が仕事終わった後で、久しぶりに三人で……」

「いや、遠慮しとく」

俺はマリアの言葉を遮って、きっぱりと言った。

「悪いけど……俺たちは、再会を喜び合えるような仲じゃないから」

それを聞いて、マリアは悲しそうにうつむいた。でも、事実だからしょうがない。

「マリアが幸せそうでよかったよ。……じゃあ、達者でな」

俺は、精一杯強がって立ち上がり、リビングを出ようとした。一刻も早く立ち去りたかった。

だが、すぐマリアに呼び止められた。

「待って。携帯番号、交換しない？」

「ん、ああ……」

俺が答えあぐねていると、マリアはすぐ付け足した。

「主人には教えないから」

たしかに、それも気になる問題ではある。だが、それ以上に大きな問題がある。

「えっと……俺、未だにガラケーなんだよね」

「ああ、お仕事用の？」

「うん、まあ……」

この携帯電話で番号を交換しちゃうと、マリアの電話番号を、前歯が欠けた還暦過ぎの泥棒のおじさんの携帯に登録しちゃうことになるんだけど、それでもいい？――なんて正直に言えるわけがない。

「でも善人君、自営業みたいな感じなんだよね。じゃ、その携帯にメールしても、会社の人に怒られたりはしないよね？」マリアが尋ねてきた。

「ああ……うん」

そうだった。ついさっき自分でついた嘘の設定を忘れていた。

「じゃ、番号とメールアドレス教えてよ。もしプライベート用の携帯があるんだったら、後でそっちの番号とアドレス送ってくれてもいいし」

「うん……分かった」

結局、マリアの頼みを断れず、俺はスーさんからの借り物のガラケーを開いた。

だが、そこで俺は、さっそくピンチに陥った。

「えっと……」

どうすれば自分の番号とアドレスが出るのか、操作方法が分からないのだ。

とりあえず、前に俺が持っていたガラケーと同じように、メニューボタンを押した後「0」を押してみた。すると、幸い一発で出た。

ところが、さらにまずいことに気付く。番号とアドレスだけでなく「須藤法彦　スドウノリヒコ」と、スーさんの氏名も一緒に出てしまったのだ。スーさんってこんな本名なんだ、泥棒のくせに法律の法が名前に入っちゃってるんだ……と思いながらも、当然この画面をマリアに見せるわけにはいかないので、動揺を隠しながら言った。

「ああ、俺のアドレス長いから、先にマリアに教えてもらった方がいいな」

「あ、そう？　じゃ、私の番号言うね。０８０……」

俺はマリアの電話番号をボタンで打ち込む。そうすると「発信」と「登録」という選択肢が出た。「登録」のボタンを押し、まずマリアの電話番号と名前を登録した後、その登録画面からメールアドレスの項目を選択して、マリアのスマホにアドレスを表示してもらってそれを打ち込めば、無事に登録が完了した。

「じゃあ、えっと……ワン切りと空メールするわ」

俺はそう言って、たった今登録した番号とアドレスに、電話をかけてワンコールで切った後、空メールを送る。不慣れな携帯電話でも、どうにか無事に操作を終えることができた。とりあえず、自分の携帯電話じゃないことがばれなかったのでホッとした。

「善人君が最初に携帯買った時も、こんな感じで番号交換したよね。たしか高一の時」

マリアが懐かしそうに言った。

「あ、そうだったっけ？　よく覚えてないな」

俺は笑顔を作りながらも、これ以上思い出話を弾ませても惨めになるだけだと思って、会話を切り上げた。

「じゃあ……そろそろ、おいとまするわ」

「うん、また連絡するね」

玄関に向かった俺に続いて、マリアが結婚式の写真を持ってくる。

「あ……わざわざ、それを持って見送ってくれるのか」

「あ、いや、ここに置いてあったから」

マリアが玄関の脇の棚を指差した。――昨日は逃げるのに必死だったし、今日はスリッパを即座に発見したことをマリアに指摘されて焦っていたから気付かなかったけど、冷静に見れば、来客から見える位置に結婚式の写真を飾っていたのだと分かった。

俺は、靴を履いてから、自らの傷口に塩を塗り込むように、改めて写真を目に焼き付けた。これでマリアへの未練を断ち切るつもりだった。

「Ｈａｐｐｙ　Ｗｅｄｄｉｎｇ　ＴＡＫＥＳＨＩ♥ＭＡＲＩＡ」という文字が刻まれた、スレンダーで美しいウエディングドレス姿の新婦と、眼鏡をかけて醜く太ったタキシード姿の新郎のフォトフレーム。緊張のせいか、その眼鏡の奥に脂汗が流れているのが見て取れる。まさに美女と野獣のカップルだ。

「これ、ひどいよね」

マリアが苦笑いしながら、そのフォトフレームを指差した。俺も「ああ」と苦笑を返した。とはいえ、この汗だく眼鏡デブに、俺は完膚なきまでに負けたんだ。――そう実感しながら、俺は「それじゃ」と、玄関のドアを開けて外に出た。

「善人君、また連絡するね」

マリアが背後で再び言ったが、きっと社交辞令だろう。俺は振り向かずにドアを閉め、早足で駅へと歩いた。

回想・１９９６年７月

あれは小学校五年生の夏休み。たしか七月の末頃の、よく晴れた暑い日だった。二十年以上経った今でも、昨日のことのように思い出せる。

あの日から、俺たち三人の関係は始まったのだ――。

俺がいつものように、自転車で公園に着くと、木陰のベンチに座っていた肥満児が振り返った。眼鏡がきらっと光り、二重顎がぷるんと揺れる。

「おいヨッシー、遅いぞ～」

そう言って出迎えた汗っかきの肥満児に、俺は手を上げて応える。

「おおタケシ、お待たせ～」

その日も俺とタケシは、いつものように公園で落ち合った。特に約束したわけでもないけど、雨の日以外はほとんど毎日会っていた。

「やっぱり、デブに夏はきついだろ？」

俺が軽口を叩くと、すぐにタケシが言い返す。

「うるせえな。ヨッシーみたいなガリガリよりは、この体型の方が健康的なんだよ」

俺は痩せていて、タケシはデブ。俺の家はホステスの母親との貧乏母子家庭で、タケシの家は父親が医者だけあって金持ち。――俺たちはなにかと正反対だったけど、いつも一緒に遊んでいた。三年生の時に俺が牛久市立大野小学校に転校してきてから、タケシとはずっと同じクラスで、ずっと遊び仲間だった。二人とも家にテレビゲームがなかったのも、二人で遊ぶことが多かった要因だった。もっとも、俺の家は貧乏だから買ってもらえなかったのに対して、タケシの家は金持ちなのに教育方針で買ってもらえなかったという違いはあったけど。

俺たちの遊び場は基本的に、近所の児童公園だった。そこは「団地の公園」と呼ばれていた。東京などの都会で「団地」といえば大きな集合住宅を指すけど、俺たちが育った茨城県牛久市大野町の大野団地は、田舎だけあって森林や田畑に囲まれて土地が余りまくった、一戸建ての建ち並ぶ人口千人ほどの住宅街だった。

団地の公園は、滑り台とブランコと鉄棒とシーソーとトイレがあって、残りはサッカーグラウンド一面分ほどの広場だった。他の友達が公園に来た流れで、その友達の家に遊びに行ってテレビゲームをやることはあったけど、友達の家にしょっちゅう上がり込んでいるのがばれると親に怒られるというのも、俺とタケシの共通した境遇だったから、基本的には公園で遊ぶしかなかった。

ただ、タケシはゲームボーイは買ってもらっていた。家でテレビゲームをやるのはダメだけど、外で遊びながら少しゲームをやるのはOKだったらしい。本体が大きくて分厚い割に画面は小さく、しかもモノクロという、今では考えられないようなスペックだったけど、当時は携帯型ゲーム機といえばゲームボーイ一強の時代だった。

「ゲームボーイ持ってきた？」

俺は、遊ばせてもらえるのを期待して尋ねた。でもタケシは首を振った。

「いや、今日は持ってこなかった」

「そっか……」俺は心の中で残念がった。

「この前『ポケットモンスター』っていうRPGを買ってさ、結構面白いんだよ。モンスターを捕まえて、育てて戦わせながら旅していくゲームで、モンスターが育つと進化したりしてさ。ただ、他の人と通信ケーブルで交換しないと進化しないモンスターがいるのに、みんなあんまり持ってないんだよな」

タケシが言った。俺は「へえ、そうなんだ」と気のない返事をする。マリオや星のカービィは面白かったけど、RPGは短時間やらせてもらっても面白くないので、興味がなかった。俺にとっては、ゲームボーイもミニ四駆もハイパーヨーヨーもたまごっちも、友達が遊んでいるのを見物するだけ。少し遊ばせてもらえれば御の字だった。

「しかも、ポケモン赤とポケモン緑っていう二つのソフトがあって、出てくるモンスターが微妙に違うんだよ。俺は赤を買ったけど、緑にしか出てこないモンスターもいてさ。なんか、ゲーム自体は面白いんだけど、友達が何人も持ってないと完成しないから、たぶんあれ、あんまり流行んねえだろうな。任天堂も失敗したな」

「へえ〜」

タケシの市場予測が大外れするのは、もう少し先のことだ。また、ポケモンに関しては忘れがたい苦い思い出もあるのだが、それもまた、もっと後に起こることだ。

「で、今日はゲームボーイじゃなくて、これ持ってきたんだ」

タケシは、リュックからCDウォークマンを取り出した。そして、一緒に取り出したのが、嘉門達夫の『替え唄メドレー』だった。

「おっ、面白いやつだ！　えっと……なんて読むんだっけ」

この前にも、タケシのCDウォークマンで『替え唄メドレー』を聴いたことがあった。ただ、当時の俺の国語力では「嘉門」はまだ読めなかった。

「かもんたつお、だよ」タケシが説明した。「この前のとは別のやつだ。替え唄メドレーって何枚も出てるらしいな。中古屋に売ってたんだ」

「聴こう聴こう！」

俺がCDウォークマンのイヤホンを手に取る。ところが、そこでタケシが言った。

「おい、まだ聴かせてやるとは言ってねえぞ」

「へえ、すいません兄貴、聴かせてくだせえ」俺はぺこぺこと頭を下げる。

「しょうがねえ、いいだろう」タケシが満足げにうなずいた。

俺は、百円の自販機のジュースや、十円ガムや、今はあまり見ない十円のチロルチョコをタケシにおごってもらう時でさえ「兄貴、恵んでくだせえ」と卑屈に頭を下げていた。ただ、卑屈に頭を下げるコントを演じているというスタンスをとることで、本当にプライドが傷つくことはなかった。

「こんな小さいのにCD聴けるなんて、未来の機械だよな」俺はしみじみ言った。

「ああ、これ一番新しいやつだからな」タケシが自慢げに笑う。

俺はCDウォークマンを見るたびに、口癖のように「未来の機械」だと言っていた。そう遠くない将来に「過去の機械」になることを、当時は想像もしていなかった。

「あ、あと、お前の大好きなイエモンのCDも持ってきたぞ」タケシが言った。

「いや、タケシがファンなだけだろ」俺が言い返す。

THE YELLOW MONKEY、通称イエモン。ちょうどあれぐらいの時期からメジャーになっていったバンドだった。タケシは小学生にして、すでにロックの世界に足を踏み入れていた。音楽センスの部分では、俺よりずっと大人だった。

俺たちはまず、木陰のベンチに座って、CDウォークマンのイヤホンを片方ずつ耳に挿し、嘉門達夫の『替え唄メドレー』を聴いてゲラゲラ笑った。

その後、タケシはイエモンのアルバムを聴き始めた。でも、ロックの心得のない俺はすでに興味を失っていたので、さっきの嘉門達夫の替え歌を、イヤホンを挿したタケシの耳元で繰り返し歌ってやった。

「うるせえ、やめろよ～」

結局、CDウォークマンの時間はほどなく終了となった。二人で遊ぶ時は、基本的にどっちかが飽きたらその遊びは終了だ。

「あ、そうだヨッシー、今度サザンのCD貸してくれよ」

「ああ、いいよ」

「母ちゃんのやつだっけ？」

「うん、そう」

この少し前に、母がサザンのファンでCDを何枚か持っているという話をしたら、タケシが興味を示したのだった。

「そういえばヨッシーの母ちゃん、昨日また梅酒買ってたぞ。好きだな、梅酒」

「いいよ、そんな報告しなくて」

俺は苦笑した。母が好物の梅酒を買い込む酒屋は、タケシの家の近所だったのだ。

「じゃあ、今度サザンのCD頼むぞ。約束な」

「おう、分かった、約束な」

俺たちはアイコンタクトを交わすと、脚をがに股に広げ、股の間でガッツポーズをするように握り拳をぐいっと上げて、声を合わせた。

「男同士のお約束！」

これは、俺たちの間で流行っていた、クレヨンしんちゃんからの引用のポーズだ。

クレヨンしんちゃんが社会現象といえる人気になったのは、俺たちが小学校低学年の頃だ。まさに俺たちが、最も影響を受けた世代といえるだろう。低学年の頃に一人称が「オラ」になったり、密かにチンチンの上にマジックで「ぞうさん」を描いてみた男子は、俺を含めて日本中に何万人もいただろう。もっとも「男同士のお約束」は、「ぞうさん」や「ケツだけ星人」といったギャグのように、作中に多く出てくるわけではなかったけど、なぜか俺たちの間では、約束を交わす際のポーズとして定着していた。

「さて、じゃあ何やろっか」

「二人で水風船やっても面白くねえしな」

「じゃあ、森ごっこにするか」

「そうだな、誰もいないから危なくないし」

俺たちは話し合ってから、「森ごっこ」のスタート地点の滑り台まで自転車を漕ぐ。

「じゃあ、三周な」

「OK」

「行くぞ。レディ、ゴー！」

タケシの合図で、俺たちは全速力で自転車を漕ぎ出し、広場を三周する。「森ごっこ」とは、要するに自転車レースだった。この遊びは、元々「競輪」というそのままの名前で呼ばれていたけど、この数ヶ月前にSMAPの森君が芸能界を引退してオートレーサーになったのを機に「森ごっこ」という呼び方に変わった。といっても「競輪」の時から変わったことといえば、自転車を漕ぎながら「ブーン」とか「ギュイ〜ン」と、オートバイのエンジンっぽい音を口で出すようになったことだけだ。

「イエーイ、勝ち〜！」

最初のレースは、俺が僅差で勝った。タケシはデブだけど、運動能力高めの動けるデブだったので、勝ち負けは半々ぐらいだった。

「くそ、もう一回だ」タケシが言った。

「いいよ」

俺たちはまたスタートラインに戻ろうとした。

その時、公園の前の通りを、クラスメイトのマルコが通りかかった。彼女は下の名前が桃子で、ちびまる子ちゃんの本名と一緒だからそう呼ばれていた。

「おう」

「マルコ、何してんの？」

俺とタケシが声をかけると、マルコが答えた。

「手紙出しに行くの」

マルコの家から商店街のポストに行くには、公園の前が通り道だった。――あの頃は、携帯電話もパソコンも一般家庭にそこまで普及していなかったし、たぶん携帯電話にメール機能も付いていなかったから、郵便を使う機会は今より格段に多かった。

「タケシとヨッシーは何してんの？」マルコが聞き返してきた。

「森ごっこ」

俺が答えると、マルコは顔をしかめた。

「マジやめてくんない？　私のＳＭＡＰをそうやって侮辱すんの」

「お前のＳＭＡＰのわけねえだろ」タケシが鼻で笑う。「しかも森は辞めてるからいいだろ」

「私もお姉ちゃんも、最近やっと森君が抜けたショックから立ち直ったんだから」

マルコは三歳上に姉がいた。俺たちはＳＭＡＰ世代のど真ん中よりはちょっと下ぐらいだと思うけど、マルコは姉の影響でＳＭＡＰの熱狂的ファンだったのだ。

「マジで私、一生ＳＭＡＰのファンなんだから」マルコは言った。

「一生って、あと何十年あると思ってんだよ」今度は俺が鼻で笑った。

「そうだよ。あと何十年も経ったら、ＳＭＡＰだってみんなジジイになっちゃうんだぞ。それに、この先解散するかもしれないし」タケシが言った。

「はあ～？　ＳＭＡＰが解散するわけないじゃん。バ～カ」

マルコは捨て台詞を残して立ち去った。――約二十年後、彼女はさぞや悲しんだことだろう。

「あいつ、北島三郎に似てるよな」マルコの背中を見送りながら、タケシが言った。

「ああ、鼻の穴な」俺も笑ってうなずく。

「次来たらサブちゃんって呼んでやろうぜ」

「やめとけ。絶対泣くから」

そう忠告しながらも、タケシならたぶん言うだろうと思った。目先の面白さのために容赦なく人を傷つけるのがタケシだった。

「よし、じゃ第二レース行くか」

「OK。レディ、ゴー！」

今度は俺がスタートの号令をかけ、二人で全力で自転車を漕ぐ。「ブ〜ン」「ブンブ〜ン」と口でエンジン音を出しながら、先行したのはまたも俺だった。ところが、二周目を過ぎた時、後ろにタケシの気配を感じたところで、ドンと背中を押された。

「うわっ」俺は転倒した。

「おい、クラッシュかよ〜」

そう言いながら、タケシはちゃっかりゴールする。

「いてて……押すなよ〜」

「ふん、本当のオートレースはもっと激しいぞ」

タケシが言った。本当のオートレースなんて見たこともないくせに。

「ああ、膝すりむいた」

俺の膝には血が滲んでいて、じんじんと痛んだ。でもタケシは悪びれもせず、「あれぐらいでこけるなよ〜」と笑っていた。

「お前んちで治してくれよ」

「いいけど、金取るぞ」

これが医者の息子のタケシとの、定番のやりとりだった。自分が転ばせた相手が怪我しても謝ろうとしないなんて、今考えればタケシはひどい子供だった。とはいえ、お互いにこんな調子だったけど。

――と、その時だった。

「大丈夫? 転んだの?」

背後から声をかけられ、俺とタケシは同時に振り向いた。

そこには、すらっと手足が長く、目が大きくて鼻筋の通った、初対面の女子がいた。

「誰?」

俺が尋ねると、彼女は微笑んで答えた。

「私、マリアっていうの」

「マリアって、外国人みたいな名前だな」タケシが言った。

「お母さんが外国人なの。私ハーフなんだ」

「ハーフ?」俺は聞き返した。

「片方の親が外国人の子供を、ハーフっていうんだよ」

タケシが解説した。タケシに意味を聞いて俺が覚えた言葉はいくつもあった。

ふと、匂いがした。それはマリアの匂いだった。甘い匂いの中に、少しだけ汗の成分が入っている感じだった。でも、「お前、におうな」なんて言うべきじゃないことぐらい、小五にもなれば分かっていたし、そもそも不快な匂いではなかったし、かといって「お前、いい匂いだな」なんて言ったら変態っぽくなってしまうので、結局匂いについては何も言わなかった。

「ていうか、マリア、大野小か？」タケシが尋ねた。

「うん、二学期から転入するんだ」

「何年生？」

「五年」

「俺らと一緒じゃん」

タケシが言った。少しうれしそうだった。

「俺も、三年の時に転校してきたんだ」俺が自分を指差した。

「へえ、そうなんだ。じゃあ転校生仲間だね」マリアは笑った。

「同じクラスかもな」

「うん、なれたらいいね」

マリアが屈託のない笑顔で言った。俺はドキッとした。女子が男子に向かって、同じクラスになれたらいいね、なんて言うとは思っていなかった。俺が逆の立場なら、女子にそんなことは絶対に言えないと思った。

「二人の名前は、何ていうの？」マリアが尋ねてきた。

「えっと……こいつがヨッシー」

タケシは、自分ではなく俺のことを紹介した。――その瞬間「えっ、普通こういう時は自己紹介するだろ」と心の中で驚いたけど、今なら分かる。あれはタケシなりの、照れと緊張を隠す手段だったのだ。

「モノマネ得意なんだよな、ヨッシー」

タケシが、ネタを振ってきた。俺は思い切って、唯一の持ちネタを披露した。

「ヨッシー！」

すると、マリアが感嘆した。

「あ、すごい、似てる！」

俺は、自分のあだ名の元になった、スーパーマリオに出てくる緑色の恐竜『ヨッシー』の鳴き声を練習しているうちに、モノマネをかなり上達させていたのだ。ゲームを持っているわけではなかったのに、友達の家で遊ぶ『マリオワールド』や『マリオカート』だけを頼りに練習したモノマネは、その後も長らく俺の持ちネタだった。

「あ、こいつはタケシね」今度は俺が、タケシを紹介した。

「ダンカン、バカヤロー」

タケシが首をかくんと傾けながら、ビートたけしのモノマネをした。――タケシも俺と同様、自分の名前にちなんだモノマネを習得していた。しかも俺が転校してくる前の、小学校一年生の頃からずっと、このモノマネをしているとのことだった。

ただ、俺はそれを見て、マリアに言った。

「こっちはあんまり似てないだろ」

「うん、あんまり似てない」マリアも正直に答えた。

「なんだと？ 似てねえとか言うんじゃねえバカヤロー。コマネチ、コマネチ！」

タケシが俺に向かって繰り出してきたので、俺も応える。

「ヨッシー！ ヨッシー！」

「何がヨッシーだバカヤロー。緑色のバケモンじゃねえか」

「ヨッシー！ ヨッシー！」

「お前それしか言えねえじゃねえかバカヤロー」

「コマネチ！ コマネチ！」俺はヨッシーの声真似でコマネチのポーズをした。

「おいっ、俺のコマネチをとるんじゃねえ、バカヤロー」

「アハハハ」

マリアは声を上げて笑った。俺はうれしかった。たぶんタケシもうれしかったことだろう。ウケていたのだから、その辺で終わりにしておけばよかったのだ。

ところが、そこでタケシは、調子に乗ってしまった。

「おいヨッシー、今から冒険だバカヤロー。フライデー襲撃に行くぞ」

タケシはモノマネしながら言うと、俺の背中にぴょんと飛び乗ろうとした。ヨッシーといえば、当時のスーパーファミコンのソフト『マリオワールド』で、主役のマリオを背中に乗せて冒険するキャラクターだった。タケシはそれを再現したかったのだろう。

でも、痩せっぽっちの俺と、肥満児のタケシには、歴然とした体重差があった。

「ヨッシ……ぐあっ、重っ！」

俺は、モノマネをしながらおんぶしようとしたけど、重さに耐えきれず、前に倒れてしまった。しかも、おんぶしようとして両手を後ろに回していたから、地面に手を着くことができなかった。その結果、額を地面にゴツンとぶつけてしまった。

「いてえっ！」

「えっ、大丈夫？」

マリアが驚いて声を上げたのが聞こえた。

「いたたた……」

俺は額を押さえてうずくまった。すでにぷくっと腫れていた。これは大きなたんこぶになるな、というのは経験上すぐに分かった。

ところがそこで、信じがたい言葉が聞こえた。

「いてえなあ、お前のせいだぞヨッシー」

「はあ？」

あまりの理不尽さに、思わず顔を上げた。するとタケシは、俺の隣で、同じように額を押さえて痛がっていた。でも、加害者感を薄めるために自分も負傷したふりをしているようにしか見えなかった。サッカー選手がファウルを犯した後で、ファウルを受けた選手と同様に痛がってみせているような、あの感じだった。

「人のせいにすんなよ。タケシが乗ってきたのが悪いんだろ！」俺は言い返した。

「お前なあ、ヨッシーだったら人乗せて転ぶなよ。本物のヨッシーがマリオを乗せて転んだの見たことあるかよ。そんなんじゃヨッシー失格だぞ」

「はあ？　意味分かんねえよ。俺人間だぞ！」

今思い返せば、まさに小学生というバカすぎる内容の口喧嘩だったけど、数分前に膝をすりむき、短時間で二度もタケシに傷を負わされていた俺は、本当に殴ってやろうかと思うぐらい腹が立っていた。ただ、頭の痛みで殴る元気も出なかった。

タケシというのは、こういう奴だったのだ。絶対に自分が悪いのに、屁理屈をこねて謝らず、責任逃れをしようとする。この先もそんな場面が何度もあった。

「大丈夫？　たんこぶできてるよ。誰か大人の人呼んでこようか？」

マリアが、俺とタケシを交互に見ながら、心配そうに声をかけてきた。

「いやいや、大丈夫」

俺とタケシは、同時に制止した。思わず声がぴったり揃ってしまった。こんな場面で大人を呼ばれてしまうのは、俺たち悪ガキにとって最も恥ずべきことだったのだ。

「冷やしてきた方がいいんじゃない？」

「いや、マジで大丈夫だよ」

俺はたんこぶを押さえながらも、やせ我慢して立ち上がった。マリアを心配させてはいけないという一心で、なんとか痛みをこらえていた。

あの後、マリアと公園で何かをして遊んだのか、それともすぐに帰ったのか、今となってはよく思い出せない。

ただ、今になって、はっきり分かることがある。

俺もタケシも、初対面の時からマリアに一目惚れして、舞い上がっていたのだ。

でも、あれから二十年以上経って、こんな結果になってしまったのだ――。

回想を終えた俺は、哀しい気分で、帰り道で買ってきた缶の梅酒をすすった。母の影響で、いつの間にか好物になっていた梅酒を――。

第2章　お見舞いとポケモン

2019年7月7日〜10日

また連絡する、というマリアの言葉は、社交辞令だと思っていた。また、そうであってほしかった。

初恋相手に偶然を装って会いに行った結果、彼女はかつての親友と結婚していて、親友も医者として成功していた。──犯罪者に成り下がった自分との落差を、これでもかというほど見せつけられ、俺としてはすっぱり未練を断ち切ったつもりだった。

ところが、再会からわずか二日後、マリアからメールが来た。しかもそれは、予想外の内容だった。

「入院しちゃった！」

そんなタイトルの後、長めの本文がついていた。

「腹痛で入院しちゃった。大したことはないみたいなんだけど、念のため2、3日ぐらい入院しなきゃいけないらしくて、暇で死にそうだからお見舞いに来てください！

あ、手土産はマジで無しでいいからね（笑）。場所は綾瀬北野病院で、近所に綾瀬北野神社っていうのがあるから、よかったら私の無事をお祈りしてから来てね……なんて冗談はさておき、この前来てもらった我が家の近所です。調べればすぐ分かると思うけど、一応、地図のURLを送ります。（ガラケーで見られなかったらごめん。でも駅前の地図にも載ってるし、近くの交番で聞けば教えてもらえるはず。）

病室は801号室です。801だけど7階だから注意してね。（病院だけに縁起が悪いってことで、部屋番号の4が抜いてあるんだけど、こういう時いちいち説明しなきゃいけないから不便だよね。）平日休日問わず、面会時間は午前11時から午後8時までだそうです。どうか、暇な時でいいんで、ふるってお見舞いください！

ああ、このメールを打ち終わったら、また暇になっちゃう。マジで会いに来て～！」

ちょっとお見舞いに行くぐらいだったらいいかな、とも考えかけたが、結局思い直して、俺はマリアに返信した。

「悪いけど、仕事が忙しくて行けない。どうかお大事になさってください」

ところが、その後もマリアから「本当に暇な時でいいから」とか「1時間、いや30分でいいから」などと三通ほどメールが来た。悪いとは思ったが、俺は無視してしまった。

当然「仕事が忙しくて行けない」というのは嘘で、実際は暇を持て余し、かといってスーさんが帰るまで収穫の四十二万円をあまり多く使ってしまうわけにもいかず、スーさんの部屋の漫画や小説を読んだり、図書館で時間をつぶすような日々だった。

すると、最初のメールが来た三日後に、マリアから電話がかかってきた。俺が出ると、マリアは開口一番、すねたような口調で文句を言ってきた。

「ねえ、もう退院しちゃったんだけど、善人君なんでお見舞い来てくれなかったの?」

「悪い、本当に忙しかったんだよ」俺は苦笑して返す。

「じゃあ今日は暇? この電話に出られるってことは、超忙しいわけではないよね?」

「あ、いや……」

どう返せばいいか迷った。すると、俺の心を見透かしたようにマリアが言った。

「もしかして、私が善人君を、主人に会わせようとしてるんじゃないかって警戒してない?」

「ん、いや……」

俺は言葉に詰まった。まさに図星だったからだ。

「たしかに、入院中は主人が担当医だったけどさ……」

マリアが言った。やっぱりそうだったのかと俺は思った。実は、お見舞いに行くのを躊躇《ちゅうちょ》した最大の理由はそこだったのだ。

「でも、マジでそんなつもりじゃなかったし、今後もそんなことしないから。ていうか、今後はしたくてもできないから」マリアは早口で言った。「だって、医者って超忙しいんだから。平日は絶対休めないし、土日だってほとんど休めないし」

そしてマリアは、ふいに暗い声でつぶやいた。

「そんなに忙しいとさ……人って変わっちゃうんだよね」

「えっ……？」

俺は聞き返したが、マリアは何事もなかったかのように、すぐ明るい声に戻った。

「善人君、東中野だったよね。実は私、今日近くまで行くんだ。何時頃なら空いてる？」

「え、ああ……夕方なら空いてるかな」俺は迷いながらも答えた。

「じゃ、晩ご飯一緒に食べない？　ちょうどね、高円寺《こうえんじ》の方で、主人の上司の親の告別式があって、私が出なきゃいけないんだ。ただ、夕方までには終わるから」

「うん、いいけど……」

本当にマリアが一人で来るなら、悪い話ではない。やはり心の底では、今も変わらず美しいままの初恋相手に、もう一度会いたかった。

とはいえ、俺は一応確認した。

「でも大丈夫？　病み上がりだし、それに、家で晩飯の用意とかしなくていいの？」

「ああ、私の体はもう全然大丈夫だし、主人も今日は、日付が変わる頃に帰れるかどうかって言ってた。そういう時はいつも、晩ご飯は済ませてあるから」マリアは余裕の口ぶりで返した。「で、実はもう、お店も目星を付けてあるの。六時に高円寺駅の北口で待ち合わせでいい？」

「あ、うん……」

一方的に決められてしまった。でも、悪い気はしなかった。


「お待たせ～」

改札から出てきたマリアは、告別式の後というだけあって、黒いワンピース姿だった。それがスレンダーな体型をいっそう際立たせていた。

あと、少しだけ警戒していたが、やはり夫婦同伴ということはなかった。

「よかった、元気そうで」俺が声をかけた。

「うん、まあ……もう大丈夫」

マリアの顔に一瞬影が走ったように見えたが、すぐ笑顔に戻って文句を言ってきた。

「ていうか善人君、なんでお見舞い来てくれなかったの？」

「しょうがないだろ、仕事でどうしても行けなかったんだよ」

「マジ退屈で死にそうだったんだから」

マリアは頬を膨らませたが、本気で怒っているわけではなさそうだった。

「あ、お店こっちね。もうネットで予約して、コース料理も注文してあるから」

マリアがスマホで地図を見ながら、店まで案内してくれた。にぎやかな駅前通りから脇道に入った、静かな住宅街の一角にあるその店は、イタリアンの基準がサイゼリヤである俺が自らの意志で入ることはまずない、いかにも高級そうな店だった。

店に入り、マリアが「あの、ネット予約を……」とスマホを見せただけで、有能な執事のような雰囲気のウエイターに「お待ちしておりました」と恭《うやうや》しく礼をされ、席へ案内された。俺は刑務所を出て以来、ラーメン屋や牛丼屋には入ったが、店員に席まで案内される店はずいぶん久しぶりだったので、それだけで少し緊張してしまった。

席に着いて、「ご予約のコース料理をお持ちいたします」と言い残してウエイターが去ったところで、マリアはまた入院中の話を始めた。

「ていうかさあ、主人が担当医ってのは、逃げ場がないんだよね。家にいる時以上に、主人と一対一で、主従関係っていうか、そういうのが強くなっちゃうから」

「ああ、そうなのか……」俺はあいづちを打った。

「それとね……まあ善人君も知ってる通り、お父様の大先生がいるんだけど……」

マリアが浮かない顔をして、重い口調で言いかけた。俺が察して尋ねる。

「あ、もしかして、嫁と舅《しゅうと》の関係みたいなやつも、うまくいってないのか?」

「ん、ああ……」

マリアは悲しそうな顔になり、口ごもってしまった。俺はすかさず励ました。

「まあ、嫁の立場だと色々大変なんだろうな。なんて、結婚したこともない俺が言うことじゃないけど。――でも、実の親でもない人間のために、自分の人生を犠牲にすることはないよ」

俺はきっぱりと言った。そして、一瞬だけ躊躇したものの、正直に打ち明けた。

「俺なんて、その実の親と、完全に絶縁状態だからな」

マリアが見つめる中、俺は自虐的に笑いながら語る。

「嫌な年寄りなんて捨てちまえばいいんだよ。俺が許可するよ……なんて言われても困るだろうけど、俺はもう親と会うことは絶対ないからな。次に会う時は葬式……いや、葬式にも行かねえな。次は地獄で会うか、もし現世でもう一度会うことがあるとすれば、俺が実家に親を殺しに行く時かな」

一気に喋った後、ふとマリアを見ると、困惑した表情になっていた。

「ああ、ごめんごめん。急にこんなこと言われても、リアクションに困るよな」

「いや……大丈夫」

マリアはぎこちない笑顔を見せたが、さすがにいらぬことまで言ってしまったと反省して、俺は話題を戻した。

「でもさあ、さっき、夫が担当医だから嫌だったとか言ってたけど、他の医者に診られるよりはよかったんじゃないか？　だって、腹痛で入院したってことは……」

俺はそこまで言いかけた後、レストランという場所柄、声を落として尋ねた。

「便通とかも、診られたわけだろ？」

だがマリアは、怪訝な顔で聞き返した。

「え、電通？」

「いやいや、便通」俺が言い直す。

「電通でしょ？　あの、広告の会社の」

「いや、違うよ。便通……お通じだよ」俺が言い換える。

「え、通知？」

「ウンコだよっ」

結局、高級レストランで最も言ってはいけない単語を言ってしまい、近くの席の中年女性客から矢のような冷たい視線を浴びることになった。

俺は慌てて身を乗り出し、マリアに顔を近付けて声を落とした。

「ウンコが出たかどうかとか、そういうのも診られたわけだろ」

「ああ、さっき便通って言ってたのね。……ていうか、ちょっと音楽大きくない？」

マリアが苦笑しながら周りを見回す。俺にはそれほど大きな音量とは思えなかったが、マリアは店内のBGMのせいでよく聞こえなかったらしい。

「お腹っていっても、そういう検査はなかったし、私お医者さんにどこ見られても平気だから。もっと大変なところも見られてるし……」

マリアはそう言うと、少し間を空けてから、うつむき気味に続けた。

「実は私、おととし、子宮取ってるんだよね」

「えっ……」

突然の告白に、俺は絶句した。

「そういうわけで、もう子供はできなくてね。それもあって私たちなおさら……」

マリアは寂しそうな表情で言った後、「いや、何でもない」と小さく首を振った。

「ごめん、つらい話をさせちゃって……」俺は頭を下げて謝った。

「ううん、大丈夫。ていうか、私が自分から喋ったんだし」

「じゃあ、今回の腹痛っていうのも……」

俺がおずおずと言いかけたが、マリアはすぐに否定した。

「いや、今回は子宮は関係ない。まあとにかく、治ったから心配しないで」

マリアはぱっと笑顔になって、重くなった雰囲気を変えた。

「ていうか、マジで懐かしいよね。この前あんまり長くは話せなかったからさ。昔の思い出話とか、いっぱいしたいと思ってたんだ」

「思い出話か……俺はあんまり覚えてないよ」

「うそ〜、私との思い出も忘れちゃったの？　ショックなんだけど」

マリアが両手で頬杖をつき、口をとがらせて笑ってみせた。その仕草は、十代の頃のままの可愛らしさだった。俺も十代の頃のようなノリで、格好つけて返した。

「まあ俺は、過去は振り返らず、前だけを見て生きていくタイプの男だからな」

「ヒュ〜、格好いい〜」

「全然思ってないだろ」

「まあね」

二人で笑い合った。本当に昔に戻ったようだ。

「でも私にとっては、夏休みに大野団地に引っ越してきて、最初にできた友達が、善人君と武史君……ヨッシーとタケシだったからね」

「おお、急に昔のあだ名になったな」

「他にも、ツヨシとかガイルとかも一緒に、いろんな遊びしたよね」

「ああ、ツヨシにガイル、懐かしいな」

二人とも、公園でよく遊んだ友人だ。ツヨシは本名だけど、ガイルは当時大流行していたスーパーファミコンの格闘ゲーム『ストリートファイターII』の、ガイルというキャラクターに似た逆立った髪質だったことから、そのあだ名がついたと記憶している。

「公園で、サッカーとか缶蹴りとかやったし、あと意味もなく木に登ったよね」

「たしかに、上で何するわけでもなく、ただ木に登ってたな」俺が笑ってうなずく。

「あとは、えっと……ゴルフンとかもやったよね」

「ああ、ゴルフンな。あれはひどい遊びだった」俺は笑いながらも顔をしかめた。

「それと、火遊びもやってたよね。今考えたら、超悪ガキだったよね、私たち」

「でも、ただ物を燃やしてたわけじゃなくて、土器も焼いてたからな。ちょっと考古学の勉強にもなってただろ」

「ああ、そうそう、土器焼いてたよね」マリアが大きくうなずいた。

「公園のブランコの裏だったよな。粘土層が地表に出てるところがあったんだよ。あそこから掘った粘土で、器とか人形とかを作って、ライターで枯れ葉に火をつけて焚き火をして、そこで土器を焼いたんだよな。でも、最初のうちは結構ひび割れちゃって、歴史の資料集を見たら、縄文人は粘土に砂を混ぜて土器を作ってたって書いてあったから、俺らも砂場の砂を混ぜてみたんだよ。そしたら……」

気付けば俺は、夢中で語っていた。それを見て、マリアがにやっと笑って指摘した。

「ていうか善人君、さっき覚えてないとか言ってたのに、すごい覚えてるじゃん」

「いや……たまたまだよ。他の記憶は自信ないよ」俺は恥ずかしくなって首を振った。

「本当？　私よりも色々覚えてそうなんだけど」

マリアは俺の顔を覗き込んで笑った後、なおも懐かしそうに語った。

「でも、本当にいろんな遊びしたよね～。公園の近くの空き家に勝手に入ったりもしてたし、あとは、けいどろもよくやったよね」

「ああ……そうだったっけな」

もっとも今の俺は、空き家どころか空き巣に入って、リアルけいどろで最近まで捕まってたんだけど――なんてことは言えない。

その後も俺たちは、昔話に花を咲かせつつ、イタリアンのコース料理を味わった。マリアは酒が飲めないらしく、ワインなどは出てこなかったが、海老のサラダやウニのパスタやローストビーフに舌鼓を打った。一応、二万円を財布に入れてきたが、足りるか不安になるほどの高級感だった。ここまで高級だと、海老のサラダにかかった、見た目は朝方の繁華街の道端に落ちていそうな色合いだけど素晴らしく美味なソースや、ローストビーフにかかった、見た目は公園の木でカナブンが群がっていた樹液のようだけど最高に美味なソースが、もはや何の素材から作られているのか分からないほどだった。

「そういえば、弟は元気か？」

正式名称は分からないけど間違いなく美味い、プリン的なデザートを食べながら俺が尋ねた。

「うん、今は沖縄にいる。私以外の家族は、今みんなあっちに住んでるんだ」

「へえ、そうなんだ」

「弟が沖縄で結婚して、しかも子供も生まれたから、うちの両親も思い切って移住して、あっちにつきっきりって感じ。まあ、両親は元々移住願望があったからね」

マリアはそう言った後、うらめしげに俺を見た。

「そんなわけで、うちの家族は誰もお見舞いには来られなくて、完全アウェイですよ。だから、せめて善人君には、お見舞いに来てほしかったんだけどね～」

「またその話かよ。……ごめん、トイレ行ってくる」

俺は席を立った。本当に尿意を覚えてもいたが、トイレに行ったのを機にお見舞いの件は忘れて、話題が変わってくれればいいな、とも思っていた。

でも、俺がトイレから席に戻るやいなや、マリアは言った。

「本当につらかったんだからね～。孤独な病室」

――残念ながら、忘れてくれてはいなかった。

と、そこで俺は、絶好の反論材料を思い出した。

「でも、お見舞いに来なかったといえば、マリアにも前科があるだろ」

「えっ？」

「覚えてないか？　小学校六年の、『ポケモン事件』の時だよ」

俺が言うと、マリアは「ああ……」とうつむいた。

「でも、私、実はあの時ね……」

と言いかけたところで、マリアがバッグからスマホを取り出した。

画面に目を落としたマリアの表情が、ふいに引きつった。

「あ……やばい」

「ん、どうしたの？」俺が尋ねる。

「主人が、帰りが早くなったって」

「えっ」俺は言葉に詰まった。

「この状況はまずいかも……。夫に内緒で、初恋の人と連絡取って、一緒にいるんだもんね」

その言葉に俺はドキッとしたが、平静を装って返す。

「まあ、幼なじみとも言えるから、その辺はまあ、言い訳できるとは思うけど……」

「でも初恋の人だよ」マリアが悪戯《いたずら》っぽく笑った。「私は今でも、善人君と付き合ってた頃の気持ち、忘れてないよ」

その妖艶な笑みに、俺の鼓動はまた跳ね上がった。だが、マリアはすぐ焦った表情に切り替わった。

「なんて言ってる場合じゃないね。どうしよう、これは結構やばいな……」

と、そこでマリアが「あ、そうだ」と、思い付いた様子で提案した。

「私が今日高円寺にいることは、主人は知ってるのね。だって、主人の上司のお父さんの告別式だったから。――で、その帰りに偶然、善人君と十何年ぶりに会ったことにして、『ついさっき善人君とばったり再会したんだけど、よかったら来ない？』って主人にLINE送って、どこか適当な喫茶店にでも入って待ってれば、後ろめたい感じにはならないんじゃ……」

「いや、ちょっと待ってくれよ」俺はマリアの言葉を遮った。「それじゃ、今から俺とあいつが会うことになるんだろ？」

「あ……うん」マリアは気まずそうにうなずいた。「そっか、やっぱりダメかな？」

「何回も言ったと思うけど」

俺は、さすがに少しいらついた。――と、あいつとは会いたくないし、会うべきじゃない。向こうもそう思っているはずだ。はっきり口に出すのはさすがにはばかられたが、マリアはそのことをちゃんと理解していないのかもしれない。

「そうだよね、ごめん……」

マリアはうつむいて、スマホの画面をしばらく見てから言った。

「まあ、急いで帰れば間に合うか。ごめんね、なんか尻切れとんぼになっちゃって……。じゃ、出よっか」

「ああ、うん」

すでに二人ともデザートまで食べきったところだった。俺は伝票を取ろうとした。

ところが、店員が伝票を置いたはずのところに、何もないことに気付いた。

「あれ……?」

「ああ、もう払ってきたよ」

マリアがあっけらかんと言った。そこで俺は思い出した。

「あっ……もしかして、俺がトイレ行ってる間に?」

「うん。だって、今日は私が無理に誘ったんだもん」

「いや、こういう時は支払いは男が……」

俺は言いかけたが、マリアは笑った。

「今はもうそんな時代じゃないでしょ」

「そっか……。悪い、ごちそうさまです」俺は素直に頭を下げた。

「いえいえ、こちらこそ今日はありがとう。また機会があったらおごらせて。……なんて、私が稼いだお金じゃないんだけどさ」

マリアが笑って、ちらっと赤い長財布を見せた。あれ、どこかで見たことがあるぞ、と一瞬思って、そりゃそうだと気付いた。俺がつい先日、十万円を抜いた財布だ。

というか、俺が支払ったとしても、マリアの財布から抜いた金で払うのだから、財源は同じだったのだ。なんとも情けない話だ。

「じゃ、帰ろっか」

「ああ」

俺たちは店を出て、高円寺駅までの道を歩いた。

「電車だよね？」マリアが尋ねてきた。

「ああ……うん」俺はうなずく。

「じゃ、途中まで一緒だね」マリアが微笑んだ。

ただ、実は俺は、東中野から高円寺までの往路は歩いていた。たった二駅、三キロ程度の区間で電車に乗るという選択肢は、本来の俺にはない。でも、まだマリアと喋りたかったし、交通費をケチるところを見られたくなかったので、電車で帰ることにした。

切符を買い、ホームまで歩く間に、マリアが思い出したように言った。

「あ、そうそう、さっきの話」

「何？」

「あの、『ポケモン事件』の後、私がお見舞いに行かなかったっていう話」

「ああ……そういえばそんなこと話してたな」

「実は私、お見舞いに行ってたんだよ」

「えっ？」

「でも、二人の密談を聞いて引き返したの」

「密談？」

俺はその単語を聞いて、嫌な予感を覚えた。

「実はね……」

——それから俺は、マリアから詳しく話を聞いた。やはり嫌な予感は当たっていた。小学生の頃の、傍《はた》からみれば些細なエピソードだろう。でも俺にとっては、今でも苦い思い出だった。

電車がホームにやって来た頃には、俺はがっくりと肩を落としていた。

「ちょっと、テンション下がりすぎ～」

マリアが笑った。しかし俺は、本気でショックを受けていた。

「まさか、あれを聞かれてたとは思わなかったんだよ……」

俺は落ち込みながら、マリアとともに各駅停車の電車に乗り込んだ。本当ならあと二駅分、時間を惜しんで話したいところだったが、すっかり会話が途切れてしまった。

「なんか、ごめんね。そんなにつらい話だった？」

マリアが、押し黙った俺を見て声をかけてきた。俺は小声で答える。

「いや、いいよ。マリアが謝ることじゃない」

ほどなくして、電車は中野を経て、あっという間に東中野に到着してしまった。

「それじゃ、また」俺は小さく手を上げた。

「また機会があったら、誘っていい?」マリアが言った。

「ああ」

俺はうなずいて電車を降りた。振り向くと、去って行く電車の中で、マリアは俺に向かって微笑んで、見えなくなるまで胸元で手を振ってくれていた。

ただ、俺はなおもヘコんでいた。まさかポケモン事件の後の病室のあれを、マリアに聞かれていたなんて——。

今となっては笑い話にできそうなものだけど、俺には無理だった。あの頃の、本当に情けなく恥ずかしい、それもまさかマリアには知られていないと思っていた出来事を、実は全部知っていたのだと聞かされて、いい大人なのに落ち込んでしまった。今の俺の無様な状況と、小学生時代の愚かな俺が、重なってしまったのも原因かもしれない。

俺はため息をつきながら、東中野駅の改札を出て、とぼとぼとアパートまで歩いた。

回想・1996年9月~1997年12月

ポケモン事件の前に、マリアが転校してきてからの日々を、改めて振り返る——。

俺やタケシと同じ五年一組に転入したマリアは、女子よりも俺たち男子とよく遊んでいた。運動神経がよく、当時の俺たちより背も高かったマリアは、男子に交じってサッカーをしても十分戦力になった。小学校低学年でJリーグ開幕を迎えた俺たちにとって、学校の休み時間はほぼサッカー一色だったけど、下校後や休日の公園では、人数が集まればサッカーやけいどろ、人数が少なければ缶蹴りなどと、その場の思いつきで遊びが決まった。

公園での遊びで、記憶している限りで一番ひどかったのは、落ちている犬のフンを木の枝で打って遊ぶゴルフ、通称「ゴルフン」だ。強く打ち過ぎたらフンが弾け飛び、みんなで「ぎゃ〜っ」と叫んで逃げ回ったり、プレー後の木の枝で恐怖のチャンバラごっこが始まったりと、悪ノリの限りを尽くしたその遊びは、最後はタケシが打ったフンがOBになって公園を飛び出し、外の道路を散歩していたお爺さんの目の前にぽとりと落ち、「お前ら何やってんだ!」と激怒され、学校に苦情が入り、「団地の公園で犬のフンを使った下品な遊びをしている子たちがいるそうです。みんな絶対にやらないように」と担任の先生からお達しがあったことで終わったと記憶している。思えば、帰りのホームルームで「こんな遊びをしている子がいるという苦情が入りました」と報告される遊びは、ほとんどタケシや俺が発明していた気がする。

火遊びもしょっちゅうしていた。近年は公園での花火が禁止されつつあるらしいけど、当時の俺たちは大人の付き添いもなく、ネズミ花火や煙玉に百円ライターで火をつけて盛り上がっていたし、ロケット花火を二チームに分かれて撃ち合ったりもしていた。たしかあの遊びも、最後は学校のホームルームで「公園でロケット花火を撃ち合っている子たちがいるそうです。危険なので絶対にやめましょう」とお達しがあって、禁止になった記憶がある。ただ、のちに大人になってから北野武監督の映画『ソナチネ』を見た時、海岸でヤクザたちがロケット花火を撃ち合って遊ぶ名シーンがあったので、小学生時代の俺たちの発想は金獅子賞レベルだったんじゃないかと、ちょっとうれしくなったのを覚えている。

さらに、公園の地面から粘土を掘って土器を作り、落ち葉や枯れ枝で焚き火をして縄文時代と同様の方法で焼くという、もはや火遊びの範疇《はんちゆう》にとどまらない、考古学的で知的な遊びもしていた。まあ、知的といっても、粘土をとぐろ状に巻いたものを焼いて「できた、カチカチの巻きグソ！」なんて喜んでいたレベルだけど。

俺とタケシは毎日、公園のレギュラーメンバーとして、そんな遊びをしていた。準レギュラーとして同級生のツヨシやガイルがいて、そこに新たにマリアも加わるようになったのだ。

マリアが俺たちと公園で遊ぶようになった要因として、弟のケントがいたのもある。ケントは二つ年下で、毎回ではなかったけど、マリアと一緒に公園に来て、俺たちともよく遊んでいた。ちなみに、ケントは漢字で書く名前だったのに、マリアは本名がカタカナだから、「親が私の時は手抜きしたみたい」とよく不満げに言っていた。

ただ、マリアが男子に交じって遊んでいた最大の理由は、別のところにあった。

マリアは、同級生の女子のグループになじめなかったのだ。

女子の人間関係が難しいことは、俺たち男子にも分かっていた。俺たちの同級生の女子は、マルコ、サエ、シノラーあたりが強い権力を持っていて、常に争いが起きていないと気が済まないのか、気に入らない女子をたびたび仲間外れにしていた。――ちなみに、サエは本名だったけど、シノラーは、当時超ハイテンションキャラの女子高生タレントとしてブレイクし、まさか二十年後には慎ましやかな大人のタレントになるなんて想像もできなかった篠原ともえに、顔が少し似ているというだけの理由であだ名が付けられていた。今では本名すら思い出せない。

そんな女子のグループに、転校生でしかも外国にルーツがあるマリアは、残念ながらうまく入ることができなかったのだ。ただ、マルコらのようなリーダー格の女子でさえ、たまに仲間外れにされたり、かと思えばまた仲直りしたりしていたので、群れの中にいるために片時も油断できない女子同士の関係のシビアさは、男子の立場から傍観しているだけでもひしひしと伝わってきた。

「マジで女子って陰湿だよな。男子はあんな仲間外れとか無視とかしないもんな」

「本当だよな。気にすることないよ、マリア」

いつだったか、俺とタケシでそんな風にマリアを慰めたことがある。たしか、学校で何かの班を決める時にマリアだけ仲間外れにされたとか、そんなことがあった日だ。

「別に気にしてないよ。こうやって男子と遊んでる方が楽しいし」

マリアはそう言った後、語気を強めた。

「でも、私のことはいいけど、お母さんのことを外国人だからって悪く言われるのは、本当にむかつく。それも陰でこそこそ言うの」

「俺らは言わないよな。言うとしても正々堂々言うもん。変な噂も流したりしないし」

俺の言葉に、タケシもうなずいた。

「そうだよ、サエとかひでえよな。あいつしょっちゅう人の悪い噂流してるもんな」

「そういえばサエって、志村けんが死んだっていう嘘も流してたよな」

「ああ、そうだった。サエの親戚が勤めてる病院に、ゴルフ場から志村けんが運ばれてきて、そのまま死んだとか、ずいぶん詳しい嘘を作ってたよな」

「ふざけんなよ。俺たちのバカ殿を勝手に殺しやがって」

最終的に俺たちは、マリアの話題からそれて、志村けん死亡説にだまされた恨みを思い出して怒っていた。――あれは俺たちが小学五年生の年、当時まだ襟足が黒髪ロングだった志村けんが、北関東で死亡したというデマがなぜか日本中に流れ、最後は本人が自ら否定する事態にまで発展したのだ。近年フェイクニュースなんてものが騒がれているが、あんなものはインターネットの普及前からあった。というか、当時あんなデマを率先して流していた輩が、ネットという悪ふざけ増幅装置を手にした結果、より悪質な嘘を流すようになったのだろう。

当時の俺は、マリアに淡い恋心を抱きつつ、同じ転校生という立場でのシンパシーも感じていた。ある時、俺はマリアと、それぞれが転校してきた理由について話したことがあった。

「うちは、お父さんの仕事の都合で引っ越してきたんだ」

マリアが言ったのに対して、俺は自分の事情を説明した。

「俺は、父さんが死んじゃったから転校したんだ」

「え、そうなの？」マリアが驚いた。

「俺が二年生の時に父さんが癌《がん》になって、入院にお金がかかった上に、いい保険にも入ってなくて、最終的に死んじゃったから、住んでた家から引っ越さなきゃいけなくなったんだ」

「ごめん……つらい話をさせちゃったね」マリアは悲しそうな顔で言った。

「ううん、大丈夫」

今思えば不謹慎だけど、俺はどこかマリアに自慢しているようなところがあった。俺はこんな大変な家庭環境で生きてる苦労人なんだぜ、どうだ格好いいだろ、みたいな気持ちがあったのを覚えている。

元気な頃の父の記憶は、ほとんど残っていない。どんな会話をしたのかすら、ろくに覚えていない。仕事人間で、休日出勤も多く、あまり家にいなかったせいもあるだろう。ただ、仕事から帰ってきた後、宿題を分かりやすく教えてくれた記憶は残っている。九九を習った時に、「九の段は一番難しいように思えるけど、十の位が1ずつ増えて一の位が1ずつ減っていくから実は簡単なんだよ」と説明されたことだけ、やけにはっきり覚えている。そんな父の影響もあってか、俺は小さい頃から勉強が好きだった。

あとは、お見舞いに行くたびに痩せていき、最後は病院のベッドの上で眠ったままになっていた父の記憶がぼんやり残っているだけだ。主治医が一生懸命手を尽くしてくれていたのは、子供心に分かった。たしか太田という名前の医師だった。でも、結局父は助からず、父の死後、母はホステスとして働いて、今は母一人子一人の生活だ。――といった話を俺が打ち明けると、マリアは泣き出しそうな顔になっていた。

「本当に大変だったんだね。うちも、あんまりお金ないし、母親が外国人だから色々言われたりするけど、お父さんを亡くしてお母さんが一人で働いてるって、すごく大変だと思う……。ちょっと泣きそうになっちゃったもん」

そこで話を終わりにしてもよかった。でも、どういうわけか俺は、泣ける話で終わらせたくない、全部マリアに話そうと思ってしまった。夫の死後、女手一つで苦労しながら息子を育てている。――そこまでなら美談だが、母はそんな一筋縄でいく人間ではなかったのだ。

「いや、それがさあ、そんな感動的な話じゃないんだよ」

「えっ？」

「だってうちの母さん、父さんが死んでから三ヶ月ぐらいで、もう彼氏作ってたんだから」

「うそ……」マリアは目を丸くした。

「もう四十近いのに、自分のこと恋愛体質とか言っちゃってるし。しかも、なんか後から聞いたら、父さんが入院する前から、夫婦仲も父さんの実家との仲も、うまくいってなかったんだって。それで、父さんが死んでスナックで働くようになったら、すぐ他の男見つけてやんの。『お父さんは元々三番手だった』とか、『お父さんに本気で惚れて結婚したわけじゃなかった』とか、平気で言ってるぐらいだもん」

俺はマリアに洗いざらい喋った。――母は、特別美人ではないが、小柄で色白で、男好きのする顔だったようだ。そして、父の死後「この人、お母さんの彼氏」と母に紹介された男は、合計で十人近くいたと記憶している。まあ相手の男も、惚れたホステスの家に行ってみたら、子持ちだと知って尻込みしたのだろう。ほとんどの男を二度と見ることはなかった。

「しかも母さん、『実はお父さんの担当医も狙ってた。でも結婚してたし、浮気しそうになかったからあきらめた』とか言ってたからね」

「えっ……それはさすがに嘘なんじゃないの？」マリアは複雑な顔で言った。

「いや、たぶん本当だと思うよ」

母は家で、缶の梅酒を飲んで酔っ払いながら、小学生の俺を相手にそんなことまで語っていたのだ。真剣に父の治療に取り組んでいた主治医の太田先生に対して、母が色目を使っていたことを、よりによって母自身の口から聞かされた時は、俺もさすがにショックだった。もっとも、マリアの言った通り、母が酔った勢いで誇張した話だったのかもしれないけど。

俺の家庭の事情は、タケシら同級生もだいたい知っていたけど、ここまで詳細に話したのはマリアだけだった。ただ、マリアもあの話を聞いて、さすがに引いていたようだった。「そっか、色々大変だったんだね」と引きつった表情で言って、その後さりげなく話題を変えられたような記憶が残っている。

でも一方で、あそこまで腹を割って話したから、その後もマリアは、俺のよき理解者でいてくれたのだろう――。

小学生のうちは、ほとんど毎日のように、マリアと一緒に遊んでいた。何度か、マリアの母親とも顔を合わせたことがあった。マリアによく似た目鼻立ちのはっきりした美人で、日本語は片言で、「こんちわ〜」とか「マリア遊んでくれてありがとね〜」と、いつも俺たちに声をかけてくれた。

タケシは、よく俺たちの前で「ありがとね〜」とか「サッカーやりましょね〜」と、マリアの母親のモノマネをしていた。でも、マリアの前では絶対にやらなかった。やっぱりタケシも、マリアを異性として意識して、嫌われないようにしていたのだろう。

——そんな、小学六年生の、もうすぐ冬休みという日だった。

その日は、俺とツヨシとガイルと、マリアとケントと、もう名前も思い出せないケントの同級生の六人で、三対三のサッカーをしていた。もちろん普通の児童公園にサッカーゴールなど無いので、広場の両端に植えてある木の「この木からこの木までがゴール」という決め方だった。たしかあの頃のサッカーは、足の速い子がダッシュすると「よっ、岡野！」と声がかかり、ゴール前の決定機で外しても「おいっ、岡野！」と声がかかった。そしてゴールを決めた後は、カズダンスか、片膝をついて額に指を当てる「ビスマルクのお祈りポーズ」をしたものだった。

タケシはこの時期、公園に毎日は来なくなっていた。というのも、タケシは中学受験をしていたのだ。田舎の小学校の、二クラスしかない俺たちの学年で、中学受験をしたのはタケシだけだった。利根川《とねがわ》学院という、地域では名の知れた名門私立の中等部が志望校だった。

ただ、中学受験はタケシ本人の意思ではなく、医者である父親の意向だったようで、「中学なんて何もしなくても入れるのに、わざわざ受験して、受かったら友達と離ればなれになって通学時間が超長くなるとかマジ意味分かんないよな」と本人が言っていたのだから、結果はだいたい予想できていた。実際、公園に来る頻度が減っていたとはいえ、タケシはしょっちゅう塾をサボって顔を出していたのだ。

そして、その日もタケシは、俺たちがサッカーに飽きてきた頃に現れた。自転車でやってきた時点でもうニヤニヤしていたので、何か企んでいることはすぐに分かった。

タケシは、自転車のかごに入れたリュックから、ＶＨＳテープを取り出して言った。

「これ、昨日のポケモンのビデオなんだ」

タケシが自宅で録画していたのか、それとも学校や塾の友達から借りてきたのか、今となっては覚えていないけど、俺たちはタケシの言葉を聞いて一斉に色めき立った。

「えっ、あのニュースになってるやつ？」

この前日、テレビアニメ『ポケットモンスター』の演出で、赤や青の光の点滅が多用され、それを見ていた全国の視聴者のうち百人以上がめまいを起こして入院した、のちに「ポケモンショック」と呼ばれる事件が起きていたのだ。子供向けのアニメの冒頭で「テレビをみるときはへやをあかるくしてね」といったテロップが出たり、記者会見のニュース映像で「フラッシュの点滅にご注意ください」とテロップが出るようになったのは、あの事件がきっかけだった。

ただ、放送翌日の時点で、小学生の俺たちが知っていたのは「昨日のポケモンを見て気分が悪くなった子供がちょっといるらしい」という程度の情報だった。

「今日、うちの母親出かけてるからさ、うちのビデオでこれ見ないか？」

タケシは楽しみで仕方ないという表情で、俺たちを誘ってきた。

「へえ～、すげえ」

二歳下のケントとその友人は、興味津々の様子だった。だが、マリアはきっぱり言った。

「私とケントは行かないから」

姉としての責任感だったのだろう。マリアはケントの前にさっと立ちはだかった。

「なんだよ、ビビリだな～」

タケシは少々がっかりした様子だったが、すぐ俺たちに向き直った。

「他は全員来るだろ？」

「いや、俺行かねえわ。昨日弟と見たし。別に平気だったもん」ガイルが言った。

「ガイル、明るい部屋で見たんじゃないか？　暗い部屋で見たら全然違うらしいぞ」

タケシが言ったが、ガイルは首を傾げながら答えた。

「いや〜、俺たぶん、そういうの大丈夫なんだよね」

「おいおい、さてはガイル、びびってんじゃねえか？」

「はあ？　びびってねえよ。マジで大丈夫だったたっつってんだろ」

ガイルが詰め寄ると、「ああ……そうか」と、タケシはおとなしく引き下がった。ガイルは俺たちの中で一足早く第二次性徴を迎え、身長と運動能力が急激に伸びていたので、喧嘩になりそうな場面ではタケシは引き下がるようになっていた。

そこで、ちょっと重くなってしまった空気を察して、俺は言ったのだった。

「じゃあ俺、見に行こうかな」

「お、ヨッシー来るか？　ツヨシも来るだろ？」

「あ、うん、行く」ツヨシはうなずいた。

こうして、俺とタケシとツヨシの三人で、例のポケモンのビデオを見ることになった。マリアは最後まで「やめときなよ〜」と止めていた。しかしタケシは「怖いなら来るな。俺たちは挑戦する」と格好つけて言い残し、俺たちとともに公園を出発した。

自転車でタケシの家へ向かう道中、俺たちは「ドドリアさん、左に曲がりますよ」「ザーボンさん、坂を登りますよ」「ご覧なさい、きれいな花ですよ！」などと、ドラゴンボールのフリーザのモノマネで会話しながら自転車を漕いだ。とんでもなく強大な戦闘力を持ち、たしか親の代から宇宙を支配している御曹司で、他人を虫けらのように殺す凶暴な性格なのに、あいつは人生のどのタイミングで敬語を覚えたのだろう。極悪宇宙人なのになぜか敬語で話すフリーザは、俺たちの世代が子供の頃に一度はモノマネしたであろう、愛すべきキャラクターだった。

ほどなくして、タケシの家に到着した。

「ただいま〜。友達連れてきた」

「お邪魔しま〜す」

俺とツヨシは、タケシに先導されて家に上がった。

「おかえりなさい。……ああ、お友達も、ようこそいらっしゃい」

迎えてくれたのは、野田さんという五十代ぐらいの家政婦のおばさんだった。タケシの家で野田さんを見るまで、俺にとって家政婦というのはフィクションの中だけの存在、それもほぼ市原悦子のイメージしかなかった。ちなみにタケシの母親は、仕事をしているわけでもないようで、野田さんが家のことをやっている間に何をしてるんだろう、と思ったこともあったけど、家庭の事情を詳しく聞かれたくないのは俺も一緒だったので、タケシに聞いたことはなかった。

俺がタケシの誘いに乗ったのは、もちろん噂の映像を見たいという好奇心もあったけど、タケシの家でもらえる高級なお菓子を目当てにしていた部分もあった。この日もタケシは、自分の部屋に俺とツヨシを案内した後、いったんリビングに下りて「これ食いたいか?」と、ゴディバのチョコレートを持ってきてくれた。

「おお、ありがとう、いただきま〜す」

俺はさっそく手を伸ばした。ところが、タケシはチョコレートの箱をさっと引いた。

「おいおい、俺は『食いたいか?』って聞いただけで、まだ食わせてやるとは言ってないぞ」

「へえ、失礼しました兄貴。おいらにうまそうなチョコレートを食わしてくだせえ」

俺はまたペコペコと頭を下げ、卑屈な貧乏人のコントを演じた。――こんなやりとりを、たぶん俺はタケシと百回以上やっていただろうけど、あくまでもコントという体《てい》だったので、心はまったく傷ついていなかった。今思えば、もう少し傷ついてもよかった気がする。

「しょうがねえ、食わしてやろう」タケシがうなずいた。

「ありがとうごぜえます兄貴！」

俺は喜んでそれを食べた。正直、その時点でもう満足で、ポケモンのビデオなんてどうでもよくなっていた。

「これうまい！　クリームが入ってる」

ツヨシも感激した様子で、口の中から食べかけのチョコを取り出してみせた。それを見て俺とタケシは「馬鹿、汚えな」「ツヨシ、しっかりしろ」と言って笑った。

「じゃ、そろそろ見るぞ」

タケシが、部屋の明かりを消してカーテンを閉めてから、例のポケモンのビデオテープを、テレビデオに入れた。——テレビとビデオデッキが一体になったテレビデオは、今では骨董品の域に入っているだろうけど、当時は最先端の家電だった。

「電気つけないとだめだよ」

ツヨシが言った。でもタケシは、すぐに言い返した。

「それじゃ面白くねえだろ。ツヨシ、しっかりしろ」

ツヨシは、ことあるごとに、その少し前に放送されていた『ツヨシしっかりしなさい』というアニメのタイトルにちなんで、みんなから茶化されていた。——ツヨシは勉強も運動も得意ではなく、会話もあまりうまく続けられない子だった。たぶん今だったら、学習障害とか自閉症スペクトラムとかADHDとか、そういった診断が下っていたのだろう。でも、当時はそんな言葉はなかった。いや、専門家の間ではあったのかもしれないけど、世間一般には広まっていなかったし、ツヨシは特別な配慮など一切されずに、俺たちと同じ教室に通学していた。

タケシがテレビデオの再生ボタンを押し、いよいよアニメが始まった。でも俺は、そもそもポケモンについてほぼ何も知らなかった。さすがにピカチュウの存在は知っていたけど、よく知らないキャラクターたちが、よく分からない設定のもと冒険していくストーリーに、最初からついて行けなかった。それに正直なところ、大したことないんだろうとも思っていた。昼間の学校でも、クラスメイトに何人か、昨日のポケモンを見ていた子がいたけど、みんな「俺は平気だったよ」とか「なんで気分が悪くなったのか分からない」と言っていたし、公園でガイルも同じようなことを言っていた。

ストーリーは進んでいき、戦いのシーンになった。ミサイルが何発も飛んできて、ピカチュウが体から出した電流でそれを撃ち落とすようなシーンだったと思う。

その時、赤と青の光が、すごい速さで点滅した。

あ、まずい、と思ったけど、俺は言い出せなかった。

すうっと血の気が引いていく感覚があった。今思えば、画面から目をそらせばよかった。でも、予期せぬ感覚にパニックになった俺は、逆に画面を凝視してしまった。

視界がぐるんと回転した。次の瞬間、後頭部にゴツンと痛みが走った。俺はよりによって、タケシの部屋の勉強用の椅子に座っていた。その椅子ごと倒れて、後頭部を強打してしまったのだ。薄暗い部屋の中で、俺の視界はもう真っ暗になっていた。

「おい、ヨッシー何やってんだよ〜。いいよそういうの」

タケシは最初、俺がふざけたのだと思ったらしい。

でも、数秒置いて、今度はツヨシの叫び声が聞こえた。

「ヨッシー！　やばい、白目だ！　白目だ！　大変だよ」

ツヨシは、少ない語彙で、必死に俺の状況を説明した。そこでタケシも、事の重大さに気付いたようだった。

「えっ、マジかよ！　やべえ」

「救急車、救急車」

「えっと……とりあえず、野田さん呼んでくる」

そんな二人の声が、暗闇の中でどんどん遠ざかっていくように感じた――。


目を覚ますと、そこは病室だった。

「気がついたか」

ベッドの傍らにいたタケシが言った。個室の病室で、他には誰もいなかった。

「ごめんな、ヨッシー」

タケシはまず謝罪の言葉を口にしたが、続けて言った。

「でも、俺もツヨシも全然平気でさ、倒れたのはヨッシーだけだったんだよ」

「そっか……ごめん」

俺も第一声で謝ってしまった。今考えれば、あの時点でタケシの術中にはまっていたのだ。

もっとも、俺はあの時点では、本当に悪いと思っていた。仲間内の危険な遊びで脱落して、大人を巻き込んだ大ごとにしてしまうのは、当時の俺たちにとって恥だったのだ。今なら分かる。悪いのはタケシだったということも、タケシはその先の展開のために巧妙に話を組み立て、まず俺に罪悪感を覚えさせたのだということも——。

「まあ、仕方ないよ。それに、野田さんがパニクって救急車呼んじゃったから、こんなところまで来ちゃったわけだし」

タケシは寛大に許してやったようなスタンスで言ったが、今考えたら、タケシこそが真っ先にパニックになって、家政婦の野田さんを呼びに行ったのだ。でも当時の俺は、失神から目覚めたばかりだったこともあってか、そこまで気が回らなかった。

「それでさあ」タケシは神妙な顔で切り出した。「ここ、うちの親父の病院なんだよ」

「あ……そっか」

大野団地から近い病院といえば一つしかなかった。

「で、本当はこういう時、やっぱりヨッシーんちが入院費を払わなきゃいけないらしいんだよ。だって、俺とツヨシは倒れてなくて、ヨッシーだけ倒れちゃったわけだから」

タケシはここでも、俺にも責任があるようなニュアンスを匂わせてきた。

「ああ、そうなんだ……」

俺の心に暗雲が立ちこめた。ただでさえ貧乏なのに病院代がのしかかってしまう。母がやりくりに苦労する顔が容易に想像できた。

そうやって、俺の心配が募っていくのを見透かしたように、タケシは言った。

「でも、俺が親父に話して、今回は特別に入院費はタダでいいってことになった」

「本当に？　ありがとう」

俺はとっさに感謝してしまった。なんて馬鹿だったのだろうと今なら思える。タケシのやり口は小六にしては巧妙だっただろうけど、それにしても俺は俺で、小六にしては馬鹿すぎた。

そこでいよいよ、タケシが取引を持ちかけてきた。

「ただ、その代わり、今回のことは秘密にしてくれないか？　先生にも友達にも、それにヨッシーのお母さんにも言わないでほしいんだ。うちの庭で、段差につまずいて転んで頭を打って、病院に運ばれたことにしてほしいんだ。——そうしないと、俺もヨッシーもツヨシも、みんな怒られちゃうからさ。あと、そうすれば、悪いことして怪我したわけじゃないから、入院費もうちでスムーズに払えるらしいんだ」

「あ、そうか」

俺は簡単に納得させられてしまった。するとタケシは、にやりと笑ってから言った。

「そういうことでいいか？　ヨッシーはうちの庭でつまずいてコケた、ポケモンのビデオなんて見てないってことで」

「うん。ビデオのことは誰にも話さないで、ただタケシんちの庭でコケて頭を打ったって説明すればいいんだな」

「その通りだ。よろしく頼む」

タケシがうなずいた後、「じゃ、約束な」と言って、おなじみのポーズをとった。

「男同士のお約束！」

俺も、いつものノリで、ベッドの上でポーズをとった。──今にして思えば、タケシは中学受験を控えていたのだ。そんな中で、危険だと分かっていたポケモンのビデオを友達に見せ、そのせいで友達が失神してしまったなんて、ばれるわけにはいかなかったのだろう。それに俺も、「この件を他言しなければ医療費は払わなくて済むし、怒られなくて済む」という理屈を素直に信じてしまった。

あの後、俺は数日間入院した。後頭部を打っていたので、病院側も大事を取ったらしい。でも俺は、母や担任やクラスメイトに対しては「タケシの家の庭で転んで頭を打った」という嘘で通した。お見舞いに来てくれたガイルを含め、あの日一緒に公園で遊んでいたメンバーは、俺が例のポケモンのビデオを見て倒れたことをなんとなく察していたみたいだったけど、他の友達にそのことを知られることはなかった。ツヨシも、タケシに言いくるめられたのか、それとも自分の目撃談を他人に話すことがそもそも難しかったのかは分からないけど、俺の負傷の真相を他言することはなかった。

一方、マルコやサエやシノラーなど、女子も何人かお見舞いに来てくれた。そんな中、密かに楽しみにしていたのが、マリアがお見舞いに来てくれることだった。

そろそろマリアが来るかな。できれば一人で来てほしいな。そうすれば病室で二人きりで過ごせるもんな。来たらどんな話をしようかな……と、俺は頭の中で何度もシミュレーションをした。ちょうどその時期は年末で、秋から始まったドラマが最終回を迎えていた。個室でテレビが見放題だったこともあり、俺はマリアが見ていると言っていた『成田離婚』というドラマを、病室のテレビで最終回だけ見て「あのあと草彅君と瀬戸朝香はどうなったんだろうね～」なんて話題も振ってみようと思っていた。

でも、マリアは結局、一度もお見舞いに来てくれなかった。

ただ、退院後にマリアと会った時に「なんで来てくれなかったんだよ？」とか言ってしまうと、お見舞いを心待ちにしていたのがばれてしまう気がして、結局その件については何も言わなかったのだった。

――これが、俺が元々記憶していた。小学六年生の冬の思い出だ。

そして、ここからは、二十年以上経って初めて聞いた、マリアの言葉だ。

「実はね、私あの時、病室のドアの外で、二人の密談を聞いてたの」

今夜マリアに言われて、俺は驚いてしまった。

「しかもその前に、下のロビーで、二人のお母さんが話してるのも聞いてたの。『うちの子が悪いんですから、当然入院費はタダにさせてもらいます』『ありがとうございます】って、お母さん同士ではもう話がついてたの。なのに、私が病室の前まで来たら、中で二人が、裏取引みたいな密談をしてるのが聞こえちゃって……。私、仲良しだと思ってた二人の間で、お金が絡んだ汚い取引みたいなのが交わされてるのが、なんかすごいショックで、そのまま帰っちゃったの」

マリアは、俺がタケシに言いくるめられているのを聞いて、いたたまれなくなって、病室の前から引き返してしまったのだ。まさか二十年以上を経て、そんな事実を知らされるとは思わなかった。まったく、今思い出しても恥ずかしい限りだ。

俺は部屋で一人、まだ羞恥心を引きずりながら、帰り道のコンビニで買った梅酒をすすった。

第3章　カラオケと後悔

2019年7月12日

マリアとイタリアンレストランで食事をしてから、二日が経っていた。

牛丼屋で早めの晩飯を済ませた帰り道。俺の前を、部活帰りらしい制服姿の生徒たちが、歩道を横に広がって歩いていた。男女三人ずつで「マジで～」「ウケる～」なんて喋っている。


別に急いでいるわけでもないし、俺一人だけなら構わなかった。でも俺の後ろから、小さい子供を乗せた母親の自転車もやってきて、足止めされて困っている様子だった。

俺の地元ではこんな時、チリンチリンとベルを鳴らしたものだが、現代の東京では、歩道上で自転車がベルを鳴らして歩行者をどかせるのはルール違反とされている。

この自転車も、やはりベルは鳴らそうとせず、母親が車道の後ろをちらちら見ていた。

車道に出て追い抜こうとしているのだろう。だが車道は交通量が多いし、そもそもこの歩道は、歩行者と自転車のレーンが色分けされていて、生徒たちは自転車のレーンまで広がって歩いている。どう考えても、生徒たちが道を空けるべきだ。

俺は、生徒たちの後ろで大きく咳をした。でも彼らは、仲間の声しか聞こえていないのか誰も振り向かない。次に俺は、大きく舌打ちをした。それでも誰も振り向かない。

俺はとうとう実力行使に出た。生徒たちに後ろからぶつかって、強制的に道を空けさせる。「いてっ」「はあ?」と、突然乱入してきた不審者に戸惑う生徒たち。俺は構わず全員にぶつかりながら追い抜いた後、振り向いて声を上げた。

「邪魔だよ! 後ろが迷惑してんだ!」

彼らは絶句して固まった。顔立ちの幼さを見ると、どうやら中学生のようだ。

「子供乗せた自転車が来てんだろうが!」

俺が背後を指差すと、彼らは後ろを振り向いて、さっと道を空けた。そこを、自転車を漕ぐ母親がペコペコと頭を下げながら通る。

その自転車が俺の脇を通り過ぎる時、荷台の座席に乗せられた三、四歳ぐらいの男の子が、俺を見ながら声を上げた。

「おじちゃんこわ〜い」

「こら、ダメ!」

母親は、慌てた様子で子供を叱ると、逃げるようにスピードを上げて去っていった。ああ、そうだろう。あの子にとっては、明らかに俺が一番怖い人間だっただろう——。俺はもう一度中学生たちを睨みつけてから、足早に歩いた。角を曲がったところで、背後から微かに声が聞こえてきた。

「どいてください、とか普通に言えばよくない？」

女子生徒の声だった。すぐに「しっ！ 声でかい」「聞こえたやらヤバいだろ」といさめる友人たちの声が聞こえてきた。

だが、俺には分かっていた。——どいてください、とか普通に言えばよかったのだ。彼女の言い分が正しいのだ。

楽しくおしゃべりしながら歩いている中学生に、突然ぶつかって道を空けさせ、怒鳴り散らすおじさん。明らかに危ない奴だ。ああそうだ、俺は危ないおじさんなのだ。なんたって前科二犯。世間的に見れば、この上なく危ないおじさんなのだ。

俺は、レストランでマリアと会って以来、些細なことで苛立つようになってしまった。せっかくの楽しい食事だったのに、いい別れ方ができなかったことも心残りだったし、昔の情けない記憶がよみがえってしまったことが、思いのほか尾を引いていた。

もう一回マリアに会いたい——。俺はいつしか、恋煩いのような状況に陥っていた。その結果、通りすがりの中学生に八つ当たりしているのだ。なんと哀れな男だろう。

ただ、刑務所に入っていた二年間は、女を間近で見ることすらできない生活だったのだ。女自体に飢えている状況で、出所早々、人生で最も心をときめかせた初恋相手に再会してしまったのだから、心の調子が多少おかしくなっても仕方ないのだ。——なんて頭の中で自己弁護しながら、日が暮れた住宅街を一人歩いていた時、ポケットの中のガラケーが振動した。

画面を見ると、「Eメール受信中　マリア」の文字があった。

俺は思わず「おっ」と声を上げ、すぐにメールの内容を確認した。

「おとといはありがとう。最後あんな感じになっちゃってごめんね。次はいつ会える？　実は、付き合ってほしい用事があるの。たいした用事じゃないんだけど、一人よりは二人の方が楽しい用事♥」

その文面を見て、俺はちょっとした可能性を感じ始めていた。

もしかして、マリアの方も、昔の思いが再燃しているんじゃないか？

マリアはおとといのレストランで、俺を「初恋相手」だと言った上で「私は今でも、善人君と付き合ってた頃の気持ち、忘れてないよ」とまで言っていた。そして、再び俺を誘ってきているのだ。しかもハートマークの入ったメールまで送ってきているのだ。

これはあわよくば、一気に関係を発展させられる状況なんじゃないか？

どうやら結婚生活がうまくいっていないようだという雰囲気は、先日のマリアの言葉の随所に感じられた。「入院中は主人と一対一で逃げ場がなかった」とも言っていたし、子宮を摘出したという告白の後、「それもあって私たちなおさら……」と言ったきり口ごもった場面もあった。どちらも夫婦関係が良好なら出ない言葉だろう。

だが、ここで俺は自分に問いかけた。おい俺よ、本当に不倫する勇気があるのか？　俺が一時の欲望に押し流されることで、かつて毎日のように一緒に遊んだ、幼なじみ同士の夫婦の関係を崩壊させてしまうかもしれないんだぞ。……なんて少し考えてみたけど、前科二犯が何を恐れているんだと思い直した。泥沼不倫だって上等じゃないか。空き巣と違って犯罪でもないんだし、そもそも空き巣も不倫も、ばれなければ問題ないのだ。そうだそうだ、ばれないようにやろう！　こうして俺は、あっさり一時の欲望に押し流されることを決めた。

そうなると、さらなる下心が頭をもたげてくる。――うまくすれば、次の機会にでもマリアを抱けるんじゃないか？

バリバリ童貞だった思春期に、少ない知識で、マリアとの妄想に耽ったことはある。でも、実際にマリアと付き合っていた頃も、そこまでの関係に発展することはなかった。そして今の俺は、服役中はもちろん、その前も含めて長らく色事とはご無沙汰だ。

「今週は割と暇だから、言ってくれればいつでも時間作れるよ」

これがベストの返答だろう。俺はマリアにメールを返した。

再会して一週間余りで、もう三度目の逢瀬《おうせ》だ。スーさんはまだ旅行から帰ってこない。これは場合によっては、マリアを部屋に上げる可能性もありえるのではないか。そして、場合によっては部屋の布団で……なんて考えていたら、マリアから返信がきた。

「じゃ、明日の午後5時、東中野で会わない？　この前は高円寺まで移動させちゃったから、今度は善人君のおうちのすぐ近くまで行くね」

俺はますます鼻息が荒くなった。「善人君のおうちのすぐ近くまで行くね」――これはすなわち、お持ち帰りもOKだという意思表示なのではないか？　もちろん相手は人妻なので泊めるのは無理だろうが、早く帰せば一発ぐらい……。

俺は了解のメールを返すと、アパートへの帰路から引き返し、ドラッグストアに向かった。そして久しぶりに、○・○何ミリという数字を吟味して、そのゴム製品を購入した。俺は「子宮を取ってるなら生でも大丈夫だよね？」なんて、性感染症のリスクも考えずに行為に及ぶような最低な男ではない。ただ、行為自体はしたい。すごくしたい。すごくすごくしたい。

ムラムラしたまま、再び家路につく。その途中で、道端のゴミ集積場が目に入った。ゴミは朝に出すルールになっているのに、夜のうちから出してしまう人も多い。明日は資源ゴミの日のようで、古紙の束がいくつか置かれていた。

その中に、紙袋に入れられた、成人向け雑誌があった。

俺は辺りを見回してから、一冊を手に取って、Tシャツの中に入れて持ち去った。

とりあえず、このムラムラを処理したかった。もうすでに俺の中では、明日マリアを部屋に連れ込む想定ができてしまっていた。それにあたって、あまり溜め込んでいると、いざ本番という時に早々と暴発してしまう可能性だってある。もちろん、ゴミ捨て場からエロ本を持ち帰るなんて、大人として相当ヤバいことをしているというのは分かっている。でも、なんたって前科二犯なのだ、その肩書きだけですでに十分ヤバい奴なのだと、俺は開き直っていた。

部屋に帰り、雑誌をTシャツの中から出して確認する。アダルトビデオメーカーの新作紹介の情報誌だった。発売日は去年なのですでに新作ではないが、オカズとしては申し分ない。俺はそれをユニットバスに持ち込んで鑑賞しながら、煩悩と遺伝子の廃棄処分をさっと済ませた。とりあえずこれで、明日マリアと夢見た通りの状況になったとしても、あまりに早く果ててしまうようなことはないだろう。

いただいたオカズは、スーさんが分別していた古紙の束の下の方に隠す。マリアが部屋に上がったとしても、ここまで見られることはないはずだ。スーさんは割と几帳面で、部屋は片付いているし、布団にも目立った汚れはない。明日マリアを招き入れても問題ないだろう。

さあ、明日が勝負だ——。俺は改めてマリアからのメールを見る。

「付き合ってほしい用事があるの。たいした用事じゃないんだけど、一人よりは二人の方が楽しい用事♥」

いったい何のことだろう。買い物か何かだろうか。——夢想しながらも、もちろん頭の中は、その用事が済んでからのことでいっぱいだった。

2019年7月13日

翌日、東中野駅の改札を出てきたマリアは、スカートではなくジーンズを穿いていた。

「カラオケ行くのほんと久しぶり〜。ごめんね、時間作ってもらっちゃって」

マリアはそう言って、俺に手を振った。一方、俺は真っ先に、この服装は少し脱がしづらいな、と思ってしまった。いかん、下心が先走りすぎだ。すぐに自制する。

あと、メールに書いてあった「付き合ってほしい用事」の内容を、ここで初めて知らされた。

「用事って、カラオケのことだったのか。買い物とかだと思ってた」

俺が言うと、マリアは大きくうなずいて語った。

「主人の病院の奥様会みたいなのがあって、そこで今度カラオケ歌わなきゃいけなくなっちゃったの。本当は行きたくないんだけどさ、行かないと色々と面倒くさくて」

「病院の奥様会か……。たしか『白い巨塔』でも、そんなシーンがあったな」

「本当にあんな感じだよ。大学病院でもないのにさ」

マリアは困った顔でうなずいた後、笑顔を見せた。

「それで、練習に付き合ってもらいたくて、また善人君のこと誘っちゃったの」

「でも、マリアは練習なんかしなくても歌うまいだろ」

「ううん、そんなことないよ」

マリアは照れ笑いを浮かべたが、俺はその歌声をよく覚えている。

マリアは、前回のレストラン同様、駅近くのカラオケボックスをネットで見つくろっていた。店に入り、マリアが受付を済ませ、部屋番号を渡される。俺はあわよくば室内でいちゃつけないかと密かに期待していたが、部屋に向かうまでの廊下にしっかり「全室防犯カメラ作動中」という貼り紙があるし、各個室のドアには窓があって、廊下から中が見えるようになっている。これではいちゃつくのは難しいだろう。

見るつもりはなくても、廊下から各部屋の中の様子はうかがい知れた。若い女の団体が盛り上がっている部屋もあったが、別の部屋では、いかにもアキバ系のオタクという感じの太ったネルシャツ姿の男が、一人でぽつんと座る後ろ姿が見えた。最近はこんな「一人カラオケ」なんて行為も流行っていると聞く。俺は一人で薄暗い密室に入ると、刑務所の懲罰房を思い出してしまうので、わざわざ金を払ってまでそんなことをするのは御免だけど……なんて思っているうちに、マリアはその隣の部屋に入った。

二人で部屋のソファに腰掛けたところで、俺は言った。

「それにしても、こんなに頻繁に誘われるとは思わなかったよ」

するとマリアは、少し照れたように答えた。

「だって、都内に住んでて、しかも独身だって聞いたら、そりゃ誘っちゃうよ」

独身だと聞いたから誘った、ということは、俺に特定のパートナーがいないことを喜んだということか。それってつまり……。俺の下心が反応する。

「商店街でばったり会った時、すごく嬉しかったんだから。今、正直に心の内を話せるのは、善人君ぐらいだもん。親兄弟でも無理。今は遠くに住んじゃってるしさ」

「ああ、そういえばこの前も言ってたな。みんな沖縄にいるんだっけ」

「うん」マリアはうなずいた後、俺をじっと見つめて言った。「本当に、善人君といる時が、一番落ち着くなあ」

思わずドキッとしてしまったが、照れ隠しに返す。

「いやいや、旦那がいるだろ」

「あの人といても、落ち着くことはないかな」

「ああ……」

やっぱり、という言葉を飲み込んでから、俺は核心に触れる質問を切り出した。

「その……夫婦関係、あんまりうまくいってないのか？」

「あんまりっていうか、全然」

「全然か……」

「ていうか、夫婦関係がうまくいってたら、初恋の人をこんなに誘ったりしないよね」

「そっか……」

「もし、あの頃にタイムマシンで戻れたら、今度は私たち、一緒になれるかな……」

マリアは、その気になればキスできるぐらいの距離で、潤んだ目で俺を見つめた。

これは、いよいよ本気で誘われてるのか？　マジでキスの流れなんじゃないか？

天井にはドーム型の防犯カメラが設置されている。室内の様子は店員に見えているのだろう。だから完全な性行為にまで至ってしまうのはやめた方がいいけど、キスぐらいだったらいいんじゃないか。まさかキスしたぐらいで「お客さん、ふしだらな行為はやめてください」なんて店員が注意しに来ることはないだろうし、そもそもカップルでカラオケに来たら、だいたいみんなキスの一回や二回はするだろう。それに店員だって他に仕事があるんだから、防犯カメラのモニターを常にチェックしてはいないはずだ。そうだ、キスぐらいしても大丈夫だ！

俺は生唾を飲み込み、意を決して、マリアの肩を抱こうと右腕を伸ばしかけた。

だが、その時。

「ごめん、トイレ行ってくる」マリアはふいに立ち上がった。「戻ったら歌おう」

「あ、うん……」

警戒されてしまったのかと思ったが、マリアは屈託のない笑顔を向けている。本当にトイレに行きたくなっただけのようだ。

「あ、私が戻る前に、一人で歌っててもいいよ」

「いや……遠慮しとくよ」

「アハハ、そうだよね」

笑いながらドアを開けて、マリアは廊下に出て行った。俺はその背中を見送る。

マリアの天真爛漫なところは、昔と変わらない。俺たちが中学生だったあの頃と――。

回想・1998年4月～1999年4月

「軟式テニス部なんて、プロになれるわけでもねえのによく入るな」

中学に入って早々、タケシは俺に対して毒づいていた。早くから部活に入らないことを決めていたようだけど、それは親の方針でもあったらしい。

タケシは中学受験に失敗して、結局俺たちと同じ牛久市立大野中学校に入学していた。

あの「ポケモンビデオ失神隠蔽事件」がばれたのか、そしてそれが影響したのかどうかは分からない。俺たちはタケシの受験失敗の件には触れないようにしていたけど、タケシは「まあ元々俺は行きたくなかったしな。親に言われて受験しただけだし」とうそぶいていた。

　ちなみに大野中学校は、大野小学校の卒業生がそのまま持ち上がりで進学する、実質的な小中一貫校だった。普通は中学校というのは、いくつかの小学校から生徒が集まるらしいけど、大野中学校は、市として小中一貫教育に取り組んでいたからそうなったわけではなく、単に田舎すぎて近くに他の小学校がなかったため、小中一貫状態になっていた。一学年の生徒数が六十人弱で、二クラスで、男子が入れる運動部は軟式テニス部と野球部とバスケ部だけ。女子は野球部の代わりにバレーボール部があった。当時サッカー部がなかった中学校は、あの辺では大野中ぐらいだっただろう。

　田舎だし、ほぼ全員が小学校からの幼なじみなので、不良になるような生徒もほとんどいなかった。せいぜい髪を少しだけ茶色く染めたり、少しだぶついたルーズソックスまがいの靴下を履いてきた生徒が、生徒指導の先生に説教を食らう程度。他校にはそれなりに不良もいたらしいので、今考えればずいぶん平和な学校だったと思う。

　そんな小さい学校だけあって、なんとなくみんな部活も付き合いで入るような雰囲気だったけど、タケシはその流れに抗って、最初から帰宅部を貫いていた。

「部活入んなきゃ内申点が悪くなるなんて嘘だぞ。塾の先輩で、帰宅部でも進学校に受かった人は山ほどいるからな」

タケシは盛んに、部活に入ることの無意味さを説いていたが、きっと寂しさもあったのだろう。自分だけが部活に入らないことで孤独を味わいたくなかったから、なんとか帰宅部の仲間を増やそうとしていたのだろう。

俺も本来だったら、軟式テニス部になんて入らなかったはずだ。

でも、当時の俺には、どうしても部活に入りたい事情があったのだ——。

実はこの時、我が家では、母に新しいパートナーができていた。母の勤めるスナックの常連客で、母より一つ年下の男だ。もっとも、正式な結婚はせず、内縁関係だったらしい。それもあって、俺は最後まで彼の本名を知らなかった。母は「タクちゃん」と呼んでいたから、たぶんタクが付く名前だったんだろうけど、俺は「タクおじさん」としか呼んでいなかった。

母はよくタクおじさんのことを「キムタクよりも男前でしょ」と言っていた。さすがにそれは言い過ぎだったけど、たしかに俺から見てもハンサムな中年男性ではあった。今となっては顔もはっきりとは思い出せないけど、当時再放送で見た『古畑任三郎』の犯人役で出てきた草刈正雄を見て、タクおじさんに似てるな、と思った記憶があるから、やっぱりタクおじさんは茨城の片田舎では相当ハンサムなおっさんだったのだろう。

ただ、俺はタクおじさんと一緒にいるのが苦痛だった。その最大の理由は、彼は口を開けば下ネタしか出てこなかったことだ。「チン毛生えたか？」とか「お母さんいい女だな」ぐらいだったらまだいい。ひどい時は「お前が出てきたトンネル、締まりがいいぞ」とか「今度三人でやるか？」なんてい う、おぞましいほどの下ネタを、タクおじさんは平気で口にした。あれで思春期の連れ子が喜ぶとでも思っていたのか。俺はただ嫌悪感しか覚えず、「何言ってんの……」と呆れるしかなかった。

それでも、なまじ顔がいいだけに、少なくとも飲み屋のホステスにはモテていたのだろう。実際、母もあの時期、タクおじさんにぞっこんだったようで、家の中でもしょっちゅういちゃついていたし、俺が夕方に帰ったら、ふすまの向こうから母の喘ぎ声が聞こえたこともあった。あの時は慌てて足音を忍ばせて外に出たのを覚えている。

一方で、タクおじさんは我が家に住むようになって、家族を養うという使命感にそれなりに燃えたらしく、それまで昼の勤務だった工場の仕事を、給料のいい夜勤に変えていた。だから、俺がなるべく遅く帰れば、家でタクおじさんと過ごす時間を減らせるし、できれば俺がいない間に母といちゃついてほしい。——そう思って、俺は帰宅時間を遅らせるために部活に入ったのだった。軟式テニス部を選んだのは、単に練習が一番楽そうだったからだ。

しかし、そんな俺の作戦が、他方では裏目に出ることになってしまった。

タケシと同様、マリアも部活には入らなかった。そのため、少数派の帰宅部員で、家の方向が同じだったタケシとマリアは、一緒に自転車で下校するようになった。

中学に入ると、同級生の誰と誰が付き合い出した、なんて噂も聞くようになっていた。また、俺とタケシはクラスが一緒だったけど、マリアとはクラスが別れて、会う機会も減ってしまった。そんな中で「タケシとマリア、ちょっと怪しくないか？」なんて噂を耳にするようになったのだ。俺は、このままではタケシとマリアの関係が発展して、最終的に付き合ってしまうのではないかと、気が気じゃなかった。

でも、そうやって気を揉む日々は、唐突に終わった。

ある日、部活が終わった夕暮れの帰り道、通学路の県道で自転車を漕ぐ俺に「お〜い」と声がかかった。見ると、タクおじさんが、いつも通勤に使っている車の運転席から顔を出していた。タクおじさんは鼻にティッシュを詰めていて、まぶたも青黒く腫れていて、男前の顔が台無しになっていた。

「あ、どうしたの？」

俺は、何かしらの暴力沙汰に巻き込まれたらしい継父を、一応それなりに心配して尋ねた。するとタクおじさんは、しんみりした表情で言った。

「もう会うことはないだろうけど、達者でな」

「えっ？」

「俺が全部悪いんだ。俺が謝ってたって、母ちゃんに伝えてくれ。まあ、今さら遅いけどな……。じゃあな、俺みたいな大人になるなよ」

タクおじさんは、ため息交じりに言い残すと、我が家とは逆方向に車を発進させた。

どうやら母とタクおじさんが別れたらしい、ということは察しがついた。だが、家に帰ってみると、想像以上の事態が起きていたのだと思い知らされた。

平屋建ての我が家の内部は、玄関から一目見ただけでメチャクチャになっていることが分かった。さらに、玄関前で唖然としている俺に、隣に住む村山さんという一人暮らしのお婆さんがそっと寄ってきて、「お母さんのこと、慰めてあげてね」とささやいて、自分の家に引っ込んでいった。

恐る恐る家に入ると、まるで竜巻でも起きたかのように家具も小物も散乱した居間の真ん中で、母が泣きながら座り込んでいた。周りには梅酒の空き缶が散らばっていた。

「浮気された」

母は、おそらく十本目ぐらいの梅酒の缶をあおりながら、かすれた声で言った。

「タクには、私の他に、二人も女がいたんだよ。しかも、そのうち一人は、私と同じ店の子だったの。……あんたは、あんな大人になっちゃダメだよ」

皮肉にも、タクおじさんと母は、同じ言葉を俺にかけてきた。

その後、俺は「気にするなよ」とか「俺がついてるから」などと言って、母を慰めた。

ただ、正直なところ、心の中では安堵していた。これでもう部活をやる必要はなくなる。そうすればマリアやタケシと一緒に帰れる。密かにそう思っていた。

あと、この頃には俺も漠然と気付いていた。こんな家庭環境である以上、勉強ができなければろくなことにならないと――。だから、勉強の時間も確保したかった。部活に費やしていた時間を使えば、十分な勉強時間を確保できるはずだった。

数日後、俺は軟式テニス部の顧問の石田先生に、退部の意思を伝えた。石田先生はごま塩頭のベテラン数学教師だった。こういう時に家庭環境のせいにできるのは、俺のような貧困母子家庭の数少ない利点だった。「母の仕事が忙しくなって、僕が家事を分担しなきゃいけなくなったんで」と退部理由を説明すると、「そうか、残念だけど仕方ないな」とすんなり認めてくれた。それが、一年生のまだ夏休み前の出来事だった。

こうして俺は、晴れて帰宅部になった。

「おお、やっと部活辞めたのか、一緒に帰ろうぜ」

退部初日の放課後、タケシがさっそく声をかけてきた。

また、俺にとっては、いい意味で予想外の事実が発覚した。マリアはその頃にはもう、タケシと一緒に帰ってはいなかったのだ。転校してきてからしばらく、女子のグループになじめていなかったマリアも、しだいに友達ができていた。そもそも性格が悪いわけではないのだから当然だ。そのため、マリアは普通に、帰宅部の女友達と一緒に帰っていたのだ。——タケシとマリアが付き合ってしまうのではないかと危惧していたのも、取り越し苦労だったのだと、俺は心底ほっとしたのを覚えている。

その後しばらくは、タケシと二人で毎日他愛もない話をしながら下校した。

「ワールドカップ、日本負けちゃったな」

あの時期の話題といえば、サッカー日本代表が初出場したフランスワールドカップだった。

「まあでも、これからの日本代表は中田ヒデが引っ張っていくんだろうな」

タケシが言うと、俺もうなずいて語った。

「あいつすげえよな、もう海外に行くらしいけど、これからどんどん活躍するんだろうな。だって、あんなに若いのに日本代表のキャプテンだろ」

「いや、キャプテンは井原だよ。中田は司令塔」

「え、キャプテンと司令塔って何が違うの？」

「腕にキャプテンマーク巻いてるのがキャプテンで、司令塔は……たぶん正式に決まってるわけじゃなくて、なんとなく試合中に指示出すことが多いとか、そんな感じだろ」

「あ、そうなんだ」

そんなことも知らないのに、団地の公園で「この木からこの木までがゴール」なんてやっていたサッカーの知識だけで、俺たちは一丁前にサッカーを語っていた。

「でも中田って、まだ二十歳ぐらいなんだよな。次の日韓ワールドカップも、その次も、たぶんその次ぐらいまで、年齢的にはいけるからな。四十歳ぐらいまで日本代表でやるんじゃないか」タケシが言った。

「たしかに、それぐらいまでやってほしいよな」俺もうなずいた。「まあ、日本のサッカーも世代交代って感じだよな。カズは落選しちゃったし」

「カズはもう駄目だろうな。あと二、三年で引退だろ」

——知ったかぶり中学生二人の予想は、ことごとく外れることになる。まさか中田ヒデが二十代のうちに引退してしまうなんて、そして三浦カズが五十歳を過ぎても現役を続けるなんて、当時は想像もしていなかった。

やがて二学期になると、ツヨシがバスケ部を辞め、ガイルも野球部を辞め、小学校時代に公園で遊んでいたメンバーが、そのまま帰宅部として一緒に帰るようになった。そうなると、俺たちには下校時の新たな楽しみができた。放課後が近付くと、俺たちはこんな会話を交わすようになったのだ。

「今日、ポケモンゲットしようぜ」

「おお、今日はトキワの森に行くか」

傍から見たら、中学生がまだポケモンにハマっているように聞こえただろうけど、それらは俺たちの中での隠語だったのだ。

俺たちがあの時期ハマっていたのは、エロ本拾いだった。

今でこそ、スマホやパソコンでエロ画像が簡単に見られる時代だけど、あの頃はスマホなんて存在しなかったし、ガラケーの画面は小さい上に画素が粗すぎたし、パソコンがある世帯はあまり多くなかった。だから大半の男にとってはまだ、最も充実した女の裸体を見るならエロ本という時代だった。そして今考えればたぶん、エロ本を出先で買って鑑賞したけど持ち帰ったら奥さんに見つかってしまうという、切実な事情を抱えた男たちの仕業だったのだろうけど、エロ本が道端に捨てられていることも多かった。通学路から少し外れた、森林や田畑を抜ける人けのない道を探してみれば、しょっちゅうエロ本を見つけることができた。

俺たちの一団は、下校中にエロ本を拾うことを「ポケモンゲット」と呼び、ポケモンのゲームに出てくる地名にちなんで、特にエロ本がよく落ちていた杉林周辺を「トキワの森」、エロ本を含め不法投棄が多発していた小高い丘を「お月見山」と呼ぶようになった。また、落ちている頻度が高くヌードページが多かった「週刊大衆」「アサヒ芸能」「ザ・ベスト」の三つの雑誌を、「サンダー」「ファイヤー」「フリーザー」と呼んでもいた。どうやらそれらは、伝説のポケモンとやらの名前だったらしい。ポケモンのゲームをやったことがない俺でさえ、二つの地名と三つのモンスターの名前を覚えてしまったのだから、エロの力は偉大だ。学校の休み時間に「この前はトキワの森でサンダーを捕まえたな」なんてニヤニヤしながら語るタケシに対し、「えっ、サンダーがトキワの森にいるわけないだろ」なんて事情を知らない同級生が口を挟んで、「ああ、ちょっと裏技使ったんだよ」なんてタケシがごまかすようなことも何度かあった。

そんなポケモンゲットを続けるうちに、俺たちにはおのずと役割分担が生まれた。

雨に濡れたエロ本や、濡れた後で乾燥してパリパリになったエロ本のページを、最も器用にめくることができたのはタケシだった。「さすが医者の息子、手先が器用だな」なんてガイルは感心していたけど、たぶん関係なかった。中一から手術の実習をしていたはずもないし。

見張り役はガイルだった。元野球部なだけあって、一番背が高くて視力がよかったから、周りを藪《やぶ》に囲まれたような道でも遠くまで見渡せる能力があった。

俺は、とにかくエロ本探知能力が高かった。当時の俺には、視覚だけでなく嗅覚も駆使して、紙とインクのわずかな匂いを嗅ぎ当ててエロ本を見つけるという、警察犬さながらの特技があったのだ。トキワの森で「この辺に落ちてる」と嗅覚を頼りに宣言して、ぼうぼうに茂った草の陰から、目視ではまず見つけられなかったエロ本を発見した時は、我ながら少し恐ろしくなった。タケシやガイルも、「もう超能力じゃん」とか「まさかヨッシー、自分で捨ててるわけじゃないよな？」と、俺の驚異的な能力に若干引いていたのを覚えている。

ツヨシは、特に役に立つわけじゃなかったけど、三人にとってのいじられ役だった。俺たちはみんな、他のメンバーの目を意識して、戦利品のエロ本を読んでいる時も、まるでエロいものなど見ていないかのようなポーカーフェイスを決め込み、前かがみになって勃起した股間をごまかしていたけど、ツヨシだけは興奮を隠すことなく「ムフフフ」と漫画のような笑い声を上げたりして、自然のままのリアクションを見せていた。その様子を見るたびに、俺たちは「ツヨシ、しっかりしなさい」と笑うのだった。

そんな愉快な仲間たちと、下校中にポケモンゲットに勤《いそ》しんでいたある日。いつものようにお月見山へ行くと、路上に自転車を停めて立ち止まっている、三十代ぐらいの男がいた。

俺たちがやってきた時点で、すでにその男は、雑誌をシャツの中に入れようとしていた。俺たちも、汚れていないエロ本を見つけた時は、一時的に服の中に隠すことがあったから、この男もたった今エロ本を拾ったところなのだと、すぐに分かった。

男は、俺たちに気付くと、びくっと慌てた様子で自転車を漕ぎ出し、走り去った。

「うわ～、マジかよ。あいつ、おっさんなのにエロ本拾ってたよ」

「大人だったら店で買えよな」

「大人になってもエロ本拾ってたら、人間として終わりだよな」

俺たちは、自転車で去った男の後ろ姿を見送った後、辛辣な言葉で笑い合った。

俺たちはポケモンゲットに飽きることなく、何ヶ月も続けていた。最初はエロ本を見つけると、みんなで林に入って鑑賞して、置きっ放しで帰っていたけど、そのうちに「いいエロ本も雨で濡れたら読めなくなるのはもったいない」ということで、タケシが家からゴミ袋を持参し、特に内容が充実したエロ本はゴミ袋の中に入れて、林の奥に隠して保存しておくことにした。保存することになったエロ本は「殿堂入り」と呼ばれた。その後は、新たなポケモンがゲットできなかった日でも、俺たちは殿堂入りしたポケモンを鑑賞できるようになった。

そんな、一年生の終わり頃のことだった。

いつものように俺たち四人が、トキワの森でポケモンゲットをしていた時だった。

「あ、車来た。隠れようか」

見張り役のガイルが、道路の先を指差した。遠くから車が近付いてきていた。

だが、そこでタケシは言った。

「大丈夫だろ。そのまま通り過ぎるよ」

たしかに、車が来るたびにいちいち身を隠すのは面倒だった。その時タケシ自身は、隠れるのに最適な細い脇道の入り口に立っていたけど、隠れなくても大丈夫だという判断を下した。エロ本拾いを最初に始めたのも、「ポケモンゲット」という隠語をつけたのもタケシだったし、なんとなくタケシがリーダーのような雰囲気があったので、俺たちはその判断に従った。

ところが、その車は、俺たちの手前で減速して停まってしまった。そして運転席の窓が開いて、中年のおばさんが顔を出した。

「君たち、何やってんの？」

今でも、あの時の緊張感は、はっきりと思い出せる。俺たちは一斉に息を呑んだ。同時に、俺は見てしまった。タケシが、自分だけさっと脇道に身を隠したところを。ガイルもツヨシも何も言わない。ここは俺が矢面に立つしかない。瞬時にそう判断して、俺は答えた。

「ゴミ拾いです」

「ゴミ拾い？」

おばさんは怪訝な顔で聞き返してきた。俺は口から出まかせで説明を続けた。

「あの〜、この辺、空き缶とかが結構落ちてて、僕たち今度、清掃委員の活動でこの辺のゴミを拾おうかっていうことになったんです。それで、下見みたいな感じで、ゴミを拾ってました」

実際は、学校の委員会活動の中に「清掃委員」なんてものは存在しなかった。でも、放課後に制服姿で、道端に目を落として挙動不審に歩いているのを見つかった時の言い訳として、とっさにひねり出したにしては見事な嘘だった。

するど、おばさんは感心したようにうなずいた。

「あらそう、立派ねえ。たしかにこの辺、ゴミが多いからねえ」

おばさんは笑顔で「頑張ってね」と言い残して、車で去っていった。

「おお、ナイスだよヨッシー」

ガイルがほっとした様子で言った。だが俺は、安堵感よりも怒りが先に立っていた。

「ていうかタケシ、自分だけ逃げてずるいぞ！」

俺は、脇道に逃げたタケシを非難した。ところがタケシは、脇道からひょっこり出てきて、のんきに言った。

「いや、逃げてないよ。奥の方に落ちてないかと思って見に行ったら、お前らがおばちゃんに話しかけられてて、助けようかと思ったらヨッシーがうまく切り抜けてくれたから、まあホッとしたけどさ……。でも、お前らもこっちについて来れば、話しかけられなくて済んだだろ」

「嘘つけ、俺たちを置き去りにして逃げてただろ。俺見てたんだからな！」

俺は頭にきて問い詰めた。だが、ガイルとツヨシが仲裁に入った。

「まあまあ、いいじゃねえか、助かったんだからさ」

「うん、喧嘩両成敗だよ」

「え、喧嘩両成敗って、意味違うだろ」タケシが笑った。「ツヨシ、お前今、覚えたての言葉使いたかったんだろ」

「え、あ……間違ってた？」

「まったく、ツヨシしっかりしろよ」

ガイルが笑いながらツヨシを小突いて、ツヨシも「えへへ」と笑った。結局、タケシが判断ミスをした件と、自分だけちゃっかり逃げようとした件は、こんな感じでうやむやになってしまった。

――だが、このちょっとした事件は、思わぬ余波を生んだ。

数日後。朝の全校集会の、校長先生の話で、突然こんな話題になったのだ。

「ええ、実は先日、一年生の中に、下校中に道端のゴミを拾って帰る、大変立派な男子生徒たちがいるという連絡を、保護者の方からいただきました。なんでも、通学路から一本入った、ゴミのポイ捨てが多い道を、三、四人の一年生の男子生徒がきれいにしていたそうなんですね。私はそのお話を聞いて、とても感心しました。みなさんも、地域の美化のために貢献しようという気持ちを、ぜひ持ってくださいね」

あの時の背中がぞわっとするような感覚は、今でも忘れることができない。やばい、俺たちのエロ本拾いが、あろうことか全校生徒の前で話題にされている。――平静を装って体育座りで話を聞いていたけど、心拍数は跳ね上がっていた。

どうやら、俺たちと遭遇したあのおばさんは、大野中の生徒の親だったらしく、学年ごとに違う通学用ヘルメットのシールの色から、俺たちが一年生だということを見抜いたようだった。俺たちの名前までは明かされなかったけど、二クラスしかないので、「ゴミ拾いしてたのって誰？」「部活終わってからだと暗くて無理だから、帰宅部だろ」「え、じゃあタケシとかヨッシーとか？」という感じで、あっという間に俺たちだということがばれてしまった。

ただ、幸いにも、校内ではポケモンにちなんだ隠語を使っていたため、俺たちが本当はエロ本を拾っていたということは同級生からは見抜かれず、意外に素直に「お前らゴミ拾いなんかして偉いな」なんて褒められてしまった。中学一年生は、まだ全員が性に目覚めているわけでもない。エロ本を拾うという発想にたどり着く生徒は、思いのほかいなかったのだ。――いや、実際はいたのかもしれないけど、「お前らさてはエロ本拾ってたんじゃないか？」なんて指摘しても俺たちに否定されれば終わりだし、逆に「そんなこと考えるってことは、お前こそエロ本を拾ったことがあるんじゃないか？」と俺たちから逆襲を食らう恐れもあったわけで、薄々勘づいてはいたけど言い出せなかった同級生は何人かいたのかもしれない。

いずれにせよ、俺たちの善行が実はエロ本拾いだったという事実は、生徒たちに広まることはなかった。

ところが、俺がかつて所属した軟式テニス部顧問の、石田先生だけは別だった。校長先生の話があった数日後の休み時間、俺とタケシとガイルが廊下にいたところにそっと近付いてきた石田先生は、他の生徒には聞こえないように、こうささやいた。

「お前たち、ゴミ拾いご苦労だったな。……まあ俺はてっきり、エロ本でも拾ってたんじゃないかと思ったけど」

俺たちは息を呑んだ。石田先生は、そんな俺たちの表情を見て、にやりと笑った。

「もう八年も大野中に勤めてるからな、あの辺でエロ本を拾ってた生徒は、何人も知ってるんだ。最初に拾ってた奴らは、この前めでたく成人式を迎えたよ」

「いや、俺たちは、本当にゴミを拾ってたんですけど……」

タケシがおずおずと言い返した。すると石田先生は、タケシをじっと見つめた。怒られるんじゃないかと緊張が走ったが、石田先生は、またにやっと笑った。

「そうかそうか。そうだよなあ、疑っちゃいけないよなあ。真実はお前らにしか分からないもんなあ」石田先生は何度もうなずいてから続けた。「ただ、あの辺はエロ本がよく落ちてるぐらいだから、不審者の情報も多いんだよ。もしかするとこの先、お前らが不審者に襲われる可能性もあるし、あの辺で痴漢事件でも起きた時に、お前らが犯人だと疑われる可能性だってある。ゴミ拾いだろうとエロ本拾いだろうと、あんまり続けない方がいいと思うぞ」

「……はい」

石田先生のその言葉で、もう十分だった。それ以来、下校中のポケモンゲットは行われなくなった。

ただ、それは同時に、帰り道の新たな楽しみの始まりだった。

ほどなく、俺たちは二年生に進級した。すると、俺とタケシとマリアは、また三人ともクラスが一緒になった。そしてマリアは、一緒に帰っていた女子が、別の友達の誘いでバレー部に入ってしまって、一人で帰るようになった。

その結果、俺は念願叶って、マリアと一緒に帰るようになったのだ――。

2019年7月13日

「お待たせ～」

トイレからマリアが戻った。俺ははっと顔を上げる。

「どうしたの？　昔の思い出にでも浸ってた？」

「いやいや……ただぼおっとしてただけだよ」俺は苦笑して首を振った。

「そっか。じゃ、歌おっか」

「ああ、どうぞどうぞ」俺がカラオケのリモコンを差し出す。

と、そのリモコンを両手で持って、マリアがふと言った。

「こんな重いので頭殴られたらさあ、いくらお相撲さんでも痛いよね」

「ん……？」

急に何を言い出したのか、俺には分からなかった。だが、なおもマリアは続けた。

「ほら、前にあったじゃん。お相撲さんがお相撲さんを、カラオケのリモコンで殴っちゃった事件。えっと、ハル……誰だっけ、あの、横綱の人が」

そこで俺は悟った。――まずい。俺が全然知らない時期の話をしている。

ついこの間まで俺が収容されていた刑務所では、夜七時から九時までの一日二時間、テレビを見ることができた。ただ、俺がいた雑居房は若い受刑者が多かったこともあり、限られた時間でニュースよりもバラエティ番組が選ばれることが多かったので、服役中に起きた時事問題に関しては疎くなってしまったのだ。

そんな約二年の間に、相撲界でいくつかの不祥事や、有名力士の引退などがあったという噂は聞いていた。でも俺は、元々相撲に全然興味がなかったこともあり、そんな相撲界の動向に関してはよく知らないまま出所を迎えていたのだ。

どうやら、今まさにマリアは、その話をしているようだ。名前に「ハル」が付く横綱が、カラオケのリモコンで誰かを殴ったらしい。でも相撲に疎い俺は、近年の横綱なんて白鵬ぐらいしか知らない。……ん、待てよ。さっきマリアは「ハル」と言ったように聞こえたけど、もしかすると白鵬の「ハク」だったんじゃないか？

「あの、殴っちゃった方の横綱の人って、引退してもうモンゴルに帰ってるのかな」

「ああ……そうなのかな」

俺は適当なあいづちを打ちながら頭を働かせる。——引退してモンゴルに帰る横綱、ということは、やはり白鵬のことなのか。そうか、白鵬は誰かをカラオケのリモコンで殴って引退してしまったのか。それは知らなかった。

「あの、殴られた方の人も色々大変だったよね。えっと、タカノ、タカノ……ああ、あっちも名前出てこないや」

タカノ？　貴乃花は俺が子供の頃に活躍してたけど、さすがにもう現役力士じゃないことぐらいは分かる。でも、他に「タカノ」が付く力士なんて思い付かない。今頭に浮かんでいる「タカノ」といえば、たかの友梨だけだ。しかし、いくらなんでもそれはありえないだろう。横綱白鵬が、ビューティクリニックの社長のおばちゃんの頭めがけて、カラオケのリモコンをガツーン……いやいや、死んじゃう死んじゃう。

「結局、あの殴られた方の人も、そのあと別の人を殴って引退しちゃったんだよね。でも白鵬も気の毒だったよね。あんな事件で、同じモンゴル人横綱のライバルが引退しちゃったんだもんね」

えっ、ちょっと待ってくれ。なんか新情報が一気に出てきたけど、要するに、カラオケの件で引退したのは、やっぱり白鵬じゃないってことか？　まずい、もう誰が誰を殴ったのか全然分からないぞ。――と、黙ってテンパっている俺の様子に、マリアも気付いたようだった。

「あ、ごめん……。この話、あんまり好きじゃなかった？」

「ああ……うん、まあ」

「どうでもいい話しちゃったね。そうだ、曲入れよう」

マリアがリモコンを操作し始めた。ふう、どうにかボロを出さずに済んだ……と思いかけて気付いた。俺が急に黙り込んでしまったせいで、マリアがトイレに行くまで漂っていた、いい感じのムードがリセットされてしまったのだ。くそ、タカノなんとかを殴ったハルなんとか。お前のことは全然知らないけど、お前のせいでムードが台無しになったんだからな！

というか、よく考えたら俺だって、この話題についていけなかったら刑務所に入っていたことがマリアにばれるんじゃないか、なんて思いに駆られて焦ってたけど、「ごめん。俺、相撲は全然詳しくないんだ」とか言ってさっさと話題を変えて、数分前のキスできそうなムードに戻せばよかったんだよ。なんだ、結局俺が悪いんじゃん。ああもう、さっきの俺の馬鹿！

……なんて、俺が頭の中で勝手に騒いでいる間に、イントロが流れた。

マリアが入れたのは、小泉今日子の『あなたに会えてよかった』だ。

そうだ、この曲はマリアの十八番だった。俺が感慨を覚える中、マリアは歌い出した。

「♪サヨナラさえ　上手に言えなかった……」

回想・1999年4月〜2000年5月

「♪サヨナラさえ　上手に言えなかった……」

俺がこの曲を初めて聴いたのは、小泉今日子の歌声ではなく、マリアの歌声だった。

俺とマリアとタケシの三人で自転車で下校している時、マリアが口ずさんでいたのだ。

たしかこの曲が発売されたのは、俺たちが小学校に入学するよりも前だった。マリアは当時としても少し昔のヒット曲を歌っていたのだ。でも中学生の頃、昔の曲を知っている友人というのは、なぜか格好よく見えたものだった。

「誰の歌？」

俺が尋ねると、マリアは答えた。

「キョンキョン。お母さんがよく歌ってるから覚えちゃった。あと、お父さんもファンなの」

「へえ……ていうか、マリア歌うまいな」

タケシが褒めた。そういうやり方でマリアの気を引くのはちょっとずるいんじゃないか、と俺は思ったけど、もちろんその場で言えるわけがなかった。

「ありがとう」マリアは笑顔を見せてから語った。「うちのお父さんはこの曲の発売前、タイトルが『あなたに会えてよかった』で、作詞がキョンキョン本人って聞いて、明るいラブソングだと思ったんだって。でも、いざCDを買って聴いてみたら、ワンフレーズ目から『サヨナラさえ上手に言えなかった』っていう別れの歌だったから、衝撃を受けたって言ってた」

「へえ。今度CD貸してよ。MDに落とすわ」

タケシが言うと、マリアは「うん、いいよ」とうなずいた。

「いいなあ、MD。うちにはそんな未来の機械ねえよ」

俺は二人の会話を、そう言ってうらやんだのを覚えている。——本当の未来になった二十年後には、お前が「未来の機械」だと憧れたCDウォークマンもMDも、電気屋から跡形もなく消えてるんだぞ。逆に、もうすでに「過去の機械」感が漂っているカセットテープが、意外としぶとく生き残ってるんだぞ。——と教えてやったら、当時の俺はさぞ驚いたことだろう。

俺とタケシとマリアの、三角関係ともいえないような微妙な均衡は、その先もしばらく続くことになった。俺とタケシは、ほぼ毎日マリアと三人で下校し、道中で退屈させないように、競うようにいろんな話をしていた。今考えれば、少しでもマリアの知らないことを語って、物知りだと思われようとしていた気がする。

「イチロー、来年か再来年には大リーグに行くらしいな。この前テレビでやってた」

俺がそんな話題を振れば、すぐにタケシが応じた。

「ただ、やっぱ大リーガーに比べるとパワーがないから、あんまり活躍できないんじゃないかって言われてるな。それよりも大リーグで活躍できそうなのは、松井稼頭央らしいよ。あいつはイチロー以上にスピードがあるし、パワーも相当あるからな」

「松井って、ゴジラの人？」

野球に詳しくないマリアが質問すると、俺はすぐに説明した。

「いや、それは松井秀喜。松井稼頭央っていうのは、西武の選手だよ」

「ゴジラ松井は大リーグには行かないよ。日本でホームランバッターでも、あっちじゃ通用しないだろうから」タケシは専門家のように語った。「もし三人とも大リーグに行ったら、活躍できる順に、松井稼頭央、松井秀喜、イチローってとこだろうな」

「へえ、そうなんだ。イチローってもっとすごいのかと思ってた」マリアが言った。

「イチローは日本ではすごくても、アメリカに行っちゃえば通用しないんだよ。たぶん三割も打てないんじゃないかな」

タケシの言葉に、たいして野球に詳しくなかった俺も、したり顔でうなずいた記憶がある。まったくもって、俺たちの未来予想は、何もかもことごとく外れていた。

思春期に、恋人でもない男女で下校するというのは珍しかったのだろう。俺たち三人組は、下校中に何度か、他の生徒から「ヒューヒュー」とからかわれたこともあった。ただ、俺たちの関係を邪魔してくるのは、中学生だけではなかった。一度、俺たちが自転車で並走していたところに、後ろから自転車でガシャンと突っ込んできた爺さんもいた。

「わっ」

追突されて転びそうになった俺に、爺さんは捨て台詞を吐いた。

「アベックで並んで走って、邪魔だっぺよ！」

爺さんはそのまま、マリアとタケシの間に強引に割り込んで、立ち漕ぎで走り去った。

「大丈夫？　怪我してない？」

マリアが俺を振り向いて心配してくれた。

「ああ、全然大丈夫」

幸い怪我はなかったけど、驚いたのは確かだった。でも、マリアの手前、怯んだ感じは出さずに言った。

「ていうか、何だよあの爺さん」

「ちょっとどいて、とか普通に言ってくれればよかったのにね」

マリアの言葉に、タケシもうなずいた。

「本当だよな、チリンチリンって鳴らすだけでもよかったしな」

「いきなり後ろからぶつかってくるって何だよ。マジ変質者だよ」

「ああなっちゃったら人間終わりだよな」

俺とタケシは、小さくなった爺さんの後ろ姿を見ながら、そう言って笑い合った。

何度か、マリアと俺でタケシの家に行って、勉強を教わったこともあった。授業で分からないところがあって「今日習ったところ、ちょっと分からなかったんだけどさあ」と切り出すと、タケシは「しょうがねえ、教えてやろう」なんて言いながら教えてくれた。タケシはその頃、人に教えることで自分の理解力も深まるという理論を塾で聞いたらしく、俺やマリアに積極的に勉強を教えてくれた。

もっとも、俺は相変わらず、タケシの家に行けば高級なお菓子が食べられることも楽しみにしていた。特にマリアと一緒の時は、必ずタケシは、その時家にある中で一番いいお菓子を出してくれた。

「これおいしい！」

マリアがお菓子を食べて感嘆の声を出すと、タケシは「おお、そりゃよかった」とうなずいた後、俺たちに向かって問いかけた。

「最高ですか〜？」

するとマリアと俺は、声を揃えて答えた。

「最高で〜す」

この時期、「最高ですか？」「最高で〜す」というコール&レスポンスが、俺たちの間で流行していた。今では名前も出てこないけど、深刻な詐欺被害が出ていた新興宗教のかけ声だったことは覚えている。思えば俺たちの少年時代は、オウム真理教を筆頭に、「最高ですか？」の団体やら、信者の頭をパンパン叩いて「それは定説です」という謎の言葉を記者会見で連発した髭もじゃの教祖の団体やら、怪しい新興宗教がいくつもニュースになっていた。そして俺たちは、新しいのが出るたびに嬉々としてネタにしていた。今考えたら、身近に被害者を抱える友達や先生が一人ぐらいいたかもしれないのに、ずいぶん無神経にネタにしていたものだ。

そうやって、タケシの家で勉強を教えてもらっていた、ある日のことだった——。

その日は、マリアは一緒ではなく、俺一人でタケシの家に行っていた。たしか、数学の確率の問題を教わっていた。

そこに、珍しくタケシの父親が帰ってきた。それまで、運動会や授業参観などで遠目に見たことはあったものの、間近で見たのは初めてだった。祖父だと言われたら信じてしまうぐらい年が離れていたけど、立派な体格で威厳と迫力が感じられた。

「あ、お邪魔してます」

俺は頭を下げて挨拶したが、タケシの父親は無言でうなずいただけだった。

その後も俺はしばらくタケシに勉強を教わっていたが、タケシが「ちょっとトイレ行ってくる」と言って勉強部屋を出た後、なかなか戻ってこなかった。妙だと思って部屋を出てみたら、廊下の先から声が聞こえてきた。タケシの父親の声だった。

聞き耳を立てると、断片的ではあったが、いくつかの言葉が聞き取れた。

「あんな貧乏人に……」「ライバルを増やしてどうする……」

聞いてはいけない言葉を聞いてしまったと分かり、俺はすぐ勉強部屋に戻った。

すると、しばらくしてタケシが戻ってきて、申し訳なさそうな顔で言った。

「悪い、ちょっと用事ができちゃった」

俺はなんとか笑顔を作って「分かった、今日はありがとう」と礼を言って帰った。それが、タケシの家で勉強を教わった最後の機会だった。それにしても、息子が友達に勉強を教えているのを見て、その友達の家庭環境まで否定するようなことを言ってやめさせるなんて、本当にひどい親父だと思った。

もちろん、そんなことがあってもタケシとの関係は悪くならなかったけど、それから俺は、勉強で分からないところがあったら石田先生に聞きに行くようになった。二年生の終盤、徐々に受験を意識するようになった頃から、何度か職員室で、石田先生に勉強を教わった。

軟式テニス部顧問で、俺たちの善行とされたゴミ拾いがエロ本拾いだったことを唯一見抜いたベテラン数学教師の石田先生は、二年生の時の担任でもあった。数学の確率の問題で挫折しかけた俺の呑み込みの遅さを責めることなく、逆に「俺の授業での教え方が悪かったな。まだまだ教師としての修行が足りないや」なんて言って、丁寧に教えてくれた。俺もきちんと理解できた後は、確率の問題が一番得意になっていた。

また、石田先生には、専門の数学だけでなく、英語の過去完了形についても教わった記憶がある。俺にとって中学時代の最大の恩師は、間違いなく石田先生だった。

その石田先生は、俺たちが三年生に上がると、学年主任になった。そしてすぐ迎えたのが、五月に行われた修学旅行だ。

行き先の奈良京都は、中学生の俺には渋すぎて、ほとんど記憶に残っていない。というか、神社仏閣の風情を味わえる大人の感覚は、今の俺にもまだ備わっていない。

ただ、移動のバスの中でのカラオケは、俺の記憶にはっきりと残っている。

バスガイドさんに「カラオケありますからよかったらどうぞ」と言われて、クラスのにぎやかな女子たちが「誰か歌おうよ〜」と声をかけながらも、自分で歌う勇気はないため、誰も先陣を切らない状況。それを打破したのは、俺の隣の席のタケシだった。

「よし、じゃあ俺歌います！」

タケシが入れたのは、THE YELLOW MONKEYの『JAM』。そのバスのカラオケの歌本の中では、最新に近い曲だった。

タケシが、カラオケの画面を指差してから「この曲を彼に捧げます」と言って俺を指差したのは、たぶん照れ隠しだったのだろう。小さな笑いが起きたところで、タケシは歌い出した。

「♪暗い部屋で一人　テレビはつけたまま　僕は震えている　何か始めようと……」

若干モノマネも入っているような歌い方で、緊張のせいか時々声を震わせつつ、タケシは歌い上げていった。

でも、だんだん厳しい雰囲気になっているのは、俺にも分かった。

まず、この曲は長い。テンポがゆっくりな上に、演奏時間が五分以上もあるのだ。さらに、残念ながら当時のタケシは、さほど歌がうまくなかった。『JAM』は間違いなく名曲だけど、修学旅行のバスのカラオケで歌うのには適していなかった。

徐々に私語が多くなっていくバスの中。カラオケで歌っている最中に周りの人が自分への興味を失っていくあの雰囲気は、なかなか精神的にこたえるものだ。隣の席の俺でさえ「よかれと思ってトップバッターで歌ってるんだから、もうちょっと聞いてやってくれよ！」と叫びたくなる気分だった。

そして、タケシの歌う『JAM』は、いよいよ佳境を迎えた。

「♪外国に飛行機が墜ちました　ニュースキャスターは嬉しそうに
乗客に日本人はいませんでした　いませんでした　いませんでした……」

残念ながら、悪い予感は当たった。タケシがこの部分を全力で歌い上げた結果、女子を中心に、クスクスと笑いが起きてしまった。やっぱり、中学校の修学旅行のバスで歌うべき曲ではなかった。名曲なんだけど。絶対に名曲なんだけど。

歌い終わった時、申し訳程度の拍手が起こった。タケシの顔は真っ赤だった。俺は「お疲れ」と声をかけたけど、タケシは引きつった笑顔をちらっと向けただけだった。

そして、次に歌ったのがマリアだった。

その時に選んだのが、小泉今日子の『あなたに会えてよかった』だったのだ——。

前奏の時にまた、タケシが画面と俺を交互に指差して、少し笑いが起きた。でも、そんな内輪のノリはさておいて、すぐにマリアの歌声が響いた。

「♪サヨナラさえ　上手に言えなかった
Ah　あなたの愛を　信じられず　おびえていたの
時が過ぎて　今　心から言える

あなたに会えて　よかったね　きっと私……」

マリアの歌声は、下校中に歌っていた時よりもいっそう仕上がっていた。もしかしたら密かに練習してきたのかもな、と思った。それにこの曲は、演奏時間も三分台と短く、キョンキョンが作った詞も小林武史が作ったメロディも、万人受けする良さがあって、中学校の修学旅行のバスで歌うカラオケにも向いていた。タケシの時とは打って変わって、クラスの全員が聴き惚れている雰囲気だった。

と、そこで、ちょっとした事件が起きた。

「♪想い出が　星になる～」

マリアが二番まで歌い終えて、短い間奏に入った時だった。

「ちょっと、先生泣いてるんだけど！」

女子の声がした。みんなが一斉に前の席を見た。

すると、俺たち三年一組の担任の片山先生が、目を真っ赤にして涙を流していた。片山先生は三十代前半の爽やかな男性教師で、男女問わず生徒から人気があった。

「いや……昔の恋を思い出しちゃって」

片山先生がそう言って涙を拭うと、バスの中に爆笑が起こった。そんな中で、マリアは最後のサビに入った。そして、歌い終わった時には大きな拍手が起こっていた。

転校してきた当初は女子から仲間外れにされていたマリアが、その瞬間は完全に、クラスのスターになっていた。それを見て俺は、胸が熱くなったのを覚えている。

そんな思い出の曲が『あなたに会えてよかった』なのだ——。

二十年近い時を経て、同じ曲を歌うマリアの声を、俺は目を閉じて聴く。まるで過去と現在がシンクロしていくようだった。

だが、その時。

俺の耳に届いていたマリアの歌声が、急に途絶えたのだった。

2019年7月13日

「♪想い出が　星にな……る……」

最後のサビ前の一節を歌ったところで、マリアが急に目に涙をためて、泣き出してしまった。演奏がサビに入っても、マリアはしくしくと泣いたままだった。俺は慌てて、マリアの肩に触れて問いかけた。

「おい、どうしたんだよ」

するとマリアは、真っ赤な目で俺を見上げて言った。

「ごめん、歌ってたら、あの頃のこと思い出しちゃって……」

「いや、まあ、気持ちは分かるけど……」

マリアが昔よく歌っていた曲を聴いて、当時の記憶の断片が呼び起こされたのは、俺も同じだった。ただ、歌っている本人が泣き出してしまうとは思わなかった。

「あの頃に戻りたい……」

マリアは涙を拭きながらつぶやくと、マイクをテーブルに置いた。そして、カラオケの演奏が終わったところで、俺を見つめて、思いもよらぬ言葉を口にした。

「ねえ……。もし、主人が死んでくれたら、私たち一緒になれるかな?」

「えっ⁉」

俺は、あまりにも唐突な言葉に戸惑いながらも、なんとか返した。

「何言ってんだよ、馬鹿なこと言うなよ……」

だがマリアは、もう一度かすれた声で言った。

「あの頃に戻りたい……初恋をやり直せれば、今頃幸せだったかもしれない」

俺とマリアは、至近距離で見つめ合う。——思い描いていた通りの絶好の状況だ。あわよくばキス、そしてその先に発展させられないかと、俺はずっと思っていたのだ。

でも俺は、残念ながらそんな気にはなれなかった。俺との初恋をやり直したい、という言葉だけだったら、俺の心も燃え上がっただろう。ただ、歌っている途中に急に泣き出した上に、「もし、主人が死んでくれたら」なんて物騒なことを言い出したマリアを見て、正直ちょっと引いてしまった部分があった。

「主人が死ねば……いや、いっそのこと殺しちゃえばいいんだ」

マリアはさらに、うわごとのようにつぶやくと、涙を流しながら、無理に作ったような笑顔を俺に向けた。

「ねえ善人君、主人のこと、殺してくれない？」

「いや……馬鹿なこと言うなよ」

常軌を逸した言葉にうろたえた俺は、さっきと同じ言葉を返すだけで精一杯だった。

「だよね、さすがに馬鹿げてるよね。ごめん、冗談冗談」

マリアは涙を拭きながら、首を横に振った。でも、冗談だとしたらあまりに過激するし、さっきの表情も言い方も、とても冗談とは思えなかった。たぶんマリアは、普通の精神状態ではない。病んでいるという表現は適切じゃないかもしれないけど、かなり危なっかしい状況であることは間違いなかった。

それと、俺の中に、小さな苛立ちのような感情が芽生えていた――。

俺も最初は、その感情の正体に気付いていなかった。

マリアは、また小さくつぶやいた。

「あの頃が一番幸せだったな。私たち、あの頃に戻れれば……」

「俺は、戻りたくないな」

口をついて、そんな言葉が出ていた。マリアは意外そうな顔で俺を見つめた。

俺の小さな苛立ちが、発露した瞬間だった。――苛立ちの原因は、マリアが「あの頃はよかった」と繰り返し、過去を美化しているように感じられたことだったのだと、俺自身もそこでやっと気付いた。

「戻ったところで、きっと同じなんだよ。それに、戻ったら、つらいものをたくさん見なきゃいけなくなる」

分かっている。マリアが言っていることと、俺が言っていることは、まるで違うということを。マリアと俺は、まったく別の角度から過去を見ていて、このままでは会話が噛み合わなくなることを。――それでも俺は、言わずにはいられなかった。

「あの頃に戻ったら、身の回りで苦しんでる人をたくさん見なきゃいけなくなる。でもたぶん、またあの頃に戻ったところで、誰も助けることはできない」

俺は、たがが外れたように語り出した。マリアの様子を見て、俺も吐き出さずにはいられなかったのだ。あの頃に対する思いを、そして、現状に対する歯がゆさを――。

「今になって、いじめとか差別とか、虐待とか子供の貧困とか、それに教員の長時間労働とかが問題になってるけどさ、あんなのは俺らが子供の頃からあっただろ。俺もツヨシも石田先生も、それ以外にもいたけど、昔から苦しんでた人がいたのに、みんなで最近まで見て見ぬふりしてただけだろ。まずは政治家もマスコミも、いや世の中の全員で、昔苦しんでたのに見て見ぬふりをしちゃった人たちに対して、ちゃんとごめんなさいって謝れって言いたいよ」

分かっている。今はこんな、社会のことなんかを話す場面じゃない。マリアだって、急にこんな話題を熱く語り始めた俺を見て、きょとんとしている。それでも俺は、言葉が湧き出すのを止められなかった。

「昔苦しんだ人に対して、ちゃんとごめんなさいって言わないから、『昔の人はもっと頑張ってた』とか『私は貧乏やいじめから這い上がって幸せをつかんだ。だから今貧乏やいじめで苦しんでる子も甘えるな』なんて言い出す奴が出てくるんだよ。そういう奴に俺は言いたいよ。あんただって子供時代、日本一苦しんでたわけじゃないだろって。あんたが苦しんでた時代に、あんたよりもっと貧乏だったりいじめられてたりして苦しんでた子はいたんだよ。そしてその子たちは、あんたが越えた壁よりもっと高い壁を越えられず、今不幸になってたり、最悪もう死んじゃってたりするんだよ。当時のあんただって、もっと貧乏だったら、もっと悪いいじめっ子に出くわしてたら、やっぱり今不幸になってたんだよ。だいたい子供の貧困に関して言えば、たまたま金持ちの家に生まれただけの子供が、何不自由なく生きていけるのはおかしいだろ。そいつらに対して、貧乏な子と同じようにもっと苦労しろって言わないのはおかしいだろ。そいつらにはなんで厳しい言葉をぶつけないんだよ。あの頃から教育無償化とか格差是正とかにちゃんと取り組んでれば、俺だって、あいつだって、こんなことには……」

と、夢中で語るうちに、いつしか社会の話から、俺たちの個人的な話に戻ってしまった。我に返って俺は言葉を切ったが、マリアはしばしの沈黙の後、小声で謝ってきた。

「そうだよね。ごめん、あの頃に戻りたいなんて、軽はずみに言って……」

「いや……俺の方こそごめん。なんか、変なスイッチ入っちゃって」

俺は苦笑した。マリアは悪くない。マリアだって、昔のことを何もかも美化して、あの頃に戻りたいと言ったわけじゃない。それぐらい分かっている。

でもやっぱり、俺はあの頃の負の側面を忘れることはできなかった。あの頃はよかったなんて、俺にはどうしても言えなかったし、言う資格はなかった――。

回想・1996年~2001年

子供の貧困、障害児教育、それに教員の長時間労働――今思えば、あの頃はほとんど何も手がつけられていなかった。

俺もいわゆる貧困家庭の子供だったけど、俺以上に貧乏な子だって間違いなくいた。今となっては名前も顔も思い出せないけど、中一か中二の頃に転校してきて、一ヶ月程度ですぐまた別の学校に転校してしまった男子がいたのを覚えている。服を洗濯していないのは明らかで、「あいつ臭いよな」なんて噂されて、徐々にいじめられ始めたところで転校した。俺は積極的にいじめに関わってはいないつもりだったけど、かといって彼をかばったわけでもなかった。その他にも、転入後すぐ別の学校に転校していった子が、小中学校通算で二、三人はいた記憶がある。「来たと思ったらすぐどっか行って、あいつ何だったんだろうな」などとみんなで噂していたけど、今思えば、それぞれ大変な家庭の事情を抱えていたのだろう。

また、俺が子供の頃は、学習障害とか自閉症スペクトラムとかADHDとか、そういった概念は世の中に浸透していなかった。ツヨシは学校の成績もよくはなかったけど、ただ勉強が苦手というだけではなかった。複雑な会話はできなかったし、忘れ物もすごく多かった。それに、運動会の行進の練習中に背中に虫が止まって「虫だ！」とパニックになって走り出して、体育教師に「馬鹿野郎！」と頭を叩かれたりとか、公園で急な便意を催したらしく突然ズボンとパンツを脱いで下半身裸でトイレまで走って、「なんでそこで脱いだんだよ」と俺たちにつっこまれて「あ、間違えた」と答えたりとか、突飛な行動のエピソードには事欠かなかった。そんな振る舞いをするたびに、みんなから「ツヨシ、しっかりしなさい」と笑われていた。もちろん俺たちも、ツヨシをしょっちゅうからかったり、いじったりしていた。

とはいえ、俺たちはツヨシに対して、ひどいいじめなどはしなかった。でも残念ながらそれは、中学までのことだったらしい。ツヨシは高校進学後、不良に目をつけられて合計数十万円をカツアゲされたあげく、不登校になって中退したと聞いた。俺たちは、それを風の噂で聞いても、ツヨシを心配して家を訪れたりはしなかった。

結局俺たちも、ツヨシを小中学校時代に好きなだけからかって、本当につらかったはずの時期に助けようともしなかったのだから、いじめっ子とさほど変わらなかっただろう。もしどこかの段階で、ツヨシの特性に対して特別な配慮がなされて、それが高校にまで伝わっていれば、彼は高校進学後の不幸から逃れられたのかもしれない。

そして、ようやく最近になって世間で議論され始めた、教員の長時間労働。これに関しては、一生忘れられない後悔がある。

石田先生のことだ。

軟式テニス部はすぐ辞めたし、エロ本を拾っていたのを見抜かれたこともあったけど、二年生の時の担任で、三年生の時の学年主任で、数学の確率と英語の過去完了形で挫折しかけた俺を救ってくれた石田先生は、間違いなく人生最大の恩師だった。

定年間近のベテランだった石田先生は、俺たちが三年生の時に、顧問を務める軟式テニス部が強くなって、関東大会にまで出場していた。さらに、一年生の数学を教えていた先生が産休に入って、受け持つ授業が増えてもいた。そうでなくても、そもそも三年生の学年主任というのは多忙だったはずだ。

そんな、三年生の二学期の終わり頃の、ある日のことだった。

音楽の授業中に、救急車のサイレンが聞こえた。前の道路を通り過ぎることは時々あったけど、やけに音が大きいなと思ったら、そのまま学校の敷地に入ってきた。

「え、やばい、救急車こっち来ちゃったんだけど」

「マジかよ、誰か怪我したのかな」

俺たちのクラスの生徒は一斉に、音楽室の窓から外を見た。音楽の先生も、その時は生徒を注意しないで一緒に外を見ていた。救急車は、学校の昇降口の前に停まった。校舎の中から誰かが救急車に運び込まれたのは分かったものの、三階の端の音楽室からは、それ以上の詳しい状況は分からなかった。

その後、帰りのホームルームの時間になって、担任の片山先生から知らされた。

石田先生が学校で倒れ、意識不明のまま病院に運ばれたということを——。

いよいよ受験本番という時期に、三年生の学年主任が倒れたのだから、他の先生もさぞ大変だっただろう。俺たちの数学の授業には、非常勤の先生が臨時で教えに来ていた。もっとも、この時期にはもう新しい学習内容はなくて、受験に向けた復習や自習が大半だったから、授業そのものに大きな混乱はなかったと記憶している。

結果的に、俺たちの高校受験は、弔い合戦のような雰囲気になった。石田先生のために受験を頑張ろう、と何人もの先生が言っていた。俺は、生徒の士気を上げるために利用するなよ、と冷めた気持ちにもなったけど、個人的には本気で石田先生のために頑張ろうと思えた。

お見舞いにも行きたかったけど、担任の片山先生からホームルームで「面会謝絶だから、残念ながらお見舞いに行っても会えません」と言われた。一方、片山先生からはたびたび、石田先生の病状についての報告があった。過労による脳出血で一時意識不明だったものの、その後は意識を回復したということ。石田先生からは「お見舞いには来なくていいから、それより受験勉強を頑張れ」とメッセージを受け取っていること――。

また、生徒の間の噂で、石田先生は労災認定されて、お金がたくさん払われるという話も聞いた。それを聞いて俺は安堵した。母が病気で仕事を休むとすぐ生活が困窮する家で育ってきた俺は、石田先生に大学生の娘がいると聞いていたから、家族の生活や学費は大丈夫だろうかと、密かに心配していたのだった。

俺は結局、志望校の茨城県立竜ケ崎西高校に合格することができた。卒業式は合格発表の前日だったけど、自己採点の段階で合格の自信があったので、卒業式は晴れやかな気持ちで迎えることができた。

その卒業式の終了後に、石田先生が現れたのだった。

石田先生は車椅子に乗っていた。そして、式が終わった後の昇降口の前で、涙ぐむ生徒たちに囲まれて「先生ありがとう」とか「お世話になりました」などと声をかけられていた。誰が決めたわけでもなく、生徒が一列になって、石田先生に順番に声をかけて握手をしていく流れになっていた。俺は、タケシやガイルやツヨシと一緒に、その順番を待っていた。

そしていよいよ、俺たちが石田先生に声をかける番になった。

そこで俺は、今思い出しても後悔するばかりの発言をしてしまったのだ――。

「労災のお金、いっぱいもらえてよかったですね」

俺が、開口一番そう言った瞬間、場の空気が凍りついた。

「ヨッシー、それは……」

戸惑ったような声をかけてきたのは、タケシだったか、それともガイルだったか。

その時の石田先生の、悲しげに潤んだ目は、今でも忘れることはできない。石田先生は、脳出血の後遺症でうまく言葉を発することはできなくなっていて、また顔にも麻痺が残っていた。顔を歪ませて、ただじっと俺を見つめ返しただけだった。

俺も、失言をしてしまった自覚はあった。次の瞬間、俺は肩を後ろからつかまれた。

「ちょっと、こっち来い」

担任の片山先生が、俺を列から引き離すと、胸倉をつかんで低い声で言った。

「お前ふざけるなよ、何考えてんだ」

片山先生は、修学旅行のバスで『あなたに会えてよかった』を聴いて涙ぐんで、みんなからいじられるような親しみやすい先生だった。でも俺の中では、中学校の最後の日に胸倉をつかまれたという苦い記憶が、最も色濃く残ってしまった。

「……すいません」俺は頭を下げた。

「石田先生に謝ってきなさい」

片山先生に言われた。でも、その時すでに石田先生は、顧問を務めていた軟式テニス部の一団に囲まれていて、間もなく片山先生も、別の生徒に呼ばれてその場を離れてしまった。結局俺は、人混みをかき分けて改めて謝りに行くだけの勇気が出ず、すごすごとその場を去ってしまったのだった。

今でも、悔やんでも悔やみきれない。

なぜ俺は、石田先生にあんな言葉をかけてしまったのだろう――。

周りのみんなとは違うことを言おう、などという、今考えればまったく不必要な意識が働いたのもあった。また、俺は家庭環境から、働き手が倒れたら何よりお金が心配だという意識が染みついていたのもあった。卒業式で、気持ちが浮ついていたのもあったのだろう。ただ、それにしてもあの場で、これから障害を負ったまま生きていかなければいけない恩師に対して、今までの感謝を口にするより前に、第一声で「お金、いっぱいもらえてよかったですね」なんて言うのが不適切だと、中学三年生でどうして分からなかったのだろう。

その後の人生でも、幾度となくつらい瞬間はあった。だがその中でも、中学校の卒業式が、改めて思い出した時に最もつらくなる、悔恨の記憶といえるだろう。

——そんな俺の回想は、長い沈黙を破ったマリアの声で途切れた。

2019年7月13日

「そろそろ、出る時間になっちゃうね」

久々にマリアが発した言葉に、俺は「ああ」とうなずいた。

「ごめんね、本当に」

「いや、俺の方こそ色々ごめん……。ていうか、一曲しか歌わなかったけどいいの？」

「うん、いいの」マリアは小さく首を振った。「カラオケの練習なんて、ただ善人君に会うための口実だったから」

その言葉は、カラオケボックスに入る前だったら、もっと嬉しく感じられただろう。でも今は、いろんな思いが交錯して、素直に喜べなかった。

「あと、実はさっき言い忘れてたんだけど」マリアが打ち明けた。「さっきトイレに行った時、主人からＬＩＮＥが来て、早く帰らなきゃいけなくなったんだ」

「ああ、そうだったんだ……」

本当かどうかは分からない。ムードが壊れて、今日は早く帰りたくなっただけかもしれない。本当だろうと嘘だろうと、もうマリアを引き留めることは不可能だ。

そこでちょうど部屋のコールが鳴り、マリアが受話器を取って「はい、もう出ます」と答えた。受付に下りてマリアが会計を済ませ、俺たちはほとんど会話もなく店を出て東中野駅まで歩いた。そして改札前で「それじゃ、また」と言い合って別れた。

駅のホームに向かうマリアは、一度もこちらを振り向くことはなかった。

マリアの背中が見えなくなったところで、俺はふうっとため息をついて、踵を返して帰路に就いた。アパートまで歩く中、マリアの言葉が何度も頭の中で繰り返された。

——もし、主人が死んでくれたら、私たち一緒になれるかな？

——あの頃に戻りたい……初恋をやり直せれば、今頃幸せだったかもしれない。

——主人が死ねば……いや、いっそのこと殺しちゃえばいいんだ。

——ねえ善人君、主人のこと、殺してくれない？

言った後で「ごめん、冗談冗談」なんてごまかしていたけど、本当に冗談だったのか。マリアの思い詰めたような表情は、本気だったように思えてならなかった。

マリアは今、間違いなく幸せじゃない。夫への殺意を口にするなんて明らかに異常だ。情緒不安定で、高校時代より精神年齢が低下しているような気さえする。初恋相手を悪く言いたくはないが「ヤンデレ」という言葉が浮かんでしまった。精神的に病んだ状態で好意を伝えてくる女をそう呼ぶのだと、同房の若い受刑者が言っていた。

俺はこれからどうするべきだろう。一度しっかりマリアの相談に乗ってやるべきだろうか。俺なんかに大した答えは出せないだろうけど、話を聞くだけならできるはずだ。

まあ、世の既婚女性の中には、夫と喧嘩したとか、異性として見られなくなったとか、そんなありきたりな理由でつい言葉が過ぎて、「殺したい」なんて発言してしまう人もいると聞く。マリアもその程度だったらいいのだ。

でも、もしマリアが本気で殺人に言及しているのなら、絶対に止めなくてはいけない。間違ってもマリアを刑務所に入れてはいけない。二回入った者として、それだけは確実に言える。

マリアから、また誘いのメールは来るだろうか。もし来なかったら、俺の方から誘うべきかもしれない。あの危なっかしいマリアを放っておくのは、心配で仕方ない。

下心でいっぱいだった一時間余り前とは別人のようだ。今の俺は、本気でマリアを心配している。マリアに対する思いがこれほどプラトニックなのは、もしかすると小学生の頃以来かもしれないな、とふと思った。

第4章　青春と絶望

2019年7月15日

マリアとカラオケに行った二日後。スーさんが地中海クルーズ旅行から帰ってきた。

「いや〜、やっぱり本場イタリアのパスタはうまかったぞ〜」

そう言ってスーさんは、スーツケースからビニール袋を取り出した。

「ほら、お土産だ。これでいつでも本場のパスタが味わえるからな」

「どれどれ……」と袋を開けた俺は、すかさず叫んだ。「いや、これのどこが本場のパスタなんだよ！」

袋の中身は、『日清スパ王』の詰め合わせだった。明らかに帰国後に買ったやつだ。

「ハッハッハ、まあいいじゃねえか。どうせお前に本場の味なんて分かんねえだろ」

スーさんは悪びれることなく言うと、思い出したように尋ねてきた。

「あ、そういえば、例の現場、いくら儲かった？」

「ああ、えっと……」少し迷ったけど、俺は正直に申告した。「現金が十万と、あと腕時計が三十二万で売れて、合計四十二万だった」

結局、ここで少なめに嘘をつくような度胸がないのが、俺の小悪党たるゆえんだ。

「おお、上出来じゃねえか」スーさんはスマホを取り出して、電卓アプリで計算した。

「じゃ、こっちの取り分は四割だから……十六万八千円か」

俺が取っておいた札束から、きっちり分け前を徴収した後、スーさんが言った。

「さてと、明日からまた仕事しないとな」

「ああ、こっち？」

俺が人差し指をかぎ形に曲げてみせたが、スーさんは首を振った。

「いや、本職じゃない。休みをもらったから、当分はバイトに出なきゃいけねえんだ」

スーさんにとっては、空き巣が「本職」で、堅気の仕事が「バイト」だ。

その後、スーさんが旅行の片付けを始めたところで、俺のポケットの携帯電話が振動した。画面を見ると、マリアからの着信だった。

俺は、少し緊張しながら「もしもし」と電話に出た。

「ねえ善人君、突然なんだけど、うちに来ない？」

マリアが開口一番言った。俺は「えっ」と驚く。

「明日の夕方六時でどう？　あ、家の場所覚えてる？」

「ああ、覚えてるよ」

「じゃ、晩ご飯作って待ってるね。あ、もちろん主人は、明日は帰ってこないからね」

マリアの声は、カラオケ中に突然泣き出した二日前とは打って変わって、妙にうきうきしていた。それがかえって心配になったが、俺は意を決して答えた。

「うん、分かった、ごちそうになります」

やはり、今のマリアの申し出を断るという選択肢は考えられなかった。

するとマリアが、つぶやくように言った。

「やっと気付いたんだ。これが一番いい方法だって」

「……えっ？」

「ああ、ごめん、何でもない。じゃあ明日の六時に待ってるね。バイバイ、またね～」

電話が切れた。

俺の頭の中で、マリアの言葉が反響していた。

――やっと気付いたんだ。これが一番いい方法だって。

いったいどういう意味だろう、としばらく考えたところで、俺ははっとした。

まさか、すでに殺人を済ませてしまったなんてことはないだろうか。明日家に行ってみたら、血まみれのマリアが笑いながら立っていて、その足下に武史の惨殺体が転がっていて、「これが一番いい方法だったんだよね。さあ善人君、初恋をやり直そう」とか言われたらどうしよう。マリアは「主人は明日は帰ってこないから」とも言っていたけど、もうこの世に帰ってこないという意味だったりして……と、俺の頭の中に、瞬時にホラー映画のような情景が浮かんだ。

でも、すぐに打ち消す。いかんいかん、さすがに妄想が過ぎる。

とにかく、明日の夕方六時、約束通り家に行ってみるしかないだろう。どんなに夫婦関係がうまくいっていなくても、倦怠期を迎えていたとしても、夫を殺すなんて言い出すのは看過できない。マリアの話をしっかり聞いてこよう。それが、ろくな別れ方ができなかった初恋相手に対して、今の俺ができる、せめてもの罪滅ぼしのはずだ――。

と、俺がじっと佇んで考えていたところに、スーさんから声がかかった。

「どうした？　深刻な顔して」

「あ……いや、何でもないよ」俺は慌てて首を振る。

「ていうか、今の電話の相手、女だったよな？」

どうやら、携帯電話から漏れたマリアの声が、スーさんにも聞こえていたらしい。

「あ、うん、そうだけど……」

俺は正直に認めざるをえなかった。するとスーさんは、にやっと笑った。

「おいおい、隅に置けねえな。俺の携帯で女と連絡取ってるのか？　しかも、さっきちらっと聞こえたけど、『ごちそうになります』なんてことも言ってたよな」

「いや、でも、そういう関係じゃないよ。相手は、女っていっても、おばちゃんだし」

俺は適当な嘘をついた。だが、スーさんはなおも尋ねてきた。

「おばちゃんって、いくつぐらいだ？」

「えっと……五十代ぐらいかな」

「どうやって知り合ったんだ」

「ん、ああ、それは……」

スーさんが不在の間に、五十代のおばちゃんと電話番号を交換したものの、色恋とは無縁の関係で、だけど今度ご飯をごちそうになる。――どんな出会い方をすればそういう状況になるか、俺は頭をフル回転させながら、即興の作り話をした。

「いや、この前、道端にスマホが落ちてて、俺が拾ったら、すぐそのスマホに電話がかかってきたんだよ。それの落とし主なんですけど、今どこにいますかって。で、東中野の駅前だって答えたら、すぐ取りに行くんで待っててもらえますかって言われて、俺がスマホを持って待っててあげたんだよ。そしたら落とし主のおばちゃんが来て、何かお礼をしたいって言われて、俺は別にいいですよって断ったんだけど、それじゃこっちの気が収まりません、みたいな感じで、結局メシをおごってもらうことになって、その時に携帯の番号も教えてさ……」

と、我ながら上手く、諸条件を満たす作り話をすることができた。

ところが、スーさんはそれを聞いて、ますます食いついてきた。

「なるほど。で、そのおばちゃんってのは、美人か？」

「いや、別に……」

「紹介してもらえねえか？」スーさんはすっかり前のめりになっていた。「やっぱりホステスなんて、ずるい女ばっかりだよ。一緒に旅行に行ったアケミときたら、夜は結局、最後まで指一本触れさせてくれなかったんだぞ。『そういうことはまた明日ね』とか言って何日も断ったあげく、後半は『女の子の日になっちゃった』なんて見え透いた嘘つきやがって。なのに土産だけは山ほど買い込みやがってよお。あの恩知らずめ」

スーさんは一本欠けた歯を噛みしめて愚痴った後、目を輝かせて言った。

「でも、それに比べて、お前が知り合ったその女は義理堅いじゃねえか。ちゃんと恩を返そうっていうんだからよ。やっぱり女は中身だよ。五十過ぎてようが関係ねえよ。ていうか俺より年下だしな。――なあ、今度メシに行くんなら、俺も連れてってくれよ」

「いや、でも……」

まさかマリアの家にスーさんを連れて行けるわけもないので、俺はとどめの作り話をした。

「そのおばちゃん、旦那がいるんだ。で、明日夫婦で、俺にごちそうしてくれるんだ」

するとスーさんは、すっかり失望した表情に変わった。

「なんだよ〜、それ最初に言えよお〜」

スーさんは、そのまま不機嫌そうに旅行の後片付けを再開した。

2019年7月16日

スーさんが、昨日の不機嫌をまだ少し引きずったまま、遅番の警備員のバイトに出かけた数時間後。俺は電車を乗り継いで綾瀬駅で降り、夕方六時ちょうどにマリアの家のドアチャイムを押した。そういえば三度目の訪問にして、ドアチャイムを鳴らしたのは初めてだった。

「は〜い、いらっしゃい」

玄関のドアを開けたマリアは、エプロン姿で出迎えてくれた。

「いや〜、七月なのに梅雨寒で涼しいね。まあ暑いよりはいいけど……」

なんて笑顔で言ったマリアだったが、俺の顔を見て、すぐ怪訝そうな表情になった。

「あれ、どうしたの？　怖い顔して」

警戒しているのが顔に出てしまったようだ。俺は慌てて笑顔を作る。

「いや、そうだった？　そんなつもりはないけど」

「そっか……まあ、どうぞ上がってください」

マリアはすぐ笑顔に戻った。俺も「お邪魔しま～す」と明るい声を出して家に上がる。

とりあえず、スタートは和やかな空気にしておきたかった。

「ごめんね、六時にばっちり料理が完成するようにしたかったんだけど、ちょっと時間かかっちゃった。でも、もうすぐだからね」

そう言ってマリアはキッチンに向かった。屈託のない笑顔に、やけにうきうきした声。それがかえって俺を不安にさせた。

やっと気付いたんだ。これが一番いい方法だって。——あの言葉の真意は何だったのか。目の前のマリアに聞いてしまえば一発なのだが、聞く勇気が出なかった。

リビングに入った後も、つい観察してしまう。部屋に何か変わった様子はないか。レースのカーテン、壁際にクローゼット、その脇にダンベル。まさかダンベルに血痕でも付いてないか、と一瞬思ってよく見たけど、そんなことはなかった。壁掛け時計、部屋干し中のタオル、ソファ、その右に本棚、その中には大野中学校と竜ケ崎西高校の卒業アルバム。そして大型テレビとＤＶＤプレーヤー……と観察しているうちに気付いた。そもそも二回入っただけの家の中なんて、そんなに覚えているものではない。いや、一流の空き巣だったら記憶に焼き付いているのかもしれないけど、三流の空き巣の俺にはそんな記憶力も備わっていない。

「あ、そうだ、善人君って煙草吸う？」

マリアがいったんキッチンから出てきて、尋ねてきた。

「いや、吸わない」俺は首を振る。

「そっか、じゃあ灰皿いらないね。私も吸わないし」

ダイニングテーブルの上の灰皿を片付けた後、マリアはこちらを振り向いた。

「この前、変なこと言ってごめんね。引いたでしょ？」

「いやいや……」

主人のこと、殺してくれない？――などという言葉が、変なことだという自覚はあるようだ。

「電話でも言ったけど、ようやく気付いたんだよね。これが一番いい方法だって」

「ああ……それ、気になってたんだけど、どういうこと？」

俺は緊張しながら尋ねた。まさか本気で殺人計画を打ち明けられたら、それどころかキッチンの床下から死体が出てきたらどうしよう――なんて不安が拭いきれない。

だが、その後のマリアの言葉は、まったく予想外のものだった。

「覚えてるかな。高円寺のレストランと、東中野のカラオケ。二回連続で主人から連絡入ったじゃん。何かおかしいと思わなかった？」

「何かおかしい……？」

俺が首を傾げると、マリアは少し間を空けてから言った。

「実は私、主人からGPSで監視されてるんだよね」

「えっ……」俺は絶句した。

「スマホのGPSで、常にどこにいるか分かるようになってるの。でも最近、うっかりGPSをオフにしちゃってたことにすれば、外出しても意外とばれないこともあるって気付いたんだ。まあ、主人だって忙しく働いてるのに、二十四時間私を監視し続けるなんて無理だからね——。ただ、善人君と会ってた時は、思ったより早く気付かれちゃったの。二回とも、私のGPSが反応しなくなってることに主人が気付いて、すぐLINEが来ちゃってさ」

「そうだったのか……」俺は驚きながらも、言葉を選んで返した。「なんというか……あいつもなかなかなか、束縛が激しいんだな」

「なかなか、なんてもんじゃないよ」マリアが首を横に振る。

「でもまあ、それは、愛情の裏返しっていうか……」

あまり悪く言うのもどうかと思って、少し擁護してみたが、マリアは言い返してきた。

「本当に愛情の裏返しだと思う？　じゃあ善人君も、好きな人に同じことする？」

「いや、俺はしないけど……」

「私もしない。それに、そういうことしない人が好き」

マリアはきっぱり言い切ってから、話を戻した。

「で、それでも出かけるにはどうしたらいいか考えて、スマホを家に置きっぱなしにして出かけようかとも思ったんだけど、それだと善人君とも主人とも連絡つかなくなっちゃうもんね。もしばれたら、もっと怒られるかもしれないし――。でも、そこでひらめいたんだ。移動しなければ、怪しまれることはないんだって。だから善人君を家に呼んじゃえばいいんだって。なんで今まで思い付かなかったんだろうね。マジで私馬鹿だよね。一応これでも筑波大《つくばだい》卒なのにね」

「ああ……」

俺は、マリアの自虐に同意するわけにもいかず、ただ苦笑を浮かべた。と同時に、筑波大志望だった時期が俺にもあったことを思い出した。今となっては苦い思い出だが。

一方、マリアは自信満々の口ぶりで言った。

「で、今日は絶対大丈夫なの。だって主人、当直だもん。月に一、二回あるんだけどね、当直の日だけは、途中で帰ってくるなんてことは、マジで百パーセントないから――。だからうちで晩ご飯どうかなって思って、善人君を誘ったんだ」

マリアははしゃぐような笑顔を見せた後、「ああ、そこ座っててね」とダイニングテーブルを指し示した。俺は「ありがとう」と言って椅子に座る。

マリアはキッチンへ行く。すでに香ばしい匂いが漂っている。

「唐揚げか?」

俺が尋ねると、マリアはにっこり笑って「当たり!」と答えた。

「善人君、好きだったよね」

「うん、大好物だ」俺も笑った。

「高校の文化祭で、一年生の時、うちらのF組が唐揚げのお店やったの覚えてる? 文化祭といえば焼きそばとかたこ焼きなのに、唐揚げって何だよってみんなに言われたけど、ずいぶん後になって唐揚げブームが来たじゃん。今考えたら私たち、流行を先取りしてたよね」

マリアはキッチンから、うきうきした口調で語った。

「で、唐揚げ屋さんの忙しい合間を縫って、善人君のバンドのライブに行ったんだよ」

「ああ……あれか」俺は苦笑した。

「あの時、何の曲演奏したか覚えてる?」

「いや、全然覚えてない」俺は首を振った。

「本当は覚えてるくせに～」

「本当に覚えてないってば!」俺は照れ隠しに、さらに強く首を振った。

「思い出すなあ、色々」マリアは遠い目をしてから言った。「あ、あとはこれ揚げたら完成だからね。そこ座って、思い出に浸ってていいからね」

「だから浸らないっての」

俺はむきになって言った。マリアは「うふふ」と笑った。

その後すぐに、食欲をそそる香りとともに、ジュワアアアッと油の音が響いた。

回想・2001年4月～2002年12月

唐揚げの揚がる音を聞きながら、俺はマリアが言った通り、思い出に浸っていた。

大野中学校から竜ケ崎西高校に進学したのは、俺とタケシとマリアの三人だった。もっともタケシは、中学受験の時と同じ私立の難関校、利根川学院の高等部が第一志望で、そこは父親の出身校でもあったらしいんだけど、結局また落ちてしまって、高校も俺たちと同じになった。

とはいえ、竜ケ崎西高校は、学区内の県立高校の中では偏差値で上位に入る進学校だった。早稲田大や慶應大、東北大や筑波大などに毎年何人も合格者を出し、数年に一人ぐらい東大合格者が出るような高校だった。

そして、何の因果か、俺とタケシは同じ一年B組になった。

タケシは「ヨッシーとクラスまで一緒かよ、腐れ縁だな」なんて言っていたけど、田舎すぎて実質小中一貫状態だった俺たちにとって、進学に伴って他校出身の生徒と同級生になるのは初めての経験だった。そんな状況で、クラスに幼なじみが一人いるのは心強かった。また、俺はタケシ以外の同級生は全員初対面だったけど、タケシは同じ塾に通っていた男子が二人いた。俺がタケシ以外で最初に会話をした同級生は、たしかその二人だった。

「こいつ、ヨッシーのモノマネうまいんだぜ」

タケシにいきなりモノマネを振られて、少し慌てたけど、思い切って「ヨッシー！」とやってみたら「すげえ、似てる！」と新しいクラスメイトにもウケた。

知り合いばかりの中学校では、しばらくやる機会もなかったけど、そういえば俺には十八番のモノマネがあったのだ。芸は身を助けるということわざの意味を身をもって知った。そして俺が「いやあ、モノマネがウケてよかったですよ、ビートたけしさん」と言うと、タケシはすぐに「ダンカン、バカヤロー」と、自分でもモノマネを披露した。しかも、明らかに以前よりうまくなっていた。さては入学前に密かに練習してきたな、と俺には分かった。

「ヨッシーとタケシ、モノマネ名人が二人もいるよ」

クラスメイトたちからも好評で、俺たちの高校生活は順調なスタートを切った。

ほどなくして、タケシが医者の息子で、病院の御曹司だということも知れ渡った。

「なんか最近、都内の病院をうちで買い取ろうか、みたいな話もしてるわ」

タケシが披露した話は、俺も初耳だった。そのスケールの大きさにみんな驚いていた。

「すげえな、病院買い取るなんて。うちの父親なんて、普通のサラリーマンだよ」

「うちも、普通の公務員」

話の流れで、知り合ったばかりのクラスメイト同士で父親の職業を明かしていく展開になった。そして、クラスメイトの一人が「ヨッシーんちは？」と尋ねてきた。

「ああ、うちは……」

その時タケシが、半笑いで俺をじっと見ていたのを覚えている。どうするんだ、母子家庭だって言うのか、母親がホステスだって言うのか、と観察するような目だった。

でも、俺は堂々と答えた。

「うちは一応、父親が社長やってるんだ」

「え、社長？　すげえじゃん」

「どんな会社？」

クラスメイトたちが食いついてきた。俺は説明する。

「食品関係の、まあ小っちゃい会社らしいんだけどね」

「へえ、そうなんだ～」

――と、その会話がひと通り終わった後、タケシが俺にこっそり寄ってきた。

「ヨッシー、あの設定で行くのか？」

「あの設定？」

「ほら、父親が社長って……あれ、嘘だろ」

心配しているような、でもどこか小馬鹿にしたような顔で、タケシはささやいた。

それに対して、俺は答えた。

「いや、あれ本当なんだよ。母親が再婚したんだ」

「えっ、マジで？」タケシは目を丸くした。「それは、おめでとう……でいいのか？」

「まあ、一応、ありがとうって言っとくわ」俺は笑った。

実は我が家では、正式には二度目、内縁を含めると三度目の母の結婚が、俺の高校入学前の春休みに成立していたのだ。

相手は、川崎さんという、髪が薄くて眼鏡をかけた、小太りの中年男性だった。前回のタクおじさんのように見た目が格好いいわけではなかったけど、食品関係の会社を経営していて、「小さい会社だけど、家族二人を養うのには十分な収入があるからね」と頼もしいことを言ってくれていた。それに川崎さんは、タクおじさんのように下ネタなんて言わなかったし、俺がいる時に母といちゃついたりもしなかったし、タクおじさんよりちゃんとした大人だということは、十五歳の俺にもはっきり分かった。

俺は、高校生になったら家計を助けるためにアルバイトをしなければならないだろうと考えていたけど、川崎さんは「勉強や部活は今しかできないんだから、バイトなんてしなくていいぞ」と言ってくれた。だから俺は、タケシに誘われて部活動見学に行って、先輩と後輩がタメ口で会話していて一番楽そうだったという理由で軽音楽部に入り、他にやりたがる人がいなかったのでドラムを選んだ。すると川崎さんは、練習用の電子ドラムセットまで買ってくれた。連れ子のために羽振りよく金をかけてくれる川崎さんのことを、俺はすぐに「父さん」と呼ぶようになった。俺の心は、いとも簡単に金で釣られたのだった。

ほどなく俺とタケシは、一緒に軽音楽部に入った一年生の、ミッキーとぐっさんとともに、四人組のバンドを結成した。二人の本名はたしか三木と山口だったと思うけど、正確に思い出せないほど、ミッキーとぐっさんとしか呼んでいなかった。バンド名は、その前の年に解散した人気バンドのLUNA SEAをもじった、FUGA SEA。

「ルナシーじゃなくて麩菓子《フガシ》ーってマジウケるよな!」と、名付けた当初は仲間内で盛り上がっていたけど、残念ながら字面を見てLUNA SEAをもじっていることに気付く人は少なく、麩菓子とかけていることに気付く人はさらに少なく、「フーガ」という音楽用語もあるだけに、「フーガ・シー」という、ちゃんと真面目に考えた名前だと思われてしまって、全然ウケなかったのを覚えている。

それぞれの担当は、タケシがギター&ボーカル、ミッキーがギター、ぐっさんがベース、俺がドラムだった。ミッキーは眼鏡をかけた優男《やさおとこ》で、中学時代からバンドの経験もあって音楽に詳しかったので、おのずとリーダーになった。ただ、タケシも最初こそミッキーにギターを教わっていたけど、元々ギターには興味があったらしく、自主練習でどんどん腕を上げていった。六月に行われる文化祭のステージが、軽音楽部にとっての最初の大舞台で、俺たちFUGA SEAは毎日それに向けて練習に励んだ。

ちなみに、ベースのぐっさんは、がっしりした体型で、中学時代までレスリングをやっていた。ある時、バンドの練習の合間に、ぐっさんにタックルのやり方を教わったこともあった。

「膝の力を一瞬抜くと、体が倒れないように地面に反発する力が生まれるんだ。それを生かしてタックルすると、相手を下から持ち上げる、いい下半身タックルができるんだ」という説明を、なぜかぐっさんから軽音楽部の部室で聞いて、なぜかみんなで「よし、やってみよう」というノリになって、なぜかお互いにタックルをかけ合った。

「おおすげえ、タケシの体も浮き上がったぞ」

俺は、体重が自分より重いタケシにタックルをかけて、興奮したのを覚えている。

「馬鹿、ヨッシー、手加減しろよ！　ケツでギターつぶしそうになっちゃっただろ」

壁際のスタンドに立てかけてあったギターを振り返って、タケシは慌てていた。

「うん、ヨッシーはなかなか筋がいいぞ。よし、ミッキーも俺に向かってこい！」

「行くぞ、えいっ」

「だめだめだ、そんなタックルじゃ試合では勝てないぞ！」

「いや、試合出ないし……」

——なんて感じで、四人でじゃれ合っていた。高校に入って、ようやく緊張感も抜けて友達と打ち解けてきたあの頃は、今思えばみんな意味不明なハイテンションに支配されていた。


一方、マリアは、俺とタケシのB組からは離れたF組だった。また、マリアは部活には入らず、アルバイトを始めていた。

いくら小中学校が一緒の幼なじみでも、クラスが離れてしまうとマリアに会う機会は少なかった。たまに廊下ですれ違った時などに、挨拶を交わす程度だった。俺は、軽音楽部が中心の学校生活を楽しんでいた一方で、密かに焦っていた。もしかしたらマリアに、クラスの中で、あるいはバイト先で彼氏ができてしまうのではないかと——。


しかも、ある時、マリアとすれ違って「おっす」と挨拶したところ、それを見た同じクラスの男子から「ヨッシーって、マリア様と知り合いなの？」と小声で聞かれた。

「マリア様って……まあ、小学校から一緒だけど」

「マジかよ、超うらやましい」

「うらやましいって、なんで？」

俺が聞き返すと、彼は興奮気味に説明した。

「F組に可愛い子がいるって噂になってるんだよ。しかも名前がマリアだから、マリア様って呼ばれてるんだよ」

「え、そうなの？　知らなかった」

俺は平静を装ったものの、いっそう焦りが募った。離れたB組にまで届くほど、男子の間で噂になっているのなら、同学年の男子にいつ告白されてもおかしくない。マリアがその告白を受け入れてしまったら一大事だ——。

そんなことを思っていた頃、俺は携帯電話を買ってもらえた。部活で帰りが遅くなることがあったから、川崎さんが「持ってた方がいいだろう」と契約してくれたのだ。

軽音楽部のライブがある六月の文化祭まで、あと一ヶ月を切っていた。俺は、諸々のタイミングにかこつけて、行動を起こしたのだった。

ある日の放課後、俺は意を決してF組に行った。そして、ホームルームが終わって教室から出てきたマリアに声をかけた。

「おっす」

「あ、久しぶり～」マリアは笑顔で手を振ってくれた。

「俺、携帯買ったんだ」

「へえ、そうなんだ。私も最近ようやく操作覚えたところ」

俺とマリアは、互いに新品の携帯電話を見せ合った。——今や中学生も大半がスマホを持っている時代らしいが、あの頃は中学生で携帯電話を持っているのはごく少数で、たいていが高校入学後に親に買い与えられていた。もちろんスマホなんて存在しなかったからガラケーだ。

「そうだ、番号交換しない？」

俺は、最初からその目的で来たのに、ふと思い付いたような感じでマリアに言った。

「うん、いいよ」

マリアは快く応じてくれた。お互いの電話番号とメールアドレスを交換したところで、俺はもう一つの、重要な連絡をした。

「あと、俺とタケシ、バンド組んで、文化祭でライブやることになったんだ」

「へえ、すご〜い」マリアは笑顔を見せた。「ていうか、高校入っても相変わらず仲良しだね。まあ、クラス一緒だもんね」

「うん、まあね」

俺はうなずいた後、さっき以上の勇気を出して言った。

「それで……よかったら、俺たちのバンドのライブ、見に来ない？」

「うん、行く」マリアは即答した。「うちらの唐揚げ屋さんにも来てね」

「もちろん！」

俺が大きくうなずいたところで、「一緒に帰ろ～」とマリアに女友達から声がかかった。俺は「じゃ、また」とマリアと手を振り合って別れ、晴れやかな気分で軽音楽部の練習に行った。マリアと携帯番号を交換することと、ライブに来てもらう約束をすること。二つの目的を達成した俺は、その日から一気に練習に熱が入った。

そして、いよいよ迎えた文化祭。たしか一年B組の出し物はお化け屋敷だったと思うけど、驚くほど何も覚えていない。俺が覚えているのは、視聴覚室の特設ステージで開催された軽音楽部のライブでの、FUGA SEAの演奏だけだ。

四人中三人が初心者では、一曲マスターするだけで精一杯だった。俺たちが演奏した曲は、タケシが好きだったTHE YELLOW MONKEYの『バラ色の日々』。イエモンは、ボーカルとギターとベースとドラムの四人組という構成が俺たちと同じで、『バラ色の日々』が初心者にも比較的簡単そうだというミッキーの判断で曲が決まった。そういえば、LUNA SEAの曲は結局演奏しなかった。バンド名のウケ狙いに使っただけで、その名前がウケてもいないという、もはやLUNA SEAに対して失礼でしかない俺たちのバンドだった。

演奏は、たぶんうまくいったのだと思う。もちろん、各パートは本家よりかなり簡略化していたけど、俺はひたすら練習通り、リズムを乱さないようにドラムを叩き続けた。他のメンバーの演奏にまでは気が回らなかったけど、客席の生徒たちも結構ノッているのが分かった。

演奏が終わり、俺たちは拍手を浴びながらステージ上に並んで、客席に頭を下げた。

そこで突然、俺の脚が広げられ、体がぐんと持ち上げられた。

いったい何事かと一瞬パニックになったけど、ぐっさんがアドリブで、レスリングで鍛えた能力を生かして、俺を肩車していたのだった。客席からは「おおっ」と歓声が上がった。ぐっさんの肩の上で、客席のマリアと目が合った。マリアは笑顔で俺に手を振ってくれたけど、俺は肩車された状態で手を上げるのが怖かったのと、ぐっさんのうなじで股間が圧迫されて、少しでも動けば薄皮で包まれただけの男の最弱点が潰れかねないギリギリの体勢だったので、小さく手を振り返すことしかできなかった。

その後、ぐっさんは俺を下ろして「うおおっ、ありがとおおっ！」と叫びながら、ミツキーとタケシのことも次々と肩車していった。レスリングをやるとみんなああなっちゃうわけではないだろうけど、初ライブで興奮したぐっさんは、娘の試合後に興奮しすぎて奥さんにたしなめられるアニマル浜口のようなテンションになっていた。

とはいえ、客席はそれを見て大盛り上がりで、特に肥満体のタケシを持ち上げた時は、最も大きな歓声が上がった。結局、客席が一番沸いたのは演奏とは無関係の部分だったけど、俺たちFUGA SEAのパフォーマンスが成功したのは間違いなかった。

出番を終え、廊下に出たところで、ちょうど同時に出てきたマリアと顔を合わせた。

「あ、かっこよかったよ〜」

マリアは笑顔で声をかけてくれた。

「ああ……どうもありがとう」

好きな女子に「かっこよかった」と言われて、俺は照れることしかできなかった。

「はい、唐揚げどうぞ」

マリアは、自分のクラスの模擬店の商品を持ってきていた。紙容器に「からあげサン」という、明らかにローソンのパクリのロゴが描かれていた。

「あ、お金払うよ。……お金っていうか、これだけど」

俺はポケットから、文化祭で使える金券を出そうとしたが、マリアは首を振った。

「いいの、差し入れだから。さあ、どうぞ」

「ああ、ありがとう」俺は一個つまんで食べた。「うん、うまいよ」

本当は冷めていたし、大してうまくなかったけど、笑顔でそう言っておいた。

「お、唐揚げじゃん」

他のメンバーと一緒に廊下に出てきたタケシも、後ろから手を伸ばしてきた。たしか、ここまでは他のメンバーに気付かれず、マリアと俺の二人きりで会話できていたのだ。

くそ、気付かれちゃったか、と心の中で残念がったのを覚えている。

その後、マリアと俺たちは「唐揚げは調理場が暑くて大変だよ」とか「お化け屋敷は他のクラスもやってるから、やる気しねえよ」なんて、幼なじみ同士の気兼ねない話をして、しばらくしてマリアが「じゃ、そろそろ店に戻るね」と言って去って行った。

その後ろ姿を見送った後、ミッキーがしみじみと言った。

「ていうか、マジうらやましいよ。マリア様と幼なじみで親しく喋れるなんて」

「俺とヨッシーとマリアは小学校から一緒だから、昔はほぼ毎日公園で遊んでたぞ」

タケシが、自慢げな口調で返した。

「じゃあ、もしかして、マリア様のパンツとか見たことあるのか?」

ぐっさんが興奮気味に言ったのに対して、俺とタケシが「ねえよ馬鹿!」と言い返した。声がぴったり揃ったことを、やけにはっきり覚えている。


高校一年生の三学期までは、楽しかった思い出しかない。軽音楽部で、地元の夏祭りのステージに出たこともあった。

その頃には俺たちのレパートリーも増えて、スピッツの『空も飛べるはず』や、GLAYの『SOUL LOVE』も演奏するようになっていた。いずれも、初心者に演奏しやすい曲をミッキーが見つくろってくれた。それらの曲を演奏した夏祭りのステージでは、百人以上の観客を大いに盛り上げて、ステージを下りた後も、共演した大学生のバンドに「演奏うまいね」と褒められたほどだった。俺は特に褒められなかったけど、タケシとミッキーのギターは、大学生からも一目置かれるレベルだったらしい。

「俺ら、マジでプロ行けけんじゃねえ？」

ステージ後の興奮冷めやらぬ中、タケシは言っていた。俺も、あながち調子に乗っているとは思えなかった。その頃にはタケシの歌唱力も演奏力もかなり向上していて、ギター&ボーカルは本当にさまになっていたのだ。

「まあ、プロになるんだったら、タケシがもうちょっと痩せた方がいいだろうな。ボーカルが眼鏡でデブじゃ、あんま流行んないだろ」

ぐっさんが言った。サンボマスターがブレイクするのは、もう何年か後のことだ。

「眼鏡デブじゃなければ、ギター弾けるし歌うまいし、タケシって結構モテると思うけどな」

ミッキーにも言われて、タケシは「うるせえな」と笑っていたけど、実は本気にしていたようだった。その証拠に、タケシはそれから二学期の途中まで、眼鏡を外していたのだ。「俺、実は視力〇・五ぐらいあるから、かけなくても意外に平気なんだよね」なんて言っていたものの、結局は授業中に黒板の字が見えなかったりして苦労したらしく、コンタクトレンズも合わなかったようで、数ヶ月後にはまた眼鏡をかけていた。

学校が休みで、バンドの練習が校内でできない日は、JR常磐線《じょうばん》で柏《かしわ》まで行って、音楽スタジオを借りて練習したこともあった。駅前にビルが建ち並び、Jリーグのチームまである柏は、当時の俺たちにとって大都会だった。しかもその少し前に、テレビ番組『雷波《らいは》少年』の、合宿生活で作った曲がヒットしなかったら解散、みたいな企画で、結果的に解散どころか大ブレイクを果たしたサムシングエルスというバンドが、柏のストリートミュージシャン出身だったこともあってか、柏駅周辺では何組ものストリートミュージシャンが演奏していた。タケシは、スタジオまでの道中でそんなミュージシャンの前を通るたびに「俺らの方が上手いな」なんて小声で言っていて、バリバリ意識しているのが伝わってきた。

日々の学校生活でも、クラスメイトより軽音楽部の仲間とつるむことが多く、弁当も四人で部室に行って食べていた。毎日他愛もないことを喋っていたけど、音楽通のミッキーが、音楽に関するクイズを出題するのが好きだったことは覚えている。

特にこの一問は、今でも俺の記憶にはっきり残っている——。

「日本の男性アーティストで、ソロとグループの両方で、ミリオンセラーのシングルを出したことがある人が三人います。その三人というのは、ASKAと桑田佳祐……さて、もう一人は誰でしょう?」

「えっ、どういうこと?」

俺たちが食いつくと、ミッキーは問題を詳しく解説した。

「ほら、ASKAは、CHAGE&ASKAで『SAY YES』とか『YAH YAH YAH』とかが百万枚以上売れて、ソロでも『はじまりはいつも雨』がミリオン行ってるんだよ。で、桑田佳祐は、サザンで『TSUNAMI』とか『エロティカ・セブン』とかが百万枚以上売れて、ソロでもこの前『波乗りジョニー』がミリオン行ったんだよ。そんな感じで、グループでもソロでも、シングルCDが百万枚以上売れたことがある日本の男性歌手がもう一人いるんだけど、それは誰でしょう？」

「ええっ……誰だろう」

俺たちは「河村隆一？」とか「奥田民生？」とか「小室ファミリーの誰かかな？」なんて答えたけど、いっこうに当たらなかった。その後、ミッキーから「その人は三人の中では最年少です」とか「この記録の達成時期は、桑田佳祐よりもこの人の方が早いです」なんてヒントをもらったけど、とうとう正解は出せずにギブアップした。

そこでミッキーは、俺たちの顔を見渡し、得意満面で正解発表をした。

「正解は……香取慎吾でした！」

「ええっ？」

「いや、SMAPでミリオンシングルが出てるのは分かるけど、なんで慎吾ちゃんだけなの？」

俺たちが尋ねると、ミッキーが解説した。

「香取慎吾は、SMAPで『夜空ノムコウ』とかが百万枚売れてて、ソロでは、『慎吾ママのおはロック』が百万枚売れてるんだよ」

「ああ、そっか〜、慎吾ママか！」

「なるほど、盲点だったわ〜」

俺たちは舌を巻いた。——この問題は、のちに俺も、さも自分で発明したクイズかのように、何人かの知り合いに出した記憶がある。同世代の音楽好きな相手に出すと必ず盛り上がるし、ノーヒントで正解できた人は一人もいない難問なのだ。

「まあ、三人ともデビュー以来、時代を問わず人気が安定してるのが共通点だろうね」

ミッキーは得意そうな顔で、自分で出したクイズを締めていた。——もっとも、ASKAと香取慎吾に関しては、あれから時を経て、不安定なことも色々起きちゃったんだけど、高校生にそんな未来まで予想できるはずもなかった。

このように俺は、軽音楽部の仲間たちと毎日つるんで、楽しい高校生活を送っていた。ところが、二年生に進級する直前だった。そんな生活に暗雲が立ちこめたのは——。

ある日、いつものように俺が軽音楽部の練習を終えて帰宅すると、母と川崎さんが、揃って深刻な顔で待ち構えていた。そして、母がおずおずと言った。

「悪いんだけど、部活、辞めてもらえないかな」

「えっ……？」

「あと、できたらアルバイトしてほしいの。お父さんの会社が、ちょっと大変で……」

それから、川崎さんの会社が負債を抱えてしまったことと、これから生活が厳しくなりそうだということが、母と川崎さんによって説明された。要するに、俺の力ではどうにもならない事情で、我が家はまた貧乏になるのだということが分かった。

でも俺は、意外と落ち着いていた。正直、いずれこういうことになるんじゃないかという、漠然とした予感を抱いていたのだ。貧乏な生活しかしてこなかった俺が、高校生になってアルバイトもせずに済み、電子ドラムまで買ってもらえるなんて、こんな幸運はいつまでも続かないんじゃないかという思いが、心のどこかにあったのだ。

「あの、進路は……大学進学とかは、できるのかな」

俺が尋ねると、川崎さんははっきりと言った。

「大丈夫、大学には行ける」

その言葉を聞いて、とりあえずは安心した。そこで俺は、初めて告白した。

「実は俺、医学部に行きたいんだ」

「えっ……そうなの？」

母は驚いていた。でも俺の中では、小さい頃からずっと考えていたことだった。

人の命を救いたい。特に、若くして死ぬ人がいると、家族は大変な苦労を強いられる。そんな苦労をする人を一人でも減らしたい。——俺自身がそうだっただけに、子供の頃からそんな願望がずっと心の片隅にあった。実の父の治療に手を尽くしてくれた医師が、俺にとってのお手本だった。太田という苗字しか覚えていなくて、おぼろげな記憶の中で顔さえもぼんやりしていたけど、ああいう医師になりたいと思っていた。

それと正直、タケシの影響もあった。やっぱり医者というのは、他の職業に比べて明らかに所得が高いのだと、子供の頃からタケシの家に行くたびに実感していた。もちろん、タケシの父親は地位もあるから別格だというのは分かっていたけど、金に困らない生活というのも、俺にとっては憧れだった。

「医学部っていうのは、その……学費が結構かかるんだよね？」

母が言いづらそうに尋ねてきたが、俺はすぐ答えた。

「もちろん狙ってるのは、学費が安い国立の医学部だ。筑波大の医専を考えてる」

それを聞いて、母も川崎さんも、心なしかほっとしたような笑みを浮かべていた。

筑波大は、他の大学のように「医学部」という名称ではなく、当時は「医学専門学群医学類」という呼び方だった。筑波大なら実家から通えるし、一人暮らしするにしても家賃相場は相当安い。もっとも、学費が実質無料の医大として、防衛医大と自治医大というのもあるけど、防衛医大は学費免除の条件として卒業後は自衛隊に入らなきゃいけないから、俺の目指す将来像とは違うみたいだし、自治医大も卒業後に僻地医療に従事すれば学費が免除になるけど、各県ごとに入学者が二、三人と決まっているとかで、倍率がすさまじく高い。——当時の高校の教室に一台ずつ備え付けられていたパソコンで、すでにそういったことは調べてあった。

「国立なら大丈夫だ。私立の医学部っていうのは、ちょっと無理だと思うけど」

川崎さんが言った。俺は力強くうなずいてみせた。

「もちろん分かってる。父さんと母さんには、できるだけ負担はかけないから」

この時の俺は、まだやる気に燃えていた。親孝行をするためにも、なんとしても筑波大の医専に受かるんだ、と——。

「悪いけど、部活辞めなきゃいけなくなった」

俺が、いつもつるんでいたFUGA SEAのメンバーに、経済的事情から退部せざるをえなくなったことを伝えると、タケシもミッキーもぐっさんも「マジか！　超ショックだよ〜」と残念がってくれた。俺は惜しまれつつ軽音楽部を去った。

ところが、それから一ヶ月もしないうちに、FUGA SEAには新たなドラムとして、ミッキーのクラスメイトの男子が加入した。しかも彼は、中学時代に吹奏楽部でパーカッションを担当していて、打楽器の心得があったらしく、すぐに俺以上の腕前になったと聞いた。「ヨッシーが抜けた方がレベル上がったぜ」とタケシに言われた時は、いつも通りの歯に衣着せぬ言葉だと分かっていても、精神的にこたえた。俺は、高校一年生の終わりに、自分の代わりはいくらでもいるのだというシビアな現実を悟ることになった。

さらに、ほどなくして二年生に進級すると、俺は男子クラスになってしまった。

竜ケ崎西高校は当時、二年生から文系クラスと理系クラスに別れたのだが、理系クラスを選ぶ生徒はほとんど男子だった。そのため、一クラスあたりの女子生徒が少なくなりすぎないように、三つの理系クラスのうち一つが、全員男子で構成される男子クラスになるシステムだったのだ。俺とタケシとマリアは、三人とも理系クラスを選択したのに、タケシとマリアは共学のクラスで、俺だけ男子クラスになってしまった。ただでさえ軽音楽部を辞めて疎外感を感じていた俺は、これでますます落ち込んだ。

軽音楽部のミッキーやぐっさんが文系クラスを選んだこともあり、一年生の時に仲がよかったメンバーが、男子クラスには誰もいなかった。俺はほぼゼロから友達を作らなければいけなくて、しかも同じ教室にタケシがいないという状況だった。思えば、小学校を転校した時も、最初に話しかけてきたのはタケシだったので、俺はタケシがいない状況で新しい友達を作った経験がほとんどなかったのだ。新学年で誰とも親しくなれず、教室で一言も口をきかないまま一日を終えるようなことが、ざらに起こってしまった。

そんな、二年生の四月下旬の、ある夜だった。マリアからメールが来た。

「大丈夫？　男子クラスになってへこんでる？　今日学校で見かけた時、元気なかったけど」

どう返信しようか迷った。強がって「そんなことないよ、全然平気だよ」なんて返信することも考えた。でも結局、マリアに事情を打ち明けることにした。

同情を引きたいという思いもあった。また、破れかぶれにもなっていた部分もあった。この時期、母と川崎さんは、毎晩のように金策を巡って喧嘩しているような有様だった。学校でも家でも居場所がなかった俺は、マリアへのメールで心情を吐露した。

「まあ、男子クラスにもなじめてないんだけど……一番つらいのは、バンドを辞めて話し相手がいなくなっちゃったことかな。

実は、家が経済的に厳しくなって、バイトしなきゃいけなくなったんだ。元々、高校入ったらバイトするつもりだったんだけど、母親の再婚相手が社長やってて、一時的に羽振りがよくなったから、バンドなんてやってたんだ。でも、結局その会社が傾いて、バンド辞めてバイト探さなきゃいけなくなった次第です。なんかバンドとバイトが若干ややこしくてごめん！」

最後に少しおどけながらも、内容自体は切実なメールをマリアに送った。すると、しばらくしてマリアから返信が来た。

「そっか……無神経なメールしてごめんね。でも、少しだけ役に立てるかもしれない。実は今、私のバイト先で人が足りてないんだ。時給もこの辺ではいい方。だって私、バイト探す時に全力で比較検討したからね（笑）。だから、もしよかったら同じ店で働かない？　店長からも、バイト探してる友達がいたら紹介してって言われてるから」

まさに渡りに船だった――。

こうして俺は、マリアの紹介で、その翌週から同じスーパーで働くことになった。

人生初のアルバイトということもあり、入りたての頃は、レジでミスをして、それをマリアにフォローしてもらって、恥ずかしい思いをするようなこともあった。でも一、二ヶ月も経てば、仕事はおおかた覚えることができた。

また、マリアと同じ日のシフトの時は、俺たちは必然的に、学校からバイト先まで自転車で一緒に行って、バイトの後も二人きりで帰るようになった。

となると、付き合うようになるまでに、そう時間はかからなかった――。

告白したのは、二人で自転車でバイト先に向かっていた時だった。俺はマリアに思い切って尋ねた。

「今までバイト中に、男の先輩とかお客さんに声かけられたことなかった？　今度デートしようよ、とか」

「え～、言われたことないよ、そんなの」マリアは笑った。

「へえ……じゃあ、学校で男子に告白されたことは？」

「そんな、されるわけないじゃん」

「ふ～ん、みんな見る目ないんだな」

「……えっ、何それ？」

マリアが、笑顔から真顔になって、俺を見た。

そこで俺は、人生最大の勇気を振り絞って切り出した。

「誰も立候補してないんだったら……俺がしようかな」

するとマリアは、しばらく間を空けた後で尋ねてきた。

「本気で言ってる？」

「うん、本気。……俺と、付き合ってくれないか」

俺は真顔で言った。——もっとも、自分では真顔のつもりだったけど、のちのマリアの話では「赤鬼みたいに真っ赤な顔だった」とのことだった。

マリアは、またしばらく間を空けた後で言った。

「じゃあ、付き合おう。……正直、私もずっと気になってたから」

「えっ、本気で言ってる？」俺はうれしくなって聞き返した。

するとマリアは、しばしの沈黙の後、「アイーン」の時の志村けんみたいな顔でうなずいた。

「うん、本気だよ」

俺は思わず笑ってしまった。でも、すぐに俺も、「だっふんだ」の時の志村けんみたいな顔で言い返した。

「よし、じゃあ俺たち、真剣に付き合おう」

「うん、そうだね」

マリアは、全然真剣じゃない「アイーン」の顔のまま言った。

お互いに照れ隠しで、変な顔のまま気持ちを伝え合って、交際がスタートした。あと、その日のバイトは、気持ちが浮ついてレジ打ちでミスしまくったのも覚えている。

高校二年生の時の俺は、マリアだけが心の支えだった。この時期、家の状況は確実に悪化していた。ある夜、いつものように母と喧嘩していた川崎が、金策を巡る口論をエスカレートさせた末に、とうとう母を殴ってしまった。

「いい加減にしろ！」

「痛い！」

ちょうど俺の目の前で、川崎が母の頬を打ち、母は床に倒れた。

それを見て、俺はほとんど反射的に川崎に駆け寄って、頬に張り手を食らわせた。

「いてっ、何をする！」

川崎は、すぐさま拳で殴り返してきた。頬に当たって激痛が走った。

「お前が最初に手出したんだろ!」

俺はすぐ蹴りで反撃した。するとさらに川崎が「この野郎!」と拳を振り回して応戦し……と、それまでの人生で最大規模の乱闘に発展してしまった。

結局、母が「もうやめて!」と止めに入って、なんとかその場は収まったが、この日をもって、俺は川崎を「父さん」と呼ぶのをやめた。

その翌朝、俺は登校中にタケシに会った。タケシは通学ルートが同じで、自転車を漕ぐのが俺より遅いので、追いつく形で一緒に登校したことは何度もあった。

「おはよ~」

「おおヨッシー……って、どうしたんだその顔?」

俺は、痣《あざ》や腫れが目立つほどではないことを確認してから家を出たのに、自転車で横に並んだ瞬間に、すぐタケシに気付かれてしまった。

「殴られたんだよ、母親の再婚相手に」

俺が正直に答えると、タケシは「マジか」と顔をしかめた。

「あいつが母親を殴ったから、俺があいつを殴って、そしたらあいつも殴り返してきて、そこから乱闘になっちゃった」

俺がざっと経緯を説明した。するとタケシは、意外な反応をした。

「ああ、そのパターンか。あれはつらいよな」

「えっ……タケシもそんな経験あるのか？」

俺が思わず尋ねると、タケシはさらっと答えた。

「うん。俺も親父に、何回も殴られたことあるよ」

「えっ、そうなの？」

「ひどかったぞ。小二で九九習った時なんて、つっかえたら即ビンタされたし。小四か小五の時も、都道府県と県庁所在地を、白地図を指差しながら全部言えなかったらビンタされたし」

「そんなことがあったのか……」

俺は驚きながらもあいづちを打った。するとタケシは、苦笑しながら続けた。

「親父はそんな感じで、お袋との喧嘩でも暴力振るってさ。俺も何度も止めに入ったけど、最終的にお袋に逃げられて離婚してやんの。マジ馬鹿だよ、あのクソ親父」

「えっ……」俺はしばし絶句した後、言葉を選びながら言った。「ごめん、知らなかったわ。ご両親、離婚してたんだ」

「ご両親って、そんな堅苦しい言い方すんなよ」タケシは笑った。「まあ、俺が今まで言ってなかったから、知らなくて当然だよ。中一の頃だよ、お袋が出て行ったのは」

「あ、そんなに前に……」

つまり俺は、タケシの両親の離婚後にも、家に行ったことがあったのだ。ただ、それ以前から家事を担っているのは家政婦の野田さんだったから、母親がいなくなっていることに気付かなかったのだ。

「しかも、そのあと俺、一回お袋に会いに行ったんだよ」タケシは自転車を漕ぎながら語った。「お袋、俺にだけ住所教えてきたんだ。親父が病院にいて、野田さんが晩飯の支度してる時間狙って電話してきてさ。それで、すぐ会いに行くのもなんかマザコンみたいだなって思ってたんだけど、電話をもらって一年ぐらいしてから、その住所に電車で行ってみたんだよ。お袋には内緒で、ビックリさせようと思って。――そしたらお袋、もう再婚してたんだ。家の中から、親父よりずっと若い、三十代ぐらいの男と手つないで出てきてさ。まさに『菊次郎の夏』状態だよ。……あ、ヨッシー見てねえか？」

「ああ、ごめん、見てないわ」

「菊次郎だバカヤロー」

タケシは、得意のモノマネをしておちゃらけた後、さらに重大な秘密を告白した。

「ていうか、そもそも俺、親父とは血がつながってないんだよ」

「えっ……」俺はまた絶句した。

「俺はお袋の連れ子で、俺が一歳の時にお袋と親父が結婚したらしい。なのにお袋、俺を捨てて出て行ったんだよ。マジでイカれてるよな。そりゃ、親父の側が跡取りとして俺を手離さなかったのもあるだろうけど、実の息子を捨てて出て行って、そのあと普通に再婚して、ちゃっかり幸せになってるわけだからな。超自己中だよな。——まあ専業主婦なのに家事もほとんどしないで、野田さんに任せきりにしてるような奴だったけど、それにしても……」

タケシは母親をあしざまに言った後、少し言葉を切ってから、つらそうにつぶやいた。

「それにしても、殴られてるのは見てらんなかったよ……」

長い付き合いの中で一度も見たことのなかった、タケシのつらそうな表情を見て、俺は何も言葉を返せなかった。

「だから、俺も状況的にはヨッシーと同じだな。血がつながってない男に、実の母親を殴られたってのは。——あ、でも、俺の親父は一歳から同居してるんだから、ほとんど実の親みたいなもんか。それに比べてヨッシーんちは、完全によそ者って感じだもんな。まあ、だからってどっちがいいとか悪いとか言えるもんでもないだろうけど」

タケシの言葉に、俺は黙ってうなずいた。それからしばらく、二人で無言で自転車を漕いだ。

「マジで、好きな女を殴るなんて最低だよ」

俺が沈黙を破ってつぶやいた。するとタケシは、真剣な表情で言った。

「ヨッシー、マリアを殴ったりするなよ」

「当たり前だ」

この時タケシは、俺とマリアが付き合っていたことをどう思っていたのだろう。少なくとも表向きは、嫉妬したりとか、まして略奪を企むようなそぶりは見せていなかった。

「じゃあ約束しよう。もし俺が、好きな女を殴るような男に成り下がったら、すぐぶっ殺しに来てくれ。俺もヨッシーがそんな男になったら、ぶっ殺しに行くから」

タケシが笑みを浮かべながら言った。俺は強くうなずいた。

「ああ、それいいな。よっしゃ、約束しよう」

「じゃあ行くぞ。せ〜の……男同士のお約束!」

俺たちは、自転車の上で脚をがに股に広げ、股間で握り拳を作り、クレヨンしんちゃんのポーズをとった。そして「懐かしいな」と笑い合った。——結果的に、タケシの家も実は大変なのだと知って、一時的に俺のつらさも紛れたような気がした。

ところが、その後、タケシの話は思わぬ方向へ転がった。

「まあでも、あんな暴力親父も、結局俺のことは手放せないってわけだ」

タケシは勝ち誇ったような顔で言った。

「マジで俺、私立の学費がバカ高い医学部に行ってやろうかな。一応、筑波大の医学類が第一志望だけど、親父は俺を医者にしたくてしょうがないんだから、わざと筑波大に落ちて私立行ってやろうかとも思ってるんだよね。どうせなら、こんな茨城の田舎より東京に出たいしさ」

――それを聞いて、やっぱりタケシとは住む世界が違うのだと、俺は痛感した。

しかも、この時初めて、タケシも俺と同じ、筑波大の医学類が第一志望なのだと知った。父親の後を継いで医者になることが半ば義務づけられているとは聞いていたけど、希望進路が俺とまったく同じということは、ライバルでもあるということだった。

でも俺は、家計のことを考えて、実家から通える国立の筑波大を志望していた。正直、タケシはどの大学でもいいのなら、その「私立の学費がバカ高い医学部」に行ってくれよと思った。まあ、タケシが合格して、俺が不合格者の中で最高得点という状況にでもならない限り、タケシのせいで俺が落ちることにはならないんだけど、それでもやりきれない思いは感じた。

とはいえ、この時はまだ想像もしていなかった。俺がタケシと同じ筑波大を受験するという状況そのものが、叶わなくなるなんて――。


この年、我が家はどんどん没落していった。しかも、母と川崎が正式に結婚していて、川崎の前年までの収入が十分あったばっかりに、どんなに生活が厳しくなっても公的な学費の援助などは受けられなかったと記憶している。まあ、俺も高校生だったから、大人の事情をすべて正確に把握していたわけではないけど。

借金を背負った上に喧嘩ばかりしている男となんて、さっさと離婚すればいいのに、とも思った。実際俺は、母にそんなことを言った記憶もあるが、どうやらそうもいかないらしかった。母は、いくつかの融資案件で川崎の連帯保証人になっていたらしく、もはや離婚したところで借金からは逃れられないようだった。

俺は、夏休みにバイトで長時間の昼勤に入るようになって、収入が増えたのを機に、「少しでいいから」と母から生活費を引かれるようになった。しかも、夏休みが終わって、バイトに夕勤でしか入れなくなっても、母はしれっと俺に生活費を催促し続けた。もっとも、母もスナックで週六日働くようになっていたし、川崎もほとんど家に帰らず仕事と金策に走り回っているのは分かっていたので、断れなかった。

それでも俺は、進学のために、残った分を少しずつ貯金していた。

バイトは部活だと思うことにした。熱心な運動部員は、部活をやりながら勉強についていってるんだから、俺だって週五、六日のバイトをこなしてやるという気持ちだった。それだけ出勤すれば、週二、三日勤務のマリアよりレジ打ちが速くなっていた。「もう私より全然速いじゃん。師匠って呼ばせて」なんてマリアにおだてられるだけで嬉しかった。そんなことにも嬉しさを感じないとやっていられなかった。

この年、世間は浮かれていた。サッカーの日韓ワールドカップが開催されていたのだ。学校にもバイト先にも、今で言うソフトモヒカンの、ベッカムヘアーの男が何人も出現していた。また、あまり似合っていない奴や側頭部を刈り込みすぎた奴は「お前、戸田じゃん」なんて冷やかされていた。でも、バイトと勉強で忙しく、サッカーを見る暇などなかった俺は、ベッカム風だけど決して格好良くはない髪型だったらしい戸田という選手が、どんな人なのか最後まで分からなかった。俺にとって日韓ワールドカップといえば、ベッカムヘアーが流行ったことと、ブラジルのエースのロナウドが優勝したのに前髪だけ残して全部坊主という罰ゲームのような姿になっていたことという、外国人の髪型の記憶しか残っていない。

バイト以外にも苦労はあった。母が働きづめで、俺が家事をしなければいけない日もあったし、朝寝坊が増えた母を無理に起こすのも気が引けて、弁当を持たずに登校する日もあった。そんな日は、最初は学校の購買部のパンを買っていたけど、バイト先のスーパーにベーカリーが併設されて、賞味期限切れのパンをもらえるようになってからは、期限切れのパンを家で冷凍しておいて、それを持って行くようになった。

ところが、ある日の昼休み。俺が席で一人でパンを食べていたところ、そのラベルを近くの席の同級生に見られてしまった。

「うわっ、賞味期限一週間も前じゃん。大丈夫かよそれ。腐ってんじゃねえの？」

無神経に大きな声で言ったのは、藤井という奴だった。俺は元々、彼が好きではなかった。お調子者で、体が小さいのに声ばかりでかくて、その割に面白いことは言わなくて、それでもクラスのにぎやかし的なポジションだった。

　俺が学校に持ってくるパンは、賞味期限が一週間前なんてことはざらにあったけど、当日の朝まで冷凍保存しているから、食中毒になったことはない——ということを、ちゃんと藤井に説明しようという気が、その時の俺には起きなかった。

「うるせえな」

　俺は、パンを覗き込んできた藤井の肩を小突いた。すると藤井は「何だよ」と怒って、俺の脚を蹴ってきた。俺はいらついて、衝動的に藤井の腹を蹴った。思いのほか力が入ってしまって、藤井は後ろに吹っ飛んだ。

「痛《いて》えな、この野郎！」

　激高して起き上がり、突進してきた藤井に向かって、俺はまた足を出した。何の工夫もなく一直線に向かってきた藤井は、再び腹にキックを受けて「ぐえっ」と倒れた。

「お前、弱いくせに喧嘩売ってくんじゃねえよ」

　俺は呆れて言った。俺だって喧嘩に自信があったわけではないけど、チビで運動能力も低い藤井には負ける気がしなかった。

　俺としては、軽くいなしただけのつもりだった。でも、その一連のやりとりは、傍から見たら結構な格闘シーンになってしまったようだった。

「おい、やめろやめろ」

「何やってんだよ」

周りから続々とクラスメイトが集まってきて、俺と藤井の仲裁に入った。

「原因は何だよ」

「パンの賞味期限が切れてるから言っただけだよ」

藤井は、集まってきたクラスメイトに不満そうに言った。俺は頭にきて言い返した。

「バイト先で期限切れのパンもらって、それしか食い物がない家だってあるんだよ。お前らみたいに親に弁当作ってもらえる家ばっかりだと思うなよ」

俺は言ってすぐ後悔した。「お前ら」と言ってしまったせいで、クラス全員に対する説教のようになってしまったのだ。

案の定、みんなが沈んだ表情になり、俺への視線が哀れみを帯びていった。

「おい藤井、お前が悪いだろ、謝れ」

「いじっちゃだめだろ、そういうのは」

周りのクラスメイトたちに口々に言われて、藤井は「は? なんで謝んなきゃいけねえんだよ」と突っ張っていたが、「とにかく、もうこいつのことはいじるな」と誰かが言って、そろそろと人垣が散っていった。今思えば、俺が貧乏だということは、その前からなんとなく周囲も察していたのだろう。

その後、俺の貧しさをからかういじめがクラス全体に広がるようなことはなかった。

ただ、積極的に俺に話しかけて友達になってやろうという慈悲の心を持つクラスメイトもいなかった。俺はその日を境に、男子クラスの中で完全に孤立した。

誰とも会話することがないと、陰口ばかりが耳に入った。「ワイシャツ汚れてんな」「おい、やめとけよ」なんて、藤井は相変わらず、周りの友達と暇つぶしに俺を観察して遊んでいるようだった。でも俺は全部無視した。

小学生の頃、マリアが女子グループから仲間外れにされていた時、「女子は仲間外れにしたり陰湿ないじめをしたりするけど、男子はしない」的なことをタケシと話しながら、マリアを慰めたことがあった。でも、そんなことはないのだと、俺は高校二年生にして思い知った。人間の陰湿さに男女差はないのだ。人間とは、最終的に仲間外れや意地悪をするようになる生き物なのだ。ただ、幼い子供の時だけは、そんな汚い真似をせずに正々堂々と人付き合いをするのだ。そして、男は女より心の成長が遅いから、汚い真似をしない期間が女子より少し長く続くだけで、大人に近付けば男子だってしっかり汚くなるのだ。――俺はそう悟ったのだった。

ほどなく、京都大阪への修学旅行があった。でも俺は行かなかった。クラスで孤立している生徒にとって修学旅行ほどつらい行事はないから、そもそも行きたくなかったし、二泊三日の日程に加えて代休という計四日間を、勉強とバイトに使えるのだから、むしろありがたいと思うことにした。みんなが親の金で京都やUSJに行っている間に、俺は将来に向けて頑張ってるんだ。そんな優越感にすら浸っていた。

もちろん、そうやって強がっているのは俺だけで、修学旅行後はみんな思い出話で盛り上がっていたし、俺の孤独感はますます強まった。俺にお土産を買ってくれるクラスメイトなんて、当然誰もいなかった。

ただ、マリアだけは、俺に生八つ橋を買ってきてくれた。

男子クラスで、彼女がいる生徒なんて、おそらく数人しかいなかった。その中でも俺は、学年で噂になるほどの美人と付き合っていたのだ。俺の心の支えはそこだけだった。今考えると、完全にマリアに依存しきった高校生活だった。

マリアとは月に何回かデートした。行き先は公園とか、ショッピングセンターでほとんど何も買わずにぶらぶらするだけとか、金のかからないデートばかりだった。二人で食事する時も、安い店ばかり探していた。それでもマリアは、二人きりの時に俺を「ダーリン」と呼んで甘えてきたりもした。俺が「恥ずかしいからやめてくれよ」と言っても、「そんなことないよ。だってうちのお母さんもお父さんのことダーリンって呼んでるもん」と返してきた。まあ、俺もやめてくれと言いながら、本当はダーリンと呼ばれるのがたまらなく嬉しかった。

そして、デートの別れ際には、必ずキスをした。

もちろん、高校二年生の男子として、キス以上のこともしたかった。高校からバイト先に向かう途中にラブホテルがあって、一度そこに農機具を積んだ軽トラに乗った熟年夫婦が入っていくのを見た時、「すげえ、農作業中にムラムラきちゃったのかな」と二人で笑った後、「俺らも入ってみるか」と冗談っぽく言ってみたことがあった。告白した時と同様、ノリで入れるんじゃないかと淡い期待を抱いていたけど、マリアに「バカじゃないの」と冷たい声であしらわれ、「冗談冗談」とごまかして終わった。

結局、キス以上のことはできなかったけど、学校にも家にも居場所がなかった俺にとって、プラスの感情はほぼ全てマリアによってもたらされていた。家に帰りたくなかったから、なるべくマリアと一緒の時間を増やしたかった。デートの時間と、バイトの行き帰り。それだけが永遠に続いてくれればいいと、何度思ったか分からない。

進路の話もした。マリアも、俺と同じ筑波大学医学専門学群の、看護・医療科学類が第一志望だった。将来は看護師を目指しているということだった。

「タケシも俺と第一志望が同じだから、三人で大学まで同じになるかもな」

俺が言うと、マリアも「うん、そうなりたいね」とうなずいていた。実現可能性が決して高くないことは当時も認識していたけど、俺は本気でそれを夢見ていた。

でも、そんなマリアとの甘い日々は、やがて収束を迎えることになった。

二年生の冬休みに、マリアから申し訳なさそうに言われたのだった。

「そろそろ受験勉強、本気で頑張んなきゃいけないと思うんだよね。だから私、バイト辞めようと思うんだ」

「ああ、そうか……」

「だから、これからは会う時間減らそう。あと、電話とかメールも、だらだら続けないようにしよう。二人で筑波大の医専に受かったら、いくらでも一緒にいられるから」

「うん……分かった」

マリアの真剣な提案に、俺は同意せざるをえなかった。

最後のデートは、何回も行った本屋や服屋をぶらぶらしただけだった。寒かったし、会話もあまり弾まなかった。夕方になって、俺はマリアを家の前まで送った。

「じゃあ、次は合格発表の日に、デートしようね」

そう約束して、最後にキスをして、マリアが家に入るのを見送った。

それが、人生で一番、切ないキスだった——。

ただ、俺はその時にはまだ、希望を持っていた。なんとしても大学に合格して、合格発表の日に、晴れやかな気持ちでマリアとデートするんだという目標を持っていた。なんだったら、合格発表の日に初体験ができるんじゃないかという下心さえ持っていた。

その受験すら叶わなくなるという可能性は、さすがに考えてもいなかった——。

2019年7月16日

「お待たせ〜」

キッチンから皿を持ってきたマリアの声を聞いて、俺ははっと顔を上げた。

「どうしたの、高校時代のバンドのこと思い出してた？」

「いやいや……ちょっと、うとうとしてただけだよ」俺は苦笑して言った。「ていうか、ごめんね。全然手伝いもしないで」

「ううん、大丈夫」

マリアは料理をてきぱきと配膳していった。ご飯と味噌汁、鶏の唐揚げとトマトのサラダと焼き魚——テーブルに並んでいく料理を見て、俺は感激の声を上げた。

「おおっ、うまそうだ。俺の好物ばっかりだよ」

刑務所の献立はもっと質素だったし、出所後は節約のため底値の食事で腹を満たしていた。好物ばかりをタダで食べられるなんて、今の俺にはたまらなくありがたかった。

「唐揚げとトマトとお魚と……善人君の好きな物、ちゃんと覚えてたもん」

「マジか？　そこまで覚えててくれたのか」

俺は感嘆した。そして、彩り豊かな食卓が出来上がったところで、二人でテーブルを挟んで「いただきま～す」と声を揃えた。

唐揚げを一口食べて、俺は心から言った。

「うん、おいしいよ！」

「高校の文化祭の時よりおいしい？」

マリアが上目遣いで尋ねてきた。俺は笑って答える。

「そりゃ圧勝だよ」

「まあ、高校生相手だもんね。逆に負けたら大問題か」

「あと、今だから言うけど、あの唐揚げ冷めてたしな」

「マジで？　じゃ、あの時、気を遣っておいしいって言ってくれてたんだ」

マリアは笑った後、ふとしんみりした表情で言った。

「高校の時が、人生で一番楽しかったな……」

ああ、マリアがまたこのモードに入っちゃったか――。俺は密かに思った。でも仕方ない。マリアが過去ばかりをいとおしく思っているからこそ、何度も俺を誘ってくれるのだ。そうでなければ、商店街で会ったきり二度と会えなかったかもしれない。

「善人君も、人生で一番楽しかったのがいつかって聞かれたら、やっぱり高校時代って答えるでしょ？」マリアが尋ねてきた。

「う～ん……俺は、卒業できてれば、そう思えてたかもな」

「あ、ごめん」マリアが慌てた様子で謝る。「今のはちょっと、無神経だったね」

「いや、大丈夫だよ。気にしないで」俺は笑顔を作る。

「でも……一緒に卒業できないとは思わなかったな」

マリアが寂しそうに言って、しばらく沈黙が訪れたところで、俺は返した。

「前も言ったけどさ……あの頃だって、金持ちの家と貧乏な家の、教育格差はあったんだよな。今ほど目立ってなかったのをいいことに、みんなで見て見ぬふりしてただけなんだよ」

マリアが、悲しいような戸惑ったような目で俺を見る。せっかくのムードは悪くなってしまうかもしれない。でも俺は、あの夏の日を振り返らずにはいられなかった。

「家が貧乏でも金持ちでも、みんなが本当に平等に、実力通りに大学に行けるような世の中だったら、俺だってあんなことにはならなかったはずなんだ……」

回想・2003年4月〜7月

三年生に進級しても、俺は男子クラスだった。進級に伴って、タケシやマリアと同じ男女混成クラスに移る可能性はあったので、密かに期待していたけど、残念ながら叶わなかった。

三年生になると、学校で模擬試験を受ける機会もぐっと増えた。俺は、第一志望の筑波大学医学専門学群の医学類で、E判定かD判定しか出したことがなかった。一方マリアは、同じ医学専門学群の看護・医療科学類で、いつもA判定かB判定だった。

俺は焦っていた。このままだとマリアは合格できそうだけど、俺は浪人してしまう。怖くて母には聞けなかったけど、家の状況的に、浪人は無理ではないかと思えた。

そんなある日の放課後、模試の結果が出た後の廊下で、タケシに出くわした。

この時期、俺とタケシは、あまり学校で話すことはなかった。理系クラスで教室は隣同士だったけど、タケシは軽音楽部の友人や後輩だけでなく、休日の音楽イベントなどを通じて校外の知り合いも多いようだった。今でいうリア充というやつだ。

それに比べて、クラスに友達が一人もいなかった俺は、いつしかタケシに引け目を感じるようになっていた。こんな状況で、俺とタケシが幼なじみだということがタケシの友人に知られてしまうと、「あんな奴と友達なの？」なんてタケシがからかわれて、結局俺もタケシも嫌な思いをすることになるんじゃないか……そんなふうに勘ぐっていた部分もあった。

ただ、その時のタケシは、珍しく一人だったので、俺は声をかけた。

「おっす、久しぶり」

タケシも「おお」と手を上げて応じた。タケシは廊下の壁にもたれて、模試の結果が載ったプリントを見ていた。俺はちょっとした悪戯心で、そのプリントをそっと覗こうとした。

「おい、見るなよ〜」

タケシは笑いながら右手で隠した。でも判定欄の半分ほどしか隠せていなくて、「筑波大学医学専門学群医学類」という第一志望と、B判定という文字も見えてしまった。

「まあ、俺よりずっといいのは分かったわ……」

俺は苦笑した。その模試で俺は、普段より出来がよかったとはいえ、D判定だった。

「このあと予備校だよ。あ〜ギター弾きてえ。最近弾いてねえな」タケシが愚痴った。

「予備校って、医学部専門のところがあるんだっけ？」俺が尋ねる。

「うん。やっぱり医者の息子が多いよ。自分で言うのもなんだけど、みんな俺みたいなボンボンフェイスしてるもん」タケシは笑いながら、自分の太った頰を指した。

医学部専門の予備校というのが存在して、高い授業料を払えば通えること、そしてタケシがそこに通っていることも聞いてはいた。でも、俺にとっては別世界の話だった。

その時、タケシがだしぬけに尋ねてきた。

「そういえばヨッシー、マリアと別れたのか？」

「えっ……？　いや、そんなことないけど」

俺は、唐突かつショッキングな質問にまごつきながらも答えた。

「受験のために、マリアはバイト辞めて、あと一緒に出かけたり、だらだらメールするのもやめようって話し合って、今は距離を置いてるっていう感じだよ」

「そっか……。いや、別れたっていう噂を聞いたから、ちょっと心配になってさ」

タケシはうっすら笑みを浮かべて言った。本当に心配しているのか怪しいとも思ったけど、タケシは「じゃ、またな」と言い残して、自分の教室に去っていった。

俺の心はざわついた。人からそんなことを言われると、元々そんなつもりじゃなくても不安になってしまう。マリアはどう思っているのだろうか。別れたとかいう噂が広まっていること自体、知っているのだろうか——。

ただ、休み時間などに直接マリアに確かめに行くのは気が引けた。というのも、三年生からマリアと同じ男女混成クラスに移った、元男子クラスの生徒が何人もいて、その中には、俺が男子クラスで孤立するきっかけを作った藤井も含まれていたのだ。と、そこで気付いた。もしかしてマリアは、そういう元男子クラスの生徒から俺の評判を聞いて、俺のことが嫌いになってしまったのではないか——。

葛藤の末、その日の夜、マリアにメールを送った。

「なんか、俺たち、別れたっていう噂が流れてるらしいけど……大丈夫かな？

もちろん俺はそういうつもりはないんだけど、マリアもだよね？

いや、もちろん、マリアの気持ちを疑ってるわけじゃないけど、火のない所に煙は立たないなんていうし……」

と、うだうだ打っているうちに、ずいぶん長文になってしまった。要は「俺たち別れてないよね？」という一点のみを確認したかったんだけど、それだけを簡潔に聞くと、むしろそれをきっかけに別れを意識させてしまうのではないか……なんて気を揉んだ結果、文中にあらゆるフォローを入れて、やたら冗長になってしまったのだ。

ところが、そのメールを送っても、なかなか返信が来なかった。俺は、もしかすると届かなかったのかもしれないと思って、同じメールをもう一度送った。

すると、しばらくして、マリアから電話がかかってきた。

「あのさあ、そういうのをやめようって約束したんじゃないの？」

マリアは第一声から、明らかに苛立っていた。

「大学落ちたいの？　落ちたくないから、勉強に集中するために、電話とかメールをだらだらしないようにしようって約束したんだよね？」

マリアは終始不機嫌だった。俺は「ああ、分かったよ、ごめん」と平謝りして電話を切ったが、なんだかその日を境に、本当に溝ができてしまったように感じられた。

その後、俺は勉強に集中するどころか、かえって勉強中にもマリアのことを考えて、不安を募らせるようになってしまった。当然ながら、一学期が終わる頃になっても成績は上がらなかった。やがて、結果はどうあれ受験さえ終わればいいんだ、予備校に通わなくても自宅で浪人する人はいるんだから、俺も親に頼めば一浪ぐらいはできるんじゃないか——なんて、不合格だった場合の逃げ道を心の中で作るようになっていた。

それでも、なんとか受験を乗り切ろうという気持ちはあった。こつこつ貯めたバイト代は、受験費用と入学金ぐらいなら賄えそうな金額に達していたので、バイトも辞め、これからいよいよ勉強に専念しようという気持ちになっていた。高三の夏休みを前に、受験に向けたモチベーションは、一応はしっかり保っていたのだ。

それだけに、絶望的な知らせは、あまりにも突然やってきたのだった——。

あれは、夏休みに入ってすぐの、七月下旬のことだった。

数日ぶりに家に帰ってきた川崎が、母と居間で話しているのは分かっていた。でも俺は特に気にも留めず、勉強部屋にこもっていた。勉強部屋といっても、元々は物置に使われていた、小さな窓が一つだけで風通しも日当たりも悪い、夏は暑くて冬は寒い部屋だ。俺はTシャツを水で濡らして扇風機の風を浴び、蒸発熱でなんとか涼をとりながら問題集を解いていた。

母と川崎は、いつものように口喧嘩をしている感じではなかった。重いトーンで何かを話しているようだった。もしかして別れ話だろうか。場合によっては、借金の肩代わりから逃れることができるんじゃないか——なんて、俺は淡い期待すら抱いていた。

そこで、勉強部屋のドアがノックされた。

俺がドアを開けると、母と川崎が並んで廊下に立っていた。母は無表情で言った。

「あのね、夜逃げすることになったから」

「……はあ？」

夜逃げ——言葉自体は聞いたことがあったけど、さすがに縁遠いものだと思っていた。

突然の宣告にぽかんとする俺に対して、川崎がさらに非情な言葉を発した。

「悪いけど、進学費用は出せない。大学はあきらめてくれ」

「えっ、そんな……」

俺の心は一瞬、空っぽになった。数秒間、何も考えられなかった。

しかし、すぐにただならぬ事態だと悟って我に返り、抗議の声を上げた。

「いや、ちょっと待ってよ、話が違うじゃねえかよ！」

「でもね、高校は、引っ越した先で編入すれば、なんとか卒業はできるかもしれないから、とりあえずはそれで……」

母がなだめるように言ったが、とても受け入れられる提案ではなかった。

「冗談じゃねえよ！　大学に行けねえんじゃ意味ねえだろ！　だったら、俺一人でもこの家に残らせてくれよ。それで、俺一人でなんとか大学に……」

と言いかけて、さすがに無理だよなと自覚してしまった。夜逃げするぐらいだから、たぶん俺だけ残るなんてこともできないのだ。俺一人がこの家に残ったりすれば、借金取りが来て、有り金を全部巻き上げられてしまうかもしれない。

「不満はあるだろうけど、今から一人暮らしをして、高校を出て大学にまで行くというのは、うちの状況ではとても無理だ。これからも家族三人で生きていくしかないんだ。本当にすまないと思ってるけど、ついてきてくれ」

川崎は淡々と言った。その冷静さがかえって癪《しゃく》に障った。

「馬鹿言ってんじゃねえよ……」俺は涙をこらえながら訴えた。「じゃあ俺、バイトで貯めた金はあるから、あの金でなんとか、大学受験するところまでは……」

と、言いかけたところで、母があっけらかんと返した。

「ごめん、あの貯金は、もう下ろしちゃった」

「……はあ？」俺は声を裏返した。

だが、そこで気付いた。俺の名義の口座は、元々母が作ったものだし、暗証番号を設定して俺に教えたのも母だった。通帳とカードが勉強机に入っていることも知っていただろう。つまり母は、俺の金をいつでも引き出せる状態だったのだ。

「嘘だろ……マジでふざけんなよ」

俺はへなへなと力が抜けて、思わず柱にもたれかかった。すると母が言った。

「でも、バイトでお金貯めといてくれたおかげで、逃げた先で当分は暮らせそうだから、感謝してるんだよ。本当にありがとう」

「いや、まずは、勝手に金を引き出してごめんなさい、だろ？」俺は母を睨みつけた。

「それと、俺の将来を奪ってごめんなさい、だよな？」

「でも、大学に行かなくても、立派に生きてる人はたくさんいるから……」

「医者にはなれないだろ！　大学行かなきゃ！」俺は叫んだ。

「でも、そもそも医学部なんて卒業まで時間がかかるし、お母さん前から反対だったんだよ。卒業したって、簡単に医者になれるわけじゃないだろうし……」

「医者になれば、将来はいっぱい稼げて、こんな貧乏から脱出できるんだぞ！」

「そういう動機で医者になろうっていうのもなあ」川崎も俺の言葉尻を責めてきた。

「はあ？　お前が説教してんじゃねえよ」

「おい、お前って、誰に向かって言ってるんだ！」

逆上して怒鳴った川崎を睨み返して、俺は言った。

「誰って……母子家庭に居座って、羽振りよく見せてたのは最初だけで、すぐ金がなくなって、しまいには嫁と連れ子に借金背負わせた、どうしようもねえクソ野郎だよ」

「何だとこの野郎！」

川崎がつかみかかってきたが、俺が顔を一発殴っただけで「わっ」と簡単に倒れた。

「やめて！　殴っちゃだめ、お父さんなんだから」

目の前に立ちふさがった母を、俺は押しのける。

「こんな奴、父親じゃねえよ！　ていうか、お前もお前だよ！　こんなどうしようもない男とくっついて、息子の将来あきらめさせるって、母親失格だろ！」

すると、母が俺を睨みつけた後、だしぬけにビンタしてきた。

俺は、二秒ほど考えた後、母の頬に思い切りビンタを返した。「いっ」と短い悲鳴を上げて、母は床に倒れ込んだ。

「おい、母さんになんてことを……」

そう言って立ち上がりかけた川崎の顔面を、すかさず俺は蹴った。川崎は「うあっ」と呻《うめ》いて顔を押さえて転がった。鼻血が出たのが見えた。

「お前が母さんって言うな！」

俺の中で、道徳とか倫理といったものが、がらがらと崩壊していくのが分かった。

「お前にとっては、ただのスナックで口説いた女だろ。いや、今は金づるか？」

俺は低い声で言うと、さっきまで座っていた勉強用の椅子を持ち上げて、床に倒れた二人に向かって告げた。

「これでぶん殴って殺してやってもいいんだぞ、二人とも」

母がひいっと息を呑んだ。川崎も、もう何も言い返さなかった。二人揃って床に伏せ、怯えた目で俺を見上げていた。——この何年か前に「キレる十七歳」なんて言葉が流行するほど、少年犯罪のニュースが盛んに報じられていた時代だった。まさに俺も十七歳。母も川崎も、俺に殺されることを本気で恐れていたのだろう。そして俺も、自分で発した言葉に突き動かされるように、本気で殺意を抱いたのを覚えている。この椅子を力一杯振り下ろせば、忌々しい親とおさらばできる……数秒の間に、母と川崎の血まみれの撲殺体まで、リアルに想像していた。

でも、その想像を断ち切ったのは、母だった。

「いいよ、殺して」

母は、笑みを浮かべながら立ち上がった。

「そうだよね、こんな母親、殺したいよね。男とっかえひっかえして、あげくに借金背負わされて、息子に大学あきらめろって言ってるんだもんね。母親失格だよね」

母は歪んだ笑顔のまま、涙を流し始めた。俺はうろたえて、椅子を床に下ろした。

「あんたを産んだ頃はさあ……母親、もっとうまくできると思ってたんだ。でも難しいね、母親って。すごく難しかった。私は母親になんかなっちゃいけない、駄目人間だったんだよね」

母は鼻水まで流しながら、俺に歩み寄ってきた。

「もういい。疲れた。殺して。……ああ、台所から包丁持ってくるね」

そう言って、母はふらっと台所の方を振り向いた。でも俺は、その肩を後ろからつかんで、無言で川崎の方へ突き飛ばした。床にへたり込んでいた川崎は、倒れてきた母をうまく受け止められず、母の膝蹴りをもろに顔面に食らう形になって「あたっ」と間抜けに呻いていた。

「殺す価値もねえよ、お前らなんて！」

俺は捨て台詞を吐いて、二人の脇を通って玄関まで走り、家を飛び出した。靴を履いて玄関を出る時、「うわあああっ」という母の泣き声が背後から聞こえてきた。

通学用の自転車を押して道路に出たところで、お隣の村山さんが玄関から顔を出して、声をかけてきた。

「あの……大丈夫？」

俺は何も答えず、目をそらして無視して、自転車を漕ぎ出した。

あてもなく自転車を漕いでいるうちに、俺は一つ、今日中にやらなければいけないことを見つけていた。

マリアに、別れを告げなくてはいけない。

もう絶対に同じ大学には行けない。というか、夏休みが明けたら、俺はもう学校にはいないのだ。だからこそ、夏休みの序盤で俺への未練を断ち切らせないと、マリアの受験勉強に支障が出てしまうかもしれない。現時点でマリアはA判定かB判定とはいえ、油断したら危ない。

ただ、不幸中の幸いというべきか、すでにマリアとの間には溝ができている。悲しいけど、未練を抱かせないように別れることは、そう難しくないように思えた。

俺は携帯電話で、マリアに電話をかけた。留守電になったので、「大事な話があるから団地の公園にすぐ来てくれ」とメッセージを残して、公園へ向かった。

夕方過ぎの児童公園に人影はなかった。マリアがいつ留守電を聞くかも分からない。何十分か待って来ないようだったら、また留守電に「ごめん、別れよう」とでも伝言を残せば、それでいいかとも思えてきた。一年以上の交際を、たった一言の留守電で終わらせた彼氏。十分最低だ。マリアはそれなりに傷つくかもしれないが、ひどい男だと思わせれば、それだけマリアの心に未練を残さずに済むんじゃないかと思った。

でも、数分後にマリアは来た。

Tシャツにショートパンツという、急いで家を出てきた格好で、公園に着くなり「どうしたの?」と心配そうに聞いてきた。

マリアに未練を残してはいけない。この場でしっかり嫌われなくてはいけない。別れて正解だったと思わせなくてはいけない。——俺は自分に言い聞かせながら、ぶっきらぼうに言った。

「俺と別れてくれ」

「えっ⁉」マリアは目を丸くした。

「もう気持ちがなくなったんだ。俺のことは忘れてくれ。俺もマリアのことは忘れる。それだけ言いに来た」

俺は淡々と告げると、マリアの顔もろくに見ずに「それじゃ」と言い残して自転車に乗ろうとした。

でも、その腕をマリアにつかまれた。

「待ってよ」

振り向くと、マリアの目はもう真っ赤だった。

「何がいけなかった？　メールも電話も控えようっていうのが嫌だった？　だったらやっぱりやめよう。毎日時間決めて、電話もメールも……」

「いいよ、もう終わったんだよ」

俺はうつむきながら言った。でもマリアはすぐ言い返してきた。

「私は終わってない！」

マリアの両目からは、大粒の涙がこぼれ落ちていた。

誤算だった。マリアは俺が思っていたよりもずっと、俺のことを好きでいてくれたのだ。溝ができているなんて、俺の勝手な思い込みだったのだ。

それでも俺は、心を鬼にして告げた。

「俺はもう……お前のことが好きじゃねえんだよ。ちっとも好きじゃねえんだよ」

「分かった。それでいいよ。でも、私は好きでいさせて。私は本当に好きだから……」

マリアはぼろぼろと泣きながら、たどたどしく言葉をつないだ。

「二人で筑波大受かって、ずっと一緒に……将来は、お医者さんと看護師で、病院まで一緒で、そのまま結婚できたらいいなとか、マジで、馬鹿な妄想だと思われるかもしれないけど、本気で思ってたから……」

もうマリアの顔は見られなかった。俺はあらぬ方向を見ながら、涙声になるのを必死に抑えて言った。

「くだらねえ……。あと、俺もう医者あきらめたから。無理だよ、E判定だし」

「だから、メールも電話も控えようって言ったの」マリアは嗚咽交じりに言った。「恋愛が受験の邪魔になることもあるって聞いたから、私はダーリンの邪魔したくないって、絶対に二人で現役で受かりたいって思って……私だって本当は、毎日会いたくて話したくて仕方なかったけど、ダーリンに頑張ってほしいから、我慢しようって言ったの……。でも、ダーリンの方がきつかったなら、やっぱりルール変えよう。電話もメールも、デートだってたまには……」

だめだ、このままでは関係を修復する方向へ話が進んでしまう――。俺はそう思って、無理に嘘をひねり出した。

「いや、マジで俺の中では終わってるから……。ていうか俺、他に好きな人できたし」

こう言えば、さすがにマリアもショックを受けるだろう、俺をひどい男だと思ってくれるだろうと思った。

ところが、しばらく間が空いた後、マリアは冷静に言った。

「嘘だよね？」

俺は絶句した。いとも簡単に見破られてしまった。

「何か隠してるよね？　ていうか、わざと私に嫌われようとしてるよね？」

マリアは、顔をそらしている俺の視界に入るように歩いてきた。

「嘘下手すぎるんだけど。何これ、ドッキリか何か？」マリアは、涙を流しながらも笑みを浮かべていた。「やめてよ、そんなの。私が分からないとでも思った？」

俺はまたマリアから顔をそらす。でもマリアは、俺の視界に入ろうとまた歩く。

「どういう意図か知らないけど、全部話してよ。つまらないドッキリとかだったらマジでビンタだけど……もし、何かの事情で私と別れなきゃいけないと思ったなら、ちゃんとその事情を私にも聞かせて……」

「うるせえな！　何もねえっつってんだろ！」

俺はマリアを睨んで怒鳴りつけた。マリアの表情から、また笑みが消えた。

「ドッキリでも何でもねえよ。本当に嫌いになったんだよ。だから別れたいんだよ、それだけだよ！　だから俺のことを忘れろ。俺もお前のことを忘れるから。じゃあな！」

一方的に言い連ねて、俺は駆け出し、自転車に飛び乗って逃げた。

「待ってよ！」

マリアの叫ぶ声が後ろから聞こえたけど、振り返らなかった。

俺は全力で自転車を漕いだ。涙で視界が霞んで、何度か危うく転びそうになりながらも漕ぎ続けた。

ふいに頭の中で、メロディが流れた。それはかつて聴いた、マリアの歌声だった。

「♪サヨナラさえ　上手に言えなかった
Ａｈ　あなたの愛に　答えられず　逃げてごめんね
時が過ぎて　今　心から言える
あなたに会えて　よかったね　きっと私」

なんで、よりによって今、この歌を思い出してしまうんだ。――せっかくこらえたはずの涙が、またどんどん溢れてきた。

団地を出て、川沿いの農道を走った。人けがないのを見計らって、俺は「うわあああっ」と大声で泣き叫んだ。

結局、夜逃げをする親と一緒に、これからも暮らさなければいけないことは分かっていた。でも、まだ家に帰る気にはならなかった。かといって、どこにも行くあてはない。ただなんとなく、牛久駅の方向へ自転車を漕いでいた。

すると信号待ちで、ポケットの中の携帯電話が振動したのに気付いた。ずっとマナーモードにしていると、自転車を漕いでいる間はなかなか気付かない。

見ると、マリアからの不在着信が五件も入っていた。

全て削除して、マリアからの電話もメールも、着信・受信拒否に設定した。

ところが、その何分か後、信号待ちをしていると、また携帯電話が振動した。

タケシからの着信だった。俺は少し迷ったけど電話に出た。

「もしもし」

「おいヨッシー、今どこにいるんだ？」

「今……牛久駅の近く」

メールだったら嘘をつくことも考えただろうけど、電話だったから、とっさに正直に答えてしまった。

「マジか？　俺もすぐ近くだよ。じゃ、階段の前の広場で待ってるから、早く来いよ」

タケシは一方的に言って、電話を切った。俺はまた少し迷ったけど、行くことにした。

タケシにも一応、別れを告げなければいけないのだ。

駅前に着くと、タケシはギターケースを背負い、スポーツバッグを持っていた。

「そこの楽器屋にいたんだよ」

タケシは駅前の通りを指差してから言った。

「で、さっきマリアから電話があって、俺も事情はよく分かってないんだけど……何かあったのか?」

タケシは、心配より好奇心で聞いているように見えた。俺はぶっきらぼうに答えた。

「マリアと別れた」

「マジか?」

さすがにタケシも驚いた様子だった。俺が「ああ」とうなずくと、タケシは太った頬を緩ませて言った。

「じゃあ、もし俺がマリアに告ってOKしたら、付き合ってもいいのか?」

「ああ、好きにしろ」俺は投げやりに返した。「まあ、受験に集中したいとか言ってたから、今は無理だろうけどな」

「ハハハ、冗談だよ」

タケシは笑った。その笑顔に俺はいらついた。

「喧嘩したのか? そこに傷がある」

タケシは、俺の拳の傷をめざとく見つけた。それまで自分でも気付かなかったけど、川崎を殴った時にできた傷のようだった。

「まさかヨッシー、マリアを殴ったわけじゃねえよな？」

「違うよ」俺は慌てて答えた。

「ああ、そうか、よかった。――もしマリアを殴ったんだったら、今ここでヨッシーを殺さなきゃいけないからな」

タケシは安堵したように言った。そういえばタケシと俺は、冗談半分とはいえ、好きな女を殴るような男に成り下がったら殺しに行く、と約束を交わしていたのだった。

「誰を殴ったんだ？」

「父親……っていうか、母親の再婚相手。さっきまた喧嘩になったんだ。まあ今度は俺の圧勝だったけど」

「おお、またしても奇遇だな。俺もだよ。まあ、俺の場合は昨日だけど」

タケシも自分の拳を見せてきた。たしかに小さなかさぶたがある。

「また親父と殴り合いの喧嘩しちゃった。ちょっと傷になっちゃったけど、ギターは弾けるから大丈夫だ」タケシはギターケースを掲げてみせた後、笑いながら言った。「まあ、しょうがねえよな。俺たち難しい時期だもんな。そりゃ、親父との口喧嘩から殴り合いに発展することだって、一回や二回あるよな。ハハハ」

タケシはいつも以上にヘラヘラしていた。その様子に俺はまたいらついた。この調子で、俺が進学を断念せざるをえなくなったこと、そしてもう会えなくなることを告げたくなかった。

と、そこでふいに、タケシが尋ねてきた。

「駅に来たってことは、電車乗るのか？」

「ああ、いや、別に……」

この先どうするかは、何も考えていなかった。するとタケシが笑顔で言った。

「一緒に行くか？　俺も今から電車乗るんだよ」

「ああ、予備校に行くのか？」

「いや、違う」タケシは笑いながら首を振る。

俺は、タケシの背中のギターケースを見て勘付いた。

「そっか……勉強の息抜きの、ギターの方か。スタジオ取ってあるのか、柏の」

「ああ、今日はもうちょっと遠いんだけど、まあそんな感じだ」タケシは笑った。「しかも今回は、うんと長い時間取ってあるからな。ずっとギターに没頭できるよ」

「いいよな、予備校で勉強できる上に、息抜きの趣味にも金使えて」

俺は嫌味を込めて言った。するとタケシは二重顎を上げ、俺を見下ろすように返した。

「ああ、いいだろ。最高だぜ〜、金持ちのボンボンは」

俺は、怒りをしずめるために深呼吸をした。タケシがあえて、ボンボンであることをある意味自虐的にとらえて、こんな言い方をしているのだということは分かっていた。

でもこの状況では、思わず手が出そうになるほど腹が立つ言い方だった。

「結局あの親父は、なんだかんだ言っても、いざとなったら俺のために金出すしかないんだよ。それであいつが満足なら、俺も好きなようにやってやるよ。ていうか、もう親父とか思わないことにしたわ。財布だよ、財布」

「いい加減にしろよ」

俺は思わずつぶやいた。ほとんど反射的に言葉が出ていた。

「その財布がない人間が、どんだけ苦労してるか分かってんのかよ。甘ったれてんじゃねえよ」

「はあ？」

タケシが俺を睨みつけた。その脂肪だらけの憎たらしい顔に、また腹が立った。

「いいよな。タケシは、受験にしても、それ以外のことにしても、目の前のしんどそうなことからいつでも逃げられる。ちょこっと逃げて、また戻ってきて、適当にやって、その繰り返しだもんな。それでも結局、金の力でなんとかなるんだもんな——。でも俺は、金が無いせいで逃げなきゃいけないんだよ」

これから夜逃げをしなければいけないことを言ったつもりだったけど、そんな遠回しな言い方では、タケシに伝わるはずもなかった。

「何だその言い方？」

さすがにタケシも頭にきた様子だった。でも、破れかぶれだった俺は、長年抑え続けてきた感情を爆発させて、過去の恨み辛みまでぶつけてしまった。

「小六の時ポケモンのビデオ見て俺が倒れた時も、中一の時エロ本探してるのを見つかった時も、いつもお前だけ逃げたよな。なんでお前だけ逃げるのが許されんだよ。こっちは最悪の家庭環境から、どんなに逃げたくても逃げらんねえんだよ!」

「はあ? なんでヨッシーに説教されなきゃいけねえんだよ。関係ねえだろ馬鹿」

「てめえはずるいんだよ! 前からずっと思ってたよ!」

俺はとうとう殴りかかってしまった。拳骨がタケシの太った頬に当たった。

「なんだこの野郎!」

タケシが殴り返してきた。拳が顎に当たり、頭が一瞬くらっとした。でも俺もすぐに蹴りを返し、タケシの左脛に当てた。タケシは「痛えっ」と脛を押さえながら、まるでゴキブリでも見るような目で俺を見た。

「ざけんなよ! せっかく心配して来たのに、マリアと別れた八つ当たりかよ! 二度と俺の前に現れんなよ馬鹿!」

タケシは捨て台詞を残して、小走りで駅の方へ去って行った。

その後ろ姿を見送りながら、気付けば俺はまた涙を流していた。周囲から好奇の目で見られながらも、涙を拭きもせず立ち尽くしていた。携帯電話が振動しても、もうポケットから出そうともせず、ただ魂が抜けたようにじっと佇んでいた。

こうして俺は、小学生の時から培《つちか》ってきた愛情と友情を、たった一時間足らずで、両方ともあっけなく捨ててしまったのだ。

その時、ふと思った。

いっそのこと、このまま全てを捨てて、知らない土地で一人で生きていこうか。

上り電車に乗れば、上野《うえの》や日暮里《にっぽり》まで行ける。東京なら、きっと俺と同じように、故郷を捨ててきた孤独な人間が大勢いるはずだ。それに、ホームレスだってたくさんいる。何のあてもなく東京に出れば、きっと最初はホームレス生活を送るしかないだろう。でも上等じゃないか、やってやろうじゃないかとすら思った。夏だから野宿したって死ぬことはないはずだ。

家という生活の拠点にしがみつくために、俺の将来を破壊した母や川崎と一緒に暮らすぐらいなら、東京に出てホームレスになった方がよっぽどましだ。大学に行けないのなら、今から別の高校に編入してなんとか卒業しても、このまま中退しても、たいして変わらないだろう。よし、東京に行こう——。俺は衝動的に、そう決心した。

過去は全て断ち切り、今日から東京で一人で生きていくんだ——。絶望を通り越して、その時は希望すら抱いていた。

2019年7月16日

「俺はあの日、何もかも捨て去ったんだ。それで何も考えずに東京に出て……今はこの通りだ。十六年経って、こんなざまだって分かってたら、あの時の俺も、もうちょっと考えたのかな。そしたら、俺の運命も変わったのかな」

「でも……立派だと思うよ」マリアは顔を上げて言った。「今こうやってちゃんと、手に職をつけて生活してるんだから。私なんか、あの年で一人で上京して生きていけって言われても、絶対無理だったもん」

「ああ……」

実際は、手に職をつけて生活しているわけではなく、人の物に手をつけて生活しているのだが、マリアはそんなことは知る由もない。

「色々、苦労もあったんだよね」マリアが俺を見つめて言った。

「まあな……」

山ほどあった。語り尽くしていたら夜が明けてしまうほどあった。

「電気も水道も何回止められたか分からないし、それどころかホームレス生活をしてたこともあるし……でも、貧乏そのものよりも、人に裏切られた時が本当につらかったな。

必死に貧乏暮らししてた時期に、親友だと思ってた奴にだまされて金を持ち逃げされた時は、マジで死にたくなったよ」

「大変だったんだね……」

マリアは潤んだ目でうなずいた。俺はそれを見て、さらに悲惨な話をしたくなってしまった。マリアには、俺に全てをさらけ出させる力があるのかもしれない。

「あとは、人が刺し殺されるところも見たことがあるよ。ホームレス生活をしてた時に、ホームレス同士の喧嘩があってさ。片方がもう片方の腹を刺して殺しちゃったんだ。俺はそれを十メートルぐらいの距離で見てたんだけど、何もできなかったよ。被害者は別のホームレスが介抱して、ナイフを持って逃げた犯人は、パトロール中の警官に見つかってすぐ捕まったらしい。犯人は元ヤクザだったって、後で聞いたよ」

俺はいつしか、口に任せるように語っていた。

「本気で人を刺し殺す時って、体ごとぶつかるんだよな。ドラマとかみたいに、ただナイフを振り回すだけだったら、刃が当たっても案外死なないらしい。両手でナイフを持って、体重を乗せて体当たりするのが、ヤクザみたいな玄人《くろうと》のやり方らしいな。あの時も、口喧嘩がうるさいなあと思って、俺がベンチに寝ながら見てたら、犯人が相手に急にどんっと体当たりして、二人ともしばらく動かなかったんだ。それで、ぱっと離れた瞬間、当たられた方が血だらけになってて、そのままばたっと倒れて……」

と、そこまで話して、俺はようやく気付いた。

「あっ……ごめん。どう考えても、せっかくのごちそうを前にする話じゃなかったな」

「ううん、大丈夫」

マリアは首を振ったが、その表情にはさすがに困惑が交じっていた。

「悪い悪い。……いやあ、唐揚げもサラダも、すごくおいしいよ」

俺は取って付けたような感想を言った。マリアの手料理は本当においしかった。ただ、やはり生々しい刺殺事件の目撃談の後では、会話が盛り上がるはずもなかった。

そもそも俺は今日、マリアの話をじっくり聞くつもりで来たのだ。なのに、あんな話をしてしまった後では、「それはさておき、夫婦仲に悩んでるのか?」なんて切り出すのも無理そうだった。結局、しんみりとした雰囲気のまま、自分の話の拙さを悔やみながら十分ほど食べたところで、そろそろ満腹になってきてしまった。

「もうごちそうさま?」マリアが尋ねてきた。

「ああ、ごめん……」俺は箸を置いた。

「口に合わなかった?」

「いや、とんでもない、すごくおいしかったよ」

「でも、もっと食べるかと思ったのに」

「年取って痩せて、胃が小っちゃくなっちゃったのかな」

俺は苦笑して腹を押さえた。実際、胃はここ二年で刑務所サイズになっていた。

「そっか、じゃあしょうがないね」

マリアは、少し寂しそうな笑顔を見せた後、小学校の給食の時間のように、両手を合わせて大きな声で言った。

「それじゃ、ごちそ～さまでした！」

「ごちそ～さまでした！」

俺も真似して、二人で笑い合った。食事が終わる頃になって、やっと雰囲気が和んだ。

その後、マリアは後片付けを始めた。皿を流し台に運び、料理の残りはラップをかけて冷蔵庫に入れていく。

「ああ、手伝うよ」俺も立ち上がった。

「ううん、いいよ」

「いやいや、せめて皿洗いぐらいさせてくれ」

「大丈夫？　割らないでよ」

「任せて。昔バイトで皿洗いやってたこともあるし、むし……」

ムショの中でも皿洗いやってたし、とうっかり言いそうになって口をつぐんだ。

「むし……何？」

マリアが尋ねてきた。俺は慌てて答える。

「むし……蒸し暑い季節は、水仕事するのも気持ちがいいしな」

「本当？　じゃあお願い。スポンジそれだから」

マリアが、キッチンの蛇口の脇のスポンジを指差した。

俺は、スポンジに洗剤をつけたところで、水垢もほぼないシンクを見て言った。

「しかし、きれいなキッチンだな」

「本当？　ありがとう」マリアは笑顔を見せた。

「もしかして、家政婦さんとか雇ってる？」

「ううん、雇ってないよ」

「プロの手が入ってるみたいだよ」

「ありがとう。……家事のこと褒めてくれるのなんて、善人君ぐらいだよ」

「なんだ、あいつは褒めないのか、だめだな、日頃から妻への感謝の言葉がないと……なんて、結婚したこともない俺が言うことでもないか」

俺がおどけて言うと、マリアは少し寂しそうに笑ってから、ぽつりとつぶやいた。

「やっぱり、善人君と結婚すればよかった」

「……よせよ」

俺は照れて目をそらしたが、数秒してからマリアを見ると、潤んだ目でじっとこちらを見つめていた。二、三秒見つめ合って、微笑みを返してから食器洗いを始めたところで、抑えていた感情がむくむくと湧き上がってきた。

——やっぱり、マリアを抱きたい。

もはや夫婦仲がうまくいっていないのは疑いようがない。人妻のマリアは、初恋相手の俺と再会して、再び愛情がよみがえっているのだ。前会った時に、「主人のこと、殺してくれない？」なんて涙ながらに言われてしまったから、マリアの精神状態が心配で、関係を再燃させるのも尻込みしていたけど、今夜はあそこまで物騒なことも言われなかった。やっぱりマリアのこの前の物騒な発言は、ちょっと言葉が行き過ぎただけだったんじゃないか。

そして何より、数十分前のマリアの言葉が、俺の背中を強力に押してくる。

「今日は絶対大丈夫なの。だって主人、当直だもん。月に一、二回あるんだけどね、当直の日だけは、途中で帰ってくるなんてことは、マジで百パーセントないから」

つまり、今夜はこのまま、マリアと二人きりで何でもできてしまうということだ。

とりあえず、キスぐらいは間違いなくできるんじゃないか。そして、時間をかければ、今度こそ、その先の行為まで進めるんじゃないか……。

なんて、考えていた時だった。

家の外から、ブオーンと車のエンジン音が聞こえた。

音源は、かなり近い位置のように感じられた。いや、近いというより、壁を隔ててすぐの、この家の敷地内から聞こえたようだった。

「うそ⁉」

マリアが目を見開き、茫然とした様子で固まった。

「えっ、もしかして……」

俺が食器洗いの手を止め、おそるおそる言うと、マリアは震えながらうなずいた。

「主人が帰ってきちゃった。……うそ、なんで？　今日は当直のはずなのに……」

マリアはうろたえながら、声を震わせて俺に言った。

「えっと……ごめん、とりあえず隠れて」

「いや、でも、幼なじみだし、こうなったら『よっ、久しぶり』とか挨拶すれば……」

「無理なの！」マリアは強く首を振った。「この状況じゃ、あの人にそんなのは絶対通じない」

ただならぬ様子に、事態の深刻さが伝わってきた。

「あ、靴！」

マリアが急いで玄関に走り、しばらくしてまた戻ってきた。

「靴は隠したから、あとは善人君が隠れれば……えっと、どこがいいかな。一番安全なのは二階か」マリアが右往左往しながらつぶやいた。

「分かった、じゃあ俺が二階に……」

と、廊下に向けて一歩足を踏み出した時だった。

ガチャッと、玄関の鍵が差し込まれる音がした。

「うそっ、早い……」

マリアが小声で驚いた。階段は玄関のすぐ手前なので、もう二階には行けそうにない。

「そこ、そこ」

慌てたマリアがささやきながら指差したのは、壁際のクローゼットだった。嫌な予感がした。たしか、こんな状況でクローゼットに隠れて失敗した芸能人がいなかったか。

「いや、窓から逃げれば……」

俺は言いかけたが、窓を見たところで、外側のシャッターが閉まっているのに気付いた。あれを開ければ大きな音が出る。しかもマリアは、首を振ってささやいた。

「外、ライトあるの。人来たら光るやつ」

それだけで、空き巣経験者の俺には伝わった。人が近付くと光る、人感センサー付きのライトが外に設置されているのだ。つまり、今から窓のシャッターを開けて外に逃げれば、大きな音が出る上に、俺はライトで照らされてしまうだろう。おまけに俺の靴はマリアがどこかに隠してしまったので、逃げ足は格段に遅くなる。ああ、さっき俺がすぐ「窓から逃げるから靴を持ってきて」とマリアに言っておけば、まだなんとかなったかもしれないのに――と後悔している時間もない。とにかく、ばれずに乗り切れる可能性がある選択肢は、もはやクローゼットに隠れることしかなさそうだった。

マリアはクローゼットに駆け寄り、折り戸式の扉を開いた。スーツにワンピースと、夫婦のよそ行きの服が入っている。そういえば最初に空き巣に入った時もこれを見たのだと思い出しながら、俺は服の間に体を滑り込ませた。すぐにマリアが扉を閉める。

中は真っ暗になるかと思いきや、一筋の光が見えた。閉じた扉のわずかな隙間から、部屋の明かりが入っているのだ。その隙間に目を近付けると、縦に細長く切り取られた、部屋のほんの一部の範囲だけが見えた。そこから、マリアが玄関へ走って行く後ろ姿が確認できた。廊下に出た後は姿が見えなくなったが、「おかえりなさ〜い」という声が聞こえた。

夫婦仲は冷え切っているのだと思っていたが、その割にマリアの声は明るかった。少しだけ嫉妬した。

「あれ、今日って、当直だったんじゃ……」

と言いかけたマリアの声は、途中で遮られた。

「……いるのか？」

高校時代の記憶より暗く沈んだ、低い声が聞こえたが、玄関から距離がある上にクローゼットの中にいるので、きちんと聞き取れたわけではなかった。

「え、どうして？　誰もいないよ」

そう答えたマリアの声は、比較的よく聞こえた。——その返答内容から察して、どうやらさっき「誰かいるのか？」と尋ねられたようだ。人の気配があることに気付かれてしまったのかもしれない。俺は緊張に身を硬くした。

「気のせいか……」

という低い声が聞こえた、次の瞬間。

「……と思ったか、この馬鹿！」

バチン、という音と、マリアの「あっ」という声が聞こえた。俺は耳を疑った。

「本当に、いないよ、信じてよ……」とマリアの声。

「それでだませると思ったか、馬鹿たれ！」

怒鳴り声も、再び響いたバチンという音も、クローゼットの中までしっかり届いた。

「痛い……」

マリアはたしかにそう言ったように聞こえた。俺はクローゼットの中で凍り付く。もっとも、二人の姿は見えなかった。声もはっきり聞こえるわけではなかった。どうか嘘であってくれ、勘違いであってくれと、俺は願っていた。

「……ピーエス切って……行ったらばれると思って……家に上げたってわけか」

マリアがGPSを切って外出したことについて言っているのだと、少し考えてから分かった。つまり、マリアに浮気相手がいることにも勘付かれているということか——。

一方、反論するマリアの泣き声が聞こえる。

「本当に違うの、信じて」

「本当か？　じゃあこっち……来ても……ないんだな」

「何もないよ、本当だよ」

二人の声が近付いてきた。廊下からこちらの部屋に入ってきたようだ。

「おい、なんでこんなに食器がたまってんだ。誰か家に上げたんだろ！」

ようやく声が鮮明に聞こえるようになり、二人の姿も見えた。キッチンの洗い場の辺りは、ちょうどクローゼットの扉の隙間の正面だった。

結婚式の写真は前に見ていたが、夫婦としての二人の姿を生で見るのは初めてだった。ただ、今の二人は、もはやあの写真とはかけ離れた様子だった。写真の中で緊張して汗ばんでいた新郎は、脂肪の塊のような顔を怒りで紅潮させて眼鏡を曇らせ、幸せそうに微笑んでいた新婦は、恐怖に震えながら涙を流している。

「この食器は……お昼に、高橋さんと山下さんが来たの」

マリアが、少し言葉に詰まりながらも取り繕った。俺は固唾を呑んで、懸命に嘘をつくマリアを見守るしかなかった。

「なんでそれを今になって洗ってるんだ？」

「ごめんなさい、お昼、洗い物サボっちゃって」

次の瞬間、俺ははっきりと見てしまった――。

丸々と太った武史の重い拳が、マリアの顔面に振り下ろされた。「ぐっ」と呻くような声を上げたマリアが、洗い場の陰に倒れ込み、すぐに二人とも姿が見えなくなった。

「いた……い……やめて……」

マリアが、息も絶え絶えにすすり泣く声が聞こえた。

「だとしても駄目じゃねえか。何のために家にいるんだ！　こっちは過労死寸前で働いてんだよ！　それに比べて、お前はなに手抜きしてんだよ！　ざけんじゃねえよ！」

常軌を逸した叫びとともに、バチッ、ゴッッ、ビシッ……と、何発も音が聞こえた。

キッチンの床で馬乗りになって殴打していることは、見えなくてもはっきり分かった。

「ごめんなさい……ごめん……なさい……」

殴打の音の隙間に、マリアが泣きながら謝る声が聞こえた。

「あの野郎……」

俺はクローゼットの扉を押した。もう状況がどうなろうと構わない。というか、これ以上ひどい状況はないのだ。なんとしても暴力を止めなくてはいけない。

ところが、クローゼットの扉は、中からは開かなかった。押しても引いても、力のかけ方が間違っているのか、いっこうに開かない。そんな中、キッチンではさらに状況が悪化していた。

「でも、これが単なる言い訳か、それとも捨て身の嘘か、まだ判断できねえな」

そんな低い声の後、キン、と金属質の音が聞こえた。俺がまた扉の隙間から様子を見ると、マリアがゆっくりと立ち上がるのが見えた。その鼻から、おびただしい量の血が流れている。俺はその惨状を見て歯を食いしばった。

だが、さらに恐ろしいことが起きていた。マリアの首元に、包丁が突きつけられているのだ。立てこもり事件の犯人が人質を取った時の、あの典型的な体勢。夫が妻に対してこんな行為をするなんて、狂気の沙汰としか言いようがなかった。

「おい、隠れてる浮気相手よ。いるんだろ？　これが見えてるか？」

せせら笑うような声に、俺は身を硬くした。

「ねえ、やめて……冗談でも、危ないから」

「冗談なんかじゃねえよ」

その体勢で二人は歩き出した。というより、マリアが背中を押され歩かされていた。

「おい浮気相手！　これ以上俺を怒らせたら、マリアは死ぬことになるぞお！」

狂った叫び声とともに、二人は俺の視界の左側へと消えてしまった。クローゼットの扉の隙間からは、リビングとその奥のキッチンの、幅一、二メートルほどの範囲しか見えない。

「どこの誰だか知らねえが、お前に盗られるぐらいなら、こいつを殺して俺も死ぬ。俺はそんなの、少しも怖くねえんだからな！」

　常軌を逸した言葉の後、シャッというカーテンが開く音が聞こえた。マリアに包丁を突きつけた武史が、隠れている浮気相手――すなわち俺のことを探しているのだ。

「おい浮気相手、今すぐ出てこい。……いや、本当に出てきたら頭にきて、マリアを殺しちまうな。やっぱ出てくるな。……いや、それはそれで腹立つな。じゃ、今すぐその隠れてる場所で、舌を嚙み切って死ね。それがマリアを助ける唯一の方法だ」

　無茶苦茶な要求が聞こえてきた。当然実行などできないが、かといってクローゼットから出て行くのも、もう絶対に無理だ。俺はただじっと固まるしかなかった。

「お前が死体になってれば、見つけたところで腹が立たない気がするな。ハハハ、それでいいや。おい浮気相手よ、今すぐ舌を嚙み切って死ね。一気に嚙み切れよ。舌っては筋肉だから、筋繊維が切れて収縮して気道を塞いで、窒息死するらしいからな。まあ、実際にそんな患者を診たことはないけど」

　ヘラヘラと笑いながら、恐ろしく残酷な指令が下されていた。一方、マリアのなだめるような声も聞こえた。

「ねえ、本当に誰もいないから、もうやめよう。こんな馬鹿なこと……」

　その直後だった。

「馬鹿だと⁉　誰が馬鹿だ！」

激高したような絶叫の後、またバチンという音がした。

「どっちが馬鹿だ！　ああ？　俺とお前の、どっちの方が馬鹿だ！」

ガタンと体が床に倒れる音の後、さらにバチッ、ビシッという殴打の音が、何発も繰り返された。助けてやれない無力感で、涙が出そうになる。暗いクローゼットの中で、俺はただ歯を食いしばって目をつぶるしかなかった。

「ごめんなさい……馬鹿は私です」

「そうだろ？　医者とナースだぞ。俺の方が圧倒的に上なんだ。立場をわきまえろ！」

その後、カツン、と金属質の音が聞こえた。包丁が床に落ちた音のようだった。

それから、不気味なほど穏やかな声が聞こえた。

「なあ、頼むから俺を怒らせないでくれよ。お前がちゃんとしてれば、俺は優しい夫でいられるんだよ」

「はい、ごめんなさい。……私が馬鹿なせいで、あなたを怒らせてしまいました」

「ちゃんと反省しろ。今日は何がいけなかったんだ？」

「えっと……食器洗いをサボって、まるでさっきまで人がいたみたいに、あなたに誤解させてしまったことです」

「俺が誤解したのには、ちゃんと理由があるんだぞ」

「ああ……今日の前に何回も、約束を守らずに、スマホのGPSを切ったまま外出してしまったことです。それが、今日のことにつながりました」

「そうだな。あと今日に関しては、俺が当直だって聞いてたのに、家事をサボってたのも不愉快だったぞ。夫が過酷な長時間労働をする日は、妻ももっと自分に厳しくあるべきだろ」

「はい、その通りです。ごめんなさい、本当にごめんなさい」

めまいがしそうになった。こうやってマリアは、暴力で支配されてきたのだ。まさに奴隷だ。いや、奴隷制があった時代ですら、もう少しましな所有者はいただろう。

「浮気してたわけじゃ、ないんだな？」

「はい、してません。私が愛してるのは、あなただけです」

「疑って悪かった。俺も、当直だって嘘までついたのは、やり過ぎだったな」

「いえ、とんでもありません。悪いのは私です。今までの私の行いのせいで、あなたを心配させてしまったんですから」

ついさっきまでとは一転して、穏やかなトーンの会話だった。でも、やはりその内容は異常だ。これこそがDV夫の典型的なパターンだと聞いたことがある。暴力の後は優しくなるのだ。そして被害者である妻は、自分が悪いのだと思い込んでしまうのだ。

その時、携帯電話の着信音が響いた。

「はいもしもし……え、田中さんが？……うん……ああ、それはもう緊急オペだ。準備を頼む。……ああ、今家に着いたところだけど、すぐ出る。……はい、じゃまた後で」

聞こえてきたのは、ついさっきの狂った暴力夫と同一人物とは思えないような、頼れるドクターそのものの声だった。その後、「呼び出しだ。今夜は先に寝てろ」という声が聞こえた。

廊下に出る二人の後ろ姿が、クローゼットの扉の隙間から一瞬だけ見えた。すぐに見えなくなったが、しばらくしてから「行ってらっしゃいませ」というマリアの声が聞こえた。その後、玄関のドアが閉まる音、少し経って車のエンジン音が聞こえた。その音が遠ざかって聞こえなくなってから、マリアがリビングに戻ってきた。

マリアの足取りはふらついていて、クローゼットの前で扉に倒れ込んでしまった。姿が一瞬消えたので焦ったが、どうにかマリアは起き上がり、外から扉を開けてくれた。

「ばれなくてよかった。……ごめんね」

マリアは、謝ることなんて何もないのに、クローゼットから出た俺に謝った。大量の鼻血で、顔の下半分が真っ赤に染まり、血なまぐささが漂ってくるほどだった。

「いや、俺の方こそすまない。……何度も殴られてた時、出て行こうとしたんだけど、中からはうまく開かなくて」

「ううん、出てこない方がよかったから、それで大丈夫だったよ」

どう見ても大丈夫ではないのに、マリアは笑顔を見せた。だが、すぐ泣き顔に変わる。

「びっくりしたでしょ？」

固まりかけた血が、涙とともに顎まで流れ落ちる。俺は小走りでテーブルまで行って、ティッシュの箱を取ってやった。そんなことしかできない自分が情けなかった。

「ありがとう。……ちょっと顔洗ってくる。あと、服も血が付いちゃったから着替えてくるね」

マリアはふらついた足取りながらも、床に落ちていた包丁をキッチンに戻してから、ティッシュの箱を持って廊下に出た。しばらくして、顔を洗って服を着替え、鼻にティッシュを詰めて戻ってきた。

「ずっとああだったわけじゃないんだよ。あれでも、大学で付き合ってた頃とかは、今じゃ信じられないぐらい、本当に優しかったから……」

マリアは、悲しげにうつむいて語り出した。

「本格的な暴力が始まったのは、私が子宮を取って、その治療のためにナースを辞めた頃だったかな。お酒の量が増えて、もう後継ぎが産めないんだから役立たずだ、なんて言われて殴られるようになって、今ではお酒が入ってなくても、あんな風に……」

そこまで言って、マリアは声を詰まらせた。俺は怒りで胸が張り裂けそうになった。

「くそ、そんなにひどいことを……」

結局、あいつは憎むべき親父の思考回路を受け継いでしまったのだろう。少年時代はそれを嫌っていたはずなのに、大人になったら同じような人間になってしまったのだ。実に悲しく、情けないことだが、むろん同情の余地はない。

マリアは、目元を拭ってからまた語った。

「そもそも、この前入院したのも、ああやって殴られたからだったんだ。善人君に心配かけないように、明るい感じのメールを送って、お見舞いに来てもらおうと思ったんだけどさ……。お腹殴られて、腸からも出血してたみたい。でも主人は消化器外科だから、DVが他の人にばれるはずもないよね。自分の監視下で入院させられるんだから」

「そういうことだったのか……」俺は愕然とした。

「あと、その前に私、耳を殴られて、鼓膜が破れたこともあってね。そのせいで、今も左耳が聞こえづらくて……レストランでも、善人君の言葉が聞き取れなかったんだ」

そういえば高円寺のレストランで、マリアが「便通」を「電通」と聞き間違えて、最終的に俺が大きめの声でウンコと言ってしまって、近くの席のおばちゃんに睨まれたことがあった。

「あれも、そういうことだったのか……」

俺は、さっきと同じ言葉を発することしかできなかった。

「で、あのレストランで会った時も、GPS切ってるのがばれてさ。慌てて帰ったんだけど、主人の方が先に帰ってて『どこほっつき歩いてたんだ』って、また暴力振るわれたんだ。さすがに退院した直後だったから、ちょっと手加減してたけど……でも、手加減してそれかよって思うぐらい痛かった」

マリアはそう言って、また涙をこぼした。——こんな悲しい形で、マリアと再会してからの出来事の伏線が、次々に回収されてしまうとは思わなかった。マリアがどこか情緒不安定に感じられたのも、カラオケ中に突然泣き出して「主人のこと、殺してくれない？」なんて言い出したのも、すべては過酷なＤＶ被害が原因だったのだ。

もう、俺の決意は固まっていた。

「マリア、落ち着いて聞いてくれ」

俺は、一呼吸置いた後、はっきりと告げた。

「俺が、あいつを殺す」

「そんな、駄目だよ」マリアは首を横に振った。「善人君に罪を背負わせるなんてできないよ。もしやるんだったら……私がやらないと」

「いや、マリアが直接手を下せば、真っ先に疑われる。でも、十六年間会ってない俺がやれば、ずっとばれにくくなるはずだ。実行犯は俺一人じゃなきゃだめだ」

俺は、マリアをまっすぐ見つめて告げた。

「それに……マリアは知らないだろうけど、俺たちは約束してるんだ。もし、愛する女に暴力を振るうような男になったら、お互いを殺しに行くって」

「本当に？」マリアが、目を丸くして聞き返した。

「ああ、本当だ。『男同士のお約束』ってやつだ」

「あ、それって……」

マリアが子供時代を思い出したようだったので、俺が「男同士のお約束！」と、クレヨンしんちゃんのポーズをとってみせた。するとマリアは、少しだけ笑ってくれた。今は少しだけで十分だった。その笑顔を取り戻すことができるなら、マリアの不幸な現状を逆転させることができるなら、俺はすべてを犠牲にできると思った。

俺は真剣な顔に戻って、決意を込めて言った。

「男同士の約束は、絶対に守らなきゃいけないんだ」

第5章　殺人と逆転

2019年7月17日、18日

俺たちは翌日から、マリアを暴力から解放して、不幸な現状を逆転させるべく、殺人計画について電話で話し合った。でも、最も重要な殺害方法以前に、殺害可能な場所がきわめて限られることを、マリアから知らされた。

「主人は、ほとんど家と病院を車で往復するだけの生活なの。で、病院の駐車場は監視カメラがついてるし、警備員さんもいるし、うちの車庫も道路から丸見えだから、車の乗り降りの時を狙うのは無理だと思う。やるとすれば、家か病院の中しかないと思うんだけど……」

「なるほど、そうか」

マリアが捕まらないようにするには、マリアの関与は完全にゼロにしたい。いざという時は俺だけが捕まるようにしたい。そう決めていた。マリアと電話で話し合うようにしたのも、そのためだった。一歩外に出れば防犯カメラだらけの今の時代に、どこにも証拠を残さず会うのは無理だし、メールは削除しても電話会社に文面が残ってしまう。でも、電話だったら通話履歴こそ残っても、会話内容そのものは残らないのだ。

「家の中で殺しちゃ、真っ先にマリアが疑われるのは避けられない。やっぱり病院しかないか……」

そう言いながら、実は俺には少しだけ自信があった。以前スーさんと組んで、病院での窃盗をやったことがあるのだ。見舞客のふりをして病院に入り、本物の見舞客や患者が病室を出た隙に、置きっ放しの金品を盗む犯行は、五回ほどやって一度もばれることはなかった。病院に潜り込むこと自体は決して難しくないと思っていた。

ところが、窃盗歴には触れずにその旨を伝えると、マリアはこう返した。

「ただ、主人は今、最上階のＶＩＰルーム専属の担当になってて、そこはセキュリティが他の病室よりずっとしっかりしてるの。フロアの入り口はカードキーがないと開かなくて、しかも入ってすぐ受付があって、入院患者とのアポがあるかチェックされちゃうの。ほら、私、実際に入院してたから、よく知ってるんだ」

「う〜ん、一般病棟に入るのとは訳が違うのか」想定外の事情に、俺は思わず唸った。「でも、どこかに必ず隙があるはずだ……。大丈夫、任せてくれ。俺は仕事柄、時間を作れるし、こういうのは得意なんだ」

「そっか、善人君、防犯診断士だもんね。ある意味こういうことのプロだもんね」

「うん、そうだ」

本当は防犯診断士ではないが、ある意味こういうことのプロであることは確かだ。

「人のテリトリーに侵入する手口は、いくつも知ってる。それを応用すれば、きっと何かいい方法にたどり着けるはずだ」

俺は、マリアを励ますのと同時に、自分を奮い立たせるように言った。

2019年7月19日

俺は、現地調査をすることにした。

マリアが入院した際、お見舞いに来てほしいというメールをもらっていたので、病院の場所は把握していた。そもそも、あの入院もDVが原因だったと知っていれば、見舞いを渋ることもなかったのだ。もうこれ以上、マリアをあんな目に遭わせてはいけない。マリアの不幸な現状を、俺が逆転させなければいけない。――改めて心に誓いながら、俺は今や仕事着ともいえる作業服姿で、電車を乗り継いで目的地に着いた。

病院の敷地に入り、七階建ての立派な病棟を見上げる。マリアは電話で「主人は今、最上階のVIPルーム専属の担当になってて――」と言っていたが、病院のホームページには「特別個室」が七階にあると書いてあった。やはり建前上は、VIPという表現はしづらいのだろう。ただ、マリアの証言通り、七階のセキュリティがきわめて厳しいことは、病院のホームページでも、口コミサイトでも紹介されていた。

また、これもマリアが言っていた通り、駐車場には防犯カメラが付いていた。俺はなるべくカメラに映らないように心がけつつ、敷地内を見て回った。患者や見舞客、それに病院スタッフがちらほら歩いている。青い制服を着た筋肉質の大柄な男が、患者の婆さんに「今日は暑いですね～」と声をかけながら車椅子を押している。今は男の看護師も多いのだろう。

病棟の周囲を歩くうちに、病院の敷地が公園に隣接していることが分かった。また、病棟の裏手に外階段がついているのを発見した。緊急用の非常階段のようだ。

俺は少し躊躇したが、その外階段を上ってみた。外階段の手すりは、俺の胸ぐらいの高さで、柵でなく壁のタイプだった。かがんで上れば、外から俺の姿は見えない。ただ、中腰のまま七階まで上るのは大変だし、すれ違う人が現れた時に怪しまれるので、結局、普通に歩いて上った。もし誰かと出くわしても、慌てず堂々と「お疲れ様です」なんて挨拶をすれば、作業服の効果で何かしらの業者だと思わせて切り抜けられることを、俺は経験上知っている。

院内から外階段に出るドアは、施錠されていて外側からは開かなかった。もちろん、VIPルームがある最上階の七階も同様だった。また、ドアノブの反対側の蝶番《ちょうつがい》が、閉じた状態で外から見えたので、ドアが外開きだということも分かった。

そして、大きな発見があった。七階のドアの外に、灰皿が置いてあったのだ——。

それを確認した後、俺は引き返して階段を下りた。十三段下りて踊り場でターンし、また十三段下りると、下の階のドアの前だ。合計二十六段でワンフロア分のようだ。足音を忍ばせて歩を進め、アスファルトの地面に下り立つ。幸い、外階段に防犯カメラは設置されておらず、院内から外階段に出てくる人もいなかった。

そこから歩いて、隣接する公園に入った。木陰のベンチに座り、病棟の外階段の最上部を見る。人が出てくれば肉眼でも分かるが、顔まで確認するのは難しい。そこで俺は、スーさんの家から持ってきた、空き巣の下見用の携帯型双眼鏡を取り出した。それを使って外階段を数分間観察したが、誰も出てこなかったので、またポケットにしまった。

すでに俺の頭の中には、殺害方法のアイディアが浮かんでいた——。

ただし、この方法には、一つ大きな課題がある。

俺は携帯電話を取り出し、マリアに電話をかけた。

「はい、もしもし」マリアが電話に出た。

「今、病院の近くにいるんだけど……例のVIPルームって、最上階の七階だよな？」

俺が尋ねると、マリアは「うん、そうだよ」と答えた。

「七階から外階段に出たところに、灰皿があったんだけど……彼は煙草を吸うよな？」

俺は公園という場所柄、誰かに聞かれるリスクを考えて、固有名詞は使わずに尋ねた。するとマリアは「うん、吸うよ」と答えた。――この前、家の食卓に灰皿があったのに、マリアは吸わないと言っていた。やはり予想通りだった。

「ということは、彼は勤務中は、あの灰皿がある外階段に出て、煙草を吸ってるんじゃないかと思うんだ……」

と、俺が言ったところで、マリアが「あっ」と声を上げた。

「そういえば、前に主人が言ってた。本当は敷地内は禁煙にしなきゃいけないんだけど、俺は煙草をやめられないから外階段で吸ってるって。煙は上に行くから、最上階の外で吸えば苦情も来ないんだって」

「よし、やっぱりあそこで吸ってるのか」

俺はほくそ笑んだ。――とはいえ、まだ一つ、大きな課題がある。

ところが、マリアの次の言葉で、その課題はいっぺんに解消された。

「ほら、主人は病院の御曹司っていう扱いだからさ。スタッフはもう全員禁煙してるのに、自分だけ未だに吸ってるらしいの。それでも俺を咎められる奴はいないんだって、自慢げに家で話してたもん。自慢することじゃないだろって思ったけど……」

「え、ちょっと待ってくれ」俺はマリアの言葉を遮った。「じゃあ、最上階の外で煙草を吸うのは、あいつ一人だけってことか？」

「うん、本人はそう言ってたけど……」

「そうか、それは朗報だ」

俺は大きくうなずいた。俺が考えていた課題――第三者を巻き込んでしまう恐れは、これでほぼ解消されたといっていいだろう。

「そっちは今、周りに人はいないよな？」

「うん、今は家のリビングだから」

「まさかとは思うけど、盗聴器が仕掛けられてる、なんてことは……」

俺が声を落として言ったが、「ふふふ、大丈夫」とマリアは笑った。

「実は、盗聴器を見つける機械は、前に買ってあるの。あの人なら仕掛けてもおかしくないと思ってね。でも昨日も調べたけど、さすがに無かったわ。まあ、家にほとんどいない主人が、家にずっといる私に気付かれずに盗聴器を仕掛けるのは無理だよね」

マリアは自信ありげに言った。俺は「なら大丈夫だ」とうなずいた後、気を引き締めて語った。

「今から大事な話をする。よく聞いてくれ。ただ、メモは取らない方がいい。……いや、取ってもいいけど、最後は警察に絶対見つからない形で捨ててくれ」

俺は、改めて周りを見回し、近くに人が見当たらないことを確認してから、念のため口元を左手で覆って告げた。

「奴を殺す作戦を思い付いた」

「えっ……どうするの？」マリアが緊張した様子で聞き返す。

「俺が七階の外階段で待ち伏せる。で、奴が煙草を吸いに出てきたところで、後ろから近付いて持ち上げて、手すりを越えさせて突き落とす。そうすれば衝動的な飛び降り自殺だと思われるはずだ。――奴は、衝動的に飛び降りてもおかしくないほどの長時間労働をしてるだろ？」

「たしかに、過労死ライン超えてるって自分で言ってた」

「うまくいけば、疑われることもなく、自殺として処理されて終わりだよ」

「でも、持ち上げて手すりを越えさせるって、そんなこと本当にできる？　善人君の倍ぐらいの体重があると思うけど……」

マリアは心配そうに言った。だが俺は、安心させるように返した。

「大丈夫。外階段の手すりは結構低かった。それに、覚えてないかな？　高校の文化祭でやった軽音楽部のライブで、演奏が終わった後、ベースのぐっさんが俺たちメンバーを次々に肩車していったパフォーマンスを」

「あ、あれだよね。ＦＵＧＡＳＥＡの時だよね」

「ああ、そうだ。……よくそんな名前まで覚えてたな」

かつてふざけて付けたバンド名に、思わず苦笑をしてしまったが、すぐ笑みを消して続ける。

「ぐっさんは、中学までレスリングをやってて、バンドの練習の合間に下半身タックルを教えてくれたんだ。あれを応用すれば、人を持ち上げるのって意外と簡単なんだよ」

膝の力を一瞬抜いて、地面に反発する力を生かすと、相手を下から上に持ち上げる下半身タックルができる。――ぐっさんの説明通りに実践すると、初心者でも想像以上に力強いタックルができたのだ。あの記憶は、今でも鮮やかに残っている。

「相手が油断してれば、後ろからタックルして、バランスを崩して持ち上げるだけだ。それに、俺は今までいろんな肉体労働をしてきたし、今も体を鍛えてる。だから百キロ程度なら難なく持ち上げられる。とにかく、七階からアスファルトに叩きつけられて死なない人間なんていないから、あいつを殺すこと自体は間違いなく成功する。それについては何も心配ない」

俺は、周りに人がいないのを確認しつつ、声を潜めて言い切った後、慎重に続けた。

「ただ問題は、作戦実行の後だ。これに関しては、俺の力だけで百パーセント安全にすることはできない。だから、これからは俺たち、電話もできれば控えて、メールは禁止にしよう」

「えっ、どうして？」

「俺との通話履歴が、事件直前まで頻繁にあったら警察に疑われかねないし、この作戦について話し合う内容のメールでも残ってたら、もう完全にアウトだろ」

「あ、そっか……。ごめん、そんな当たり前のことも、私ちゃんと分かってなかった」

と、そこでマリアは、ふと気付いたように言った。

「あれ、でも、今までのメールは？」

「今までのは、お見舞いに来てっていうのと、カラオケの練習に付き合ってっていうのだけだろ。まあ厳密には、カラオケとはっきり書いてもいなかったけど――。とにかく、夫の暴力に悩んでるなんてことは一度も書いてなかった。だから現時点では、もし警察に俺とのメールを見られても大丈夫なはずだ。この状態を今後もキープしよう」

「でも、善人君と何度も会ってたことは、メールから分かっちゃうわけだよね？」

「ああ。だから、もし作戦を実行した後、俺と会ってたことについて警察に追及されたら、こう説明するんだ――」

俺はそこで、もう一度周囲を見回してから、声を極力落として続けた。

「彼とは半月ほど前、近所の商店街で偶然出会って、電話番号とアドレスを交換しました。彼は幼なじみだから、最初は気を許して、夫の了解を取った上でお見舞いに来るように頼んだり、カラオケの練習に誘ったりもしました。でも、だんだん彼の言動がストーカーじみてきて悩んでいました。まさか、彼が夫を殺してしまうなんて……」

「えっ、ちょ、ちょっと待ってよ」マリアは電話の向こうで声を裏返した。「それって、善人君に罪をなすりつけて、私だけ助かれっていうこと？　そんなの絶対嫌だよ！」

「大丈夫だ、落ち着け！」

俺は、口元に手を当てて声を落としながらも、強い口調で言った。

「これはあくまでも、一パーセントの話だ。九十九パーセントの確率で、真相がばれることはなく、自殺として処理されるはずだ。ただ万が一、警察に自殺じゃないことを見抜かれたら、その時はマ……君だけでも逃げてくれ」

公園に一組、幼い男の子と母親が入ってきてしまった。距離は何十メートルも離れていたが、俺はとっさに、マリアと名前を呼ぶのをやめた。

「やだよ、そんなの……」

マリアの泣き声が聞こえる。俺は、母子連れに声を聞かれないように細心の注意を払いながら、声を落として語りかける。

「分かってくれ。俺は君を救えればそれでいいんだ。君が暴力から解放されて、不幸な現状を逆転させることだけが望みなんだ。だから君が絶対に疑われないように、俺一人で実行するんだ。――もちろん、俺だって捕まりたいわけじゃないから、最善を尽くして行動するし、さっきも言った通り、作戦は九十九パーセント成功すると思う。でも、万が一真相がばれた場合は、俺を捨て石にして君だけでも逃げる。お願いだから、そう約束してくれ」

俺の切実な思いが通じたのか、マリアは電話口で鼻をすすった後、涙声で返した。

「分かった、男同士のお約束。……って、女だけど」

「ああ、それでいい」

少しだけ雰囲気が和んだところで、俺は念を押した。

「改めて確認だ。もし俺が捕まったら、君は警察に話を聞かれる。その時、俺と連絡を取ったことや、レストランやカラオケボックスで会ったことは正直に言うんだ。ただし、夫の了解を取った上で、幼なじみとして会っただけだと説明すること。そうすれば、俺が一方的に思いを募らせて、凶行に及んだことにできるからな」

「うん……でも、それを言わなきゃいけない確率は、一パーセントなんだよね？」

「そうだ。あくまでも万が一の話だ。ほぼ間違いなく、自殺に見せかけられるはずだ。まあ、その場合も警察に話を聞かれるだろうけど、夫は長時間労働で疲れ切ってましたって言えばいいだけだからな。それだけなら全然簡単だろ」

「うん、大丈夫」

マリアの声に幾分自信が戻ったようだった。俺は安心して話を進めた。

「あとは、いつ実行するかだ。今日は金曜日か。あいつは一応、土日は休みなのか？」

「うん。ただ、土日でもほとんど病院に行ってる。あれでも職場では、休みの日にも顔を出す、患者思いのお医者さんだからね」

「じゃ、明日にでも実行できるか……」と言いかけたところで、俺はふと気付いた。

「待てよ。この公園は、土日は人が増えそうだな」

俺は、かつて寝泊まりしていただけあって、公園には詳しい。今はほとんど人がいないが、都内の公園は、どこも休日は人出が多くなりがちだ。公園からこうして病院の外階段が見えてしまうのだから、人が多ければ多いほど、決定的瞬間を目撃される危険性も高くなるだろう。

「さすがに土日は避けるしかないな。それに、この通話からも、ちょっとは日を空けた方がいいだろうし……」

俺がしばし考えていたところ、マリアが「あっ」と気付いたように話し出した。

「主人は、食後に必ず煙草を吸うの。で、主人がいつもお昼を食べてる病院の食堂は、土日は休みだけど月曜からは営業してるの。――最初は私がお弁当作ってたんだけど、食堂のメシの方がうまいじゃねえかって言われて殴られて、もう作らなくていいって言われて……」

奴隷のように殴られるマリアの姿が、改めて目に浮かぶ。俺はいたたまれなくなった。

「で、食堂のランチタイムの営業は、十一時半から二時までだった。ちょっと前まで入院してたから、ちゃんと覚えてる」マリアは自信ありげに言った。

「ってことは、あいつは平日の二時過ぎまでには、必ず食後の煙草を吸いに出てくるんだな。……あ、でも、昼に手術でもあったら、昼飯の時間がずれるってこともありえるか。あいつの手術予定とかは聞いてないか？」

「う〜ん、そういう話は、家ではしないかな」

「じゃあとりあえず、月曜からずっと張ってるしかないか。でも、空振りに終わって、次の日もまた外階段を上れば、その分目撃される危険性も上がるか……」

と、俺が計画をまとめあぐねていた時だった。

「あ、そうだ！」またマリアが声を上げた。「主人の病院は、月曜日は手術が少ないって言ってた。術前観察ってのが必要なんだけど、土日だと人手がかけづらいんだって。そういうのって病院によって違って、私が昔勤めてたところはあんまり関係なかったんだけど、主人のところはたしか、月曜は基本オペはしないって言ってた」

「よし、ならOKだ」俺は決断した。「しあさっての月曜日の十一時半から、外階段で待機しよう。君はそれまで、怪しまれないように普通に過ごしてくれ。その間に暴力を振るわれるかもしれないけど、あと三日だけ、申し訳ないけど耐えてくれ」

「大丈夫、耐えられる。今まで何年も耐えてきたんだから」

マリアはそう言った後、電話口でささやいた。

「善人君。うまくいったら、一緒になろうね」

「ああ」俺は携帯電話を耳に当てながら、万感の思いでうなずいた。

「ごめん、『うまくいったら』なんて縁起悪いね。絶対にうまくいくんだよね」

マリアが言った。少し泣きそうな、すがるような声だった。

「ああ、そうだ。こっちのことは心配しなくていい。君こそ、夫を失った未亡人の芝居を頼むぞ。むしろそっちの方が大事なんだからな」

「うん、頑張る」

そこで俺は、一つ深呼吸をして、母子連れがはるか遠くの砂場にいることを確認してから、名前を呼んで言った。

「マリア、愛してるよ」

「うん……私も」

マリアの涙声を聞いて、目を閉じてじっと感じ入った後、俺は照れ隠しに言った。

「今のやりとり、『レオン』の終盤のシーンみたいだな」

「レオン？　あの、ちょいワルオヤジの雑誌の？」

「あ、いや、違う、そっちじゃなくて……」俺は笑った。「いや、何でもない」

「ふふふ」マリアも電話口で笑った。「ごめん、笑っちゃった」

「なんか、格好つかなかったな。これが、さ……」

最後の会話になるかもしれないのに、と言おうとしてやめた。そんなことを言ったらマリアが悲しむに決まっているし、動揺したマリアのミスを誘う恐れもある。

「何？」

「いや、何でもない。とにかく、月曜から大変になるだろうけど、それを乗り越えたら、一緒になろう」

「うん……」

マリアが返事をした後、ぐすっと鼻をすすったのが聞こえた。

「じゃ、次に電話するのは、葬式まで全部終わった後だ。それまでの我慢だ。いいな」

「うん、我慢する。それが終わったら、一緒になれるんだもんね」

「ああ、そうだ。俺がお前を幸せにする。……じゃあな、お互いに頑張ろう」

「うん、ありがとう。善人君、愛してる」

最後の、最高の言葉を耳に残して、俺は電話を切った。

念のため周囲を見渡したが、母子連れは遠くの砂場で遊んでいて、他に人影は一切見当たらなかった。電話の声を誰かに聞かれた可能性は、ゼロと言い切っていいだろう。

それを確認して一息ついたところで、俺は改めて、自分の言葉を反芻した。

今の電話で、俺はマリアに対して、一つ重大な嘘をついた――。

しかしあれは、どうしてもつかなければならない、必要不可欠な嘘だった。

とにかく、俺がマリアを幸せにするのだ。マリアを暴力から解放して、不幸な現状を逆転させるのだ。それだけは確実なのだ。たとえ結果がどちらに転ぼうとも——。

その後、午後一時を回り、俺がそろそろ公園を後にしようかと思っていた時だった。病院の外階段の最上部の扉が、外に向かって開き、喫煙スペースに白衣姿の人影が出てきた。肉眼で遠目に見ても、かなり太めのシルエットなのは分かった。

俺は周囲に人目がないのを確認してから、携帯双眼鏡を取り出した。覗いてみると予想通り、外階段に出てきたのは武史だった。奴は、疲れたようなぼおっとした表情で、遠くの景色を見ながら煙草を吸っていた。

その背後になど、まるで注意を払うこともなく——。

2019年7月21日

俺が、部屋で寝転がってテレビを見ながら、ドッキリにかかる若手芸人を見て笑っていると、部屋とテレビの主であるスーさんに嫌味を言われた。

「おいおい、いいご身分だな。人んちでダラダラして」

「別にいいだろ。でかい仕事して、ちゃんと分け前も渡したんだから」

俺は顔を上げてスーさんに言い返した。——正直、緊張感を少しでも和らげるために、無理にバラエティ番組を見て笑っていた部分もあった。

「それに……この部屋は、そろそろ出て行くよ」

作戦実行は明日だ。もしかしたら、もうスーさんとも会えなくなるかもしれない。

「どこか行くあてがあるのか？」

スーさんが尋ねてきた。俺は少し考えてから答える。

「うん……まあ、行くあてはあるよ」

作戦が成功すれば、いずれマリアと二人でどこかで暮らせるだろう。ただし失敗すれば、留置所、拘置所、そして刑務所と、生活場所を移すことになる。

「ここは出て行くよ。どっちにしても」

「どっちにしても？」

スーさんが怪訝な顔で聞き返してきた。俺はきちんと正座してから頭を下げる。

「スーさん、今までありがとう……。あと、色々とごめん」

「急に改まってどうした。何か悩んでるのか？」スーさんが心配そうに言った。

「いや、そんなことないよ」

「いいんだぞ、もう少しここにいても」

「さっきと言ってることが違うじゃん」

「別に、出て行けとは言ってないぞ。いいご身分だなって言っただけだ。でも、宿代を十七万も払ってるんだから、そりゃいいご身分にもなりますよね、お客様」スーさんはおどけた。

「急に口調変わってんじゃん」

俺は笑いながら、密かに思った。――もしかしたら、このアパートにも警察が来てしまうかもしれない。スーさんも巻き添えを食って捕まってしまう恐れはないだろうか。

ただ、スーさんは殺人に関しては本当に何も知らないし、現時点で被害届が出されるような仕事はしていないはずだ。別件で逮捕されることはないだろう。今のスーさんは、表向きは更生した元泥棒にすぎない。だから、どうか無事で乗り切ってくれと、心から願った。

「まあいいや、ちょっとションベンしてくる」

スーさんがトイレに向かう後ろ姿を見ながら、俺はポケットに右手を入れた。もし巻き込んでしまったら申し訳ない。しかも、これを無断で拝借してしまって――。

俺は、引き出しの奥にあったそれの、硬い感触を右手で確かめた。

最終章　あなたに会えてよかった

2019年7月22日

ついに迎えた、作戦決行の日。

スーさんは朝から、表稼業の警備員のバイトに出かけていった。それから約二時間後、俺も支度を調《ととの》え、作業服を着て、もう二度と戻らないかもしれないアパートの部屋を出発した。

電車を乗り継ぎ、綾瀬駅で降りてから徒歩数分。目的地に到着した。患者や見舞客らが行き交う病院の敷地内を、何かしらの業者に見えるように自然な態度で歩き、病棟の裏手に回る。そこで人目がないのを確認してから、外階段を上った。

一段ずつ上りながら、改めてポケットの中の硬い感触を確認する。そして、この作戦について思いを巡らせる。

俺は、マリアに対して、一つ重大な嘘をついている。三日前、最後に電話で話した時から、マリアのことを欺き続けている。

本当は、飛び降り自殺に見せかけて殺すなんて、無理なのだ。

まず、マリアには外階段の手すりが低いと説明したが、実際はそこまで低くはない。俺の胸ぐらいの高さがある。それに、高校時代のバンド仲間のぐっさんに、レスリングの下半身タックルを教わったのは事実だが、相手を持ち上げるような技術もパワーも俺には備わっていない。人を軽々と肩車できたのはぐっさんだけだった。また、マリアには「俺は今も体を鍛えてる」なんて言ったが、本当は全然鍛えていない。後ろから不意を突いたとしても、体重が倍もあるような相手を持ち上げて、手すりを越えさせて地面まで落とすなんて絶対に無理だ。

できるとしたら、ただ体当たりをして、十三段下の踊り場まで突き落とすことぐらいだ。でも当然、その方法では懸念がある。——死んでくれるかどうか分からないのだ。死んでくれれば、転落事故に見せかけられる可能性も十分あるだろう。医師の長時間労働は社会問題になっているほどだから、過労でふらついて階段から落ちて死んだという結論で片付けてもらえるかもしれない。ただ、七階から地面に落ちるのとはわけが違う。十三段の階段を落ちるだけだ。頭を強打すれば死ぬかもしれないが、足から落ちればせいぜい骨折程度だろう。——そういえば、ちょうど処刑台の階段が十三段だという話を聞いたことがある。でも、俺がこれから執行しようとしている処刑は、失敗の可能性が多分にあると言わざるをえない。

十三段の階段の上から突き落として、事故死に見せかける。——この手口を正直にマリアに話したら、本当に成功するのかと心配されてしまっただろう。いくら素人でも、殺害方法として穴が大きいことぐらいは分かる。だから俺は、正直に伝えることはできなかった。もっとも、手すりを越えさせて地面に落とすという手口を説明した時も「そんなこと本当にできる?」とマリアに言われてしまったのだが、手すりが低いしレスリングの技を習得しているから大丈夫、などと言いくるめた。「七階からアスファルトに叩きつけられて死なない人間なんていないから、あいつを殺すこと自体は間違いなく成功する」と最後に言い添えたから、説得力は十分だったはずだ。

マリアの手を汚さず、事故に見せかけて殺人を遂行する方法は、これしか思いつかなかった。ただ、理想通りに階段から突き落して殺せたとしても、さらなる懸念がある。俺が逃げ切れるかどうか分からないのだ。

重さ百キロほどの巨体が転げ落ちれば、鉄筋コンクリート製の階段でも、かなりの音と振動が発生するはずだ。それを聞いて、七階だけでなく下の六階からも、外階段の様子を見に人が出てきてしまうかもしれない。そこで鉢合わせしてはいけないから、俺は犯行後すみやかに、五階までは下りておきたいところだ。そこから足音を立てないように、かつ地上の通行人からも見えないように階段を下りるしかないだろう。幸い外階段の手すりは、柵ではなく壁のタイプだ。疲れるけど、かがんで下りれば地上の通行人から見られることはないはずだ。

でも、地面に下りてからは、遮る物は何もない。走って逃げたらかえって怪しいので、できれば堂々と歩いて逃げたい。ただ、俺がこの階段まで歩いてきた様子も、歩いて逃げる様子も、付近の防犯カメラにはばっちり映ってしまう。やはり、階段での転落死が事故だと警察に判断されない限り、捜査の網から逃げ切るのは無理だろう。

そして最も恐れるべきは、階段を転げ落ちただけでは死んでくれなかった場合だ。明らかに意識があるようだったら、そのまま逃げるわけにはいかない。マリアを解放するためには、とどめを刺すしかないのだ。

その最終手段のための道具が、作業服のポケットに入っている。俺はまた、スーさんの部屋の引き出しの奥から拝借した、硬い感触を右手で確かめた。

飛び出しナイフ。——スーさんが駆け出しの空き巣の頃に使っていたが、もう何十年も使っていないと言っていた道具だ。そのため、俺が昨日こっそり盗み出しても、まったく気付かれることはなかった。

ただ、これを使えば当然、死体に刺し傷が残るので、即座に殺人だとばれる。しかも俺は、返り血を浴びた状態で外階段を下り、その先も歩いて逃げなくてはならない。その状況で警察から逃げ切れるか――。考えるまでもない。絶対に無理だ。

ナイフで殺すことになった場合は、すなわち自首とセットだ。むしろ重要なのは自首した後だ。説得力のある殺害動機を供述しなければならない。また、俺が被害者の妻であるマリアと何度も会ったり、電話やメールをしていたことも隠し通せないだろう。変に隠そうとすれば、かえってマリアも怪しまれてしまう。俺の取り調べでの演技が重要になるはずだ。

そこで、マリアに電話で言い含めたシナリオを遂行するのだ。――出所後、懲りもせずまた空き巣を働こうとしていた俺は、下見に訪れた街で偶然、初恋相手のマリアに出くわした。その際に電話番号とメールアドレスを交換し、何度か会ったのだが、マリアの方は単に幼なじみとしての懐かしさから、夫の了解を取った上で俺と会っていたのに対し、俺は一方的に昔の恋心を再燃させてしまった。そして、邪魔者がいなくなればマリアと一緒になれると思い込み、ストーカー的な精神状態に陥って、凶行に及んでしまった。――このシナリオで通すために、俺はマリアと電話で約束したのだ。いざとなったら俺を捨て石にするように、と。

もちろん俺は、殺人を転落事故に偽装することを目標にしている。ただ、成功の可能性は決して高くはない。はっきり言って、失敗の可能性の方が高いだろう。

だが、それでもいいのだ。

また刑務所に行くことになっても、後悔はないのだ――。

どうせこれからの俺は、何のあてもなく、ただ生きるために空き巣を繰り返し、前科を増やしていくだけの人生だったのだ。ちまちました犯罪を重ねて堕落しきった生活を続けるぐらいなら、殺人という大罪を一回犯して、マリアを暴力から解放してやった方がよっぽど実のある人生だ。それなら刑期が何十年になろうと構わない。マリアは被害者の遺族として悲しむふりをしながら、地獄のような生活を逆転させることができるのだ。加害者の俺は刑務所の中で、人知れずそれを祝福することだろう。

今の俺は、かつて俺自身が、ああはなりたくないと思っていた大人になってしまったのだ。空き巣で前科二犯というのは言うまでもないが、楽しげに喋りながら歩く中学生の列に後ろからぶつかって「邪魔だよ！」と怒鳴ったり、大人なのにエロ本をゴミ置き場で拾ったのは、どちらもつい最近の出来事だ。ああ、忘れたわけじゃない。あれこそ少年時代に、「ああなっちゃったら人間終わりだよな」とあざ笑っていた大人の姿そのものだ。俺はもう人として終わっているのだ。人間のクズ、社会のクズだ。野垂れ死にしたって誰も困らない存在なのだ。

ところが神様は、粋な計らいをしてくれた。クズ中のクズの俺に、愛する人を救うチャンスを与えてくれたのだ。俺の失敗した人生と引き替えに、初恋相手を救うことができるのなら、それで万々歳だ。

俺は外階段を上っていく。手すりの陰に身をかがめ、十三段、踊り場でターンしてまた十三段……と歩を進める。曇り空で日差しはないが、高湿度の中かがんで百段以上の階段を上れば、汗が噴き出してくる。処刑台の階段を上り、間もなく処刑されるのは俺自身なのかもしれない。もうすぐこの頂上で、人生をおじゃんにする可能性が高いのだから。

そしていよいよ、灰皿が置かれた最上階に着いた。一応ドアを引いてみるが、やはり外からは開かない。まあ、今日に限って開いてしまっても、こっちは待ち伏せする作戦しか用意していないから、かえって困るのだが。

ドアが開いた時に隠れる位置で、手すりの陰にしゃがむ。そこで携帯電話を取り出し、時刻を確認する。午前十一時二十七分。病院内の食堂のランチタイムの営業は十一時半から二時までだ。あと二時間半ほど待っていれば、どこかのタイミングで必ず、武史が食後の煙草を吸いに出てくるはずだ。

ポケットからビルの図面を出す。マンションや雑居ビルに盗みに入る時のカムフラージュ用だ。スーさんの部屋に十枚以上あったのを一枚もらってきた。もし、無関係の誰かが外階段に出てきた場合、振り向かずにそのまま階段を下りてくれれば問題ないが、俺の存在に気付いてしまう可能性もある。そんな時に備え、この図面を持ってきたのだ。作業服姿でこれを手に「すいません、今、外壁工事の確認をしてまして」なんて言えば、ビルメンテナンス的な業者だと思わせて、やり過ごせるはずだ。

とはいえ、そんな弁解が必要になる可能性は低いだろう。エレベーターもあるのに、わざわざ外階段を使う人間は、そうはいないはずだ。俺は深呼吸をして緊張をほぐしてから、図面をポケットにしまった。

頭の中で入念にシミュレーションする。——まずドアが開く。出てきた人間の姿を確認する。武史だと確認でき次第、体勢を低くしてタックルする。勢い余って俺も一緒に階段から落ちるかもしれない。でも、あの丸々太った肉の塊がクッションになれば、俺はそれほど大きな怪我はしないんじゃないかと思っている。

そして、階段の下で奴が息絶えたようだったら、そのまま逃げる。体勢を低くして手すりの陰に隠れ、足音を忍ばせながらも、なるべく速く階段を下りる。

一方、もし息があるようだったら、ナイフで胸を突き刺す。分厚い脂肪を貫くには、全体重を乗せて刺さなければいけないだろう。でも大丈夫。俺は一度、刺殺の成功例を見学しているのだ。目の前で見たホームレス同士の刺殺事件は、今も脳裏に焼き付いている。あの犯人と同じように、両手でしっかりナイフを持ち、体当たりするように刺せば、きっと成功するはずだ。あとは逃げ隠れする必要はない。駅前の交番にでも堂々と出頭すればいいだけだ。

ふと、頭の中に、歌声が流れた。

マリアが歌う『あなたに会えてよかった』だ——。

「♪サヨナラさえ　上手に言えなかった
　Ah　あなたの愛に答えられず　逃げてごめんね」

　結局、高校時代も今回も、マリアに対して上手にサヨナラは言えなかった。特に今回は、何度かマリアから誘われているような、キスできそうなチャンスもあったのに、逃げてしまった。そして、このまま永遠に、マリアの愛に答えられないかもしれない。

「♪時が過ぎて　今　心から言える
　あなたに会えて　よかったね　きっと私」

　でも俺は今、心から言える。マリアに再会できて本当によかった。マリアを暴力から解放してやれるのなら、俺は殺人犯になることもまったく恐れてはいない。

「♪追いかけてた　夢が叶うようにと
　ねえ　どこかでそっと祈ってる　あなたのために」

　この作戦が成功したとしても、マリアは大変だろう。俺と連絡を取らず、一人で警察を欺かなくてはいけなくなる。もちろんその後、俺も捕まらず、一緒になれることを望んでいる。でもそれが無理なら、マリア一人で幸せになるという夢を叶えてくれ。それを俺は、どこかでそっと、というか、刑務所の中でそっと祈ることになるだろう。

　マリアの歌声を脳内で再生しながら、そんな思いに浸っていた時だった——。

運命の時は、突然訪れた。

カチャン、とドアの鍵が内側から開く音がした。そして、ドアがゆっくりと開く。緊張で息が止まる。俺は開いたドアの陰でしゃがみながら、出てくる人影に目を凝らした。

さあ、出てくるのは武史か、それとも違う人物か。十中八九、武史のはずだ。わざわざ外階段に出てくるのは、この病院で唯一の喫煙者のはずだ――。

ところが、現れたその人物は、武史ではなかった。

ただ、その青い制服の姿には、見覚えがあった。

三日前に偵察に来た時に見た、体格のいい筋肉質のナースの男だ。しかも彼は、出てきてすぐ、こちらを振り向いてしまった。俺の気配に気付いてしまったようだ。

「ああ、すいません。ちょっと、あの、今、外壁工事の……」

俺は慌てて立ち上がり、作業服のポケットから右手で図面を取り出そうとした。だが、慌てていた上に、汗で指先が滑ってしまって、うまく図面を取り出せない。

と、その右手を、彼につかまれてしまった。

「えっ、いや、ちょっと、怪しい者ではないんですけど……」

本当は怪しい者の最たるものなんだけど、俺は必死に弁解する。だが彼は、俺の右手に続いて、左の襟の奥をつかんだ。柔道の組み手の姿勢だ。

「いや、ちょっと、ほんとに違うんです……」

俺の言葉も聞かず、彼はその体勢のまま、俺を建物の中へと押し込んだ。強い圧力に俺はなすすべもなく、後ずさりする格好で病院内に入ってしまう。

「いや、あの、だから……」

くそっ、ここで不審者として捕まっちゃったら台無しだぞ――。俺は慌てる。

一方、外階段から建物の廊下に入ったところに、白い半袖シャツの、おそらく理学療法士的な、長身で肩幅の広い男がいた。男二人はうなずき合うと、「せえの」と声を合わせ、俺の体を持ち上げた。体重が軽い俺は簡単に担ぎ上げられてしまう。二人はそのまま、猛然と廊下を歩き出した。

「ええっ⁉ いやいや、ちょっと……」

おかしい、これはただの不審者の扱いではないぞ――。パニック状態の俺を担いだまま、男たちは廊下の角を曲がり、病室に入った。そこで俺はすとんと床に下ろされた。

応接セットや大型テレビが備え付けられた、広大な病室。ここがVIPルームなのだろう。

と、その奥を見て、俺は目を見張った。

壁際の、医療機器に囲まれたベッドの上に、痩せこけた老人が横たわっている。

だが、それよりも俺が目を奪われたのは、ベッドの手前に立つ人物だった。

そこには、丸々と太った体格の、白衣を着て眼鏡をかけた男の姿があった。

武史だ——。俺が今日、殺意を持って待ち伏せていた男だ。

「なんでだよ……。これは、どういうことだよ」

俺は、目の前に立つ、憎むべき太った男——吉井武史《よしいたけふみ》に向かって言った。

「おい、どういうことだ、ヨッシー」

なぜだろう。憎しみを募らせ、殺意を抱いている相手なのに、いざ本人を目の前にすると、つい昔のあだ名で呼んでしまった。

すると相手も、俺を見つめて、こう言った。

「こうするしかなかったんだ、タケシ」

タケシ——久しぶりに呼ばれたあだ名だった。

北野善人《きたのよしと》というフルネームの俺が、そのあだ名で呼ばれたのは、学業を捨て、牛久北野病院の後継ぎという立場も捨てて、音楽だけで生きていこうと決意し高校を中退して上京した、あの日が最後だっただろう。

さらに、背後から聞き覚えのある声が響いた。

「だって善人君、私のお見舞いにも来てくれなかったでしょ。だから、ここに来てもらうには、こうするしかなかったの」

振り向くと、背後の壁際に立っていたのは、マリアだった。

「マリア……どうして、ヨッシーと……」

俺はすっかり混乱しながらも、この不可解な状況について質問した。

するとマリアは、夫の方へとゆっくり歩きながら、笑顔で言った。

「ヨッシーって呼び方、懐かしいね。ていうか、大野小に転校してきた時を思い出すわ、このややこしさ。——だって、善人君がタケシって呼ばれてて、一見タケシって読める武史《たけふみ》君が、ヨッシーって呼ばれてたんだもん。夏休みに公園で初めて会った時は、二人ともあだ名しか知らなかったけど、学校が始まって最初にクラスの名簿を見た時は混乱したよ。あれ、この二人のあだ名って逆の方がいいんじゃないの、って」

「ああ、前もマリアはそんなこと言ってたね。でも、俺はピンとこないんだよな」

ヨッシーは、歩み寄ってきた妻を微笑んで見つめながら、俺を指し示した。

「だって、こいつは苗字が北野だから、小学校入学以来ずっとタケシって呼ばれてたんだよ。まあ当時から、日本一有名な北野といえば北野武だから、それにちなんであだ名が付いたんだよな。で、俺は三年生の時に転校してきたけど、俺の名前は『武史《たけふみ》』だし、みんながスーパーマリオのゲームで遊んでた時期に、吉井って苗字の奴が転校してきたわけだから、そりゃヨッシーってあだ名がつくよ」

「ああ……それもそっか」

マリアはいったん納得したようにうなずいたが、すぐに言った。

「でも、やっぱり初見だと、だいたいみんな、あなたの名前を『たけし』って読んじゃうでしょ。結婚式のフォトフレームも間違えられちゃったし」

「ああ、まあたしかに、漢字で書いちゃうとややこしいけどね」

二人のやりとりを聞いて、俺は最初にマリアから家に招かれた時のことを思い出した。マリアは「これ、ひどいよね」と、夫の吉井武史《たけふみ》の名が「ＴＡＫＥＳＨＩ」と間違えて刻まれた結婚式のフォトフレームを指して、苦笑したのだった。――というか、二人の様子は、ＤＶが行われていた先週とはまるで違っていた。ただ仲のいい夫婦のようにしか見えなかった。

だが、混乱する俺にはお構いなしに、ヨッシーは懐かしそうに話を続けた。

「まあ、俺が転校してちょっと経った頃にブレイクした、イエモンのボーカルも吉井だったから、転校がもう少し遅かったら、俺はイエモンってあだ名になってたのかもな。そういえば、イエモンファンのタケシは時々、俺をいじってたよな。公園で『お前の大好きなイエモンだぞ』とか言って、イエモンのＣＤをウォークマンと一緒によく持ってきたし、あと中学の修学旅行のバスのカラオケで『ＪＡＭ』を歌った時、イントロで画面に『作詞作曲　吉井和哉』って出たのを見て、『この曲を彼に捧げます』って俺を指差して笑いを取ったよな。で、その次にマリアが『あなたに会えてよかった』を歌った時、イントロで『作曲 小林武史』って出たから、タケシはまた画面と俺を交互に指して、ちょっと笑いが起きたんだよ。吉井和哉の吉井と、小林武史の武史で、二つ合わせて偶然にも俺のフルネームになってたからな」

「そんな細かいこと、よく覚えてるな……。俺は全然覚えてねえよ」

俺は、ヨッシーの異常な記憶力に驚きながらつぶやいた。するとヨッシーは笑顔で応じた。

「ああ、俺は昔のことばっかり覚えてるんだ。ここ最近も、昔の思い出を長々と回想しちゃう機会が何度もあったよ。人間は年を取るにつれ、昔のことの方がよく思い出せる人と、最近のことの方が思い出せる人に分かれるらしいね。タケシは後者なのかな」

たしかにその通りだった。俺は思い出を振り返って感傷に浸ったりはしない。以前マリアにも言ったが、過去は振り返らず、前だけを見て生きていくのを信条としているのだ。だから、学生時代の細かいことなんてろくに覚えていないし、ヨッシーが今言ったような、昔の思い出を長々と回想するなんてことは、俺はまずしないのだ。

ヨッシーは、笑顔で話を続けた。

「でもさ、さっきのマリアの話じゃないけど、もし子供の頃の俺たちがタイムマシンに乗って、ここにやって来たら、俺とタケシが逆だって思うかもな。昔は痩せてた俺が、今じゃこんなに太っちゃってるし、あと眼鏡もかけてるし。逆にタケシは、昔太ってたのに今はすっかり痩せたし、眼鏡もかけてないし。何より、俺が医者になってるわけだしな」

たしかに、目の前のヨッシーの激太り具合はすさまじい。一方で俺も、バンド時代の貧乏生活から刑務所生活を経たせいで、かつて肥満児だったのが嘘のように痩せている。また、俺は視力は〇・五ぐらいあるから日常生活は送れるし、ロックをやる以上はモテたかったので、上京してからはずっと裸眼で生きている――なんて、そんなことは今どうでもいいのだ。

「いやいや……あのさあ、ちょっと待ってくれよ」

俺は声を上げた。さすがに、この謎だらけの状況について尋ねないわけにはいかない。

「そんな話を呑気にされても困るんだよ。いったいどういうことか、説明してくれよ」

「ああごめん、話がそれちゃったね」ヨッシーが頭をかいて謝る。

「わけ分かんねえよ。なんで俺はここに連れてこられたのか。あと、俺を連れてきたこいつらは、なんでそこでずっと俺たちを監視してるのか……」

病室のドアの前に立っている大柄な男二人を、俺は指差した。

「ああ……ごめん、二人とも、どうもありがとう」ヨッシーは彼らに頭を下げた。

「いえいえ」二人が揃って笑顔を見せる。

「特に宮本君、危険な役をさせてしまって申し訳ない」

「本当ですよ。下手したら階段から突き落とされるかもしれないって分かって出て行くのは、さすがに怖かったですよ」

宮本と呼ばれた、青い服の筋肉質の男性ナースが、笑いながら俺をちらっと見た。

「今度絶対おごってくださいよ」

「回らない方の寿司でお願いしま〜す」

二人はヨッシーに向かって言うと、笑顔で一礼して病室を出て行った。

病室に残されたのは、俺とヨッシーとマリアと、ベッドに横たわる痩せこけた老人だけだ。

「……いや、あいつらが出て行ったからって、まだ全然分かんねえよ」

俺はヨッシーに言った。今がどういう状況なのか、疑問は全然解消されていない。

「ていうか、俺たちも出て行かなくていいのかよ。こんな知らないお爺さんの病室で話し込んで。……ん、お爺さんで合ってるよな？　あれ、お婆さんか？」

痩せこけた老人は、ぱっと見ただけでは性別も分からなかった。俺はベッドの上で医療機器につながれて眠る老人の顔を、まじまじと見る。

――そこで、俺は息を呑んだ。

「そんな、嘘だろ……」

なんとか声を絞り出した俺に、ヨッシーが語りかけた。

「ああ、知らないお爺さんって、とぼけて言ってたわけじゃないんだな」

「気付かなかった……こんなに、痩せてたから」

「すべては、このためだったんだ。……間に合ってよかった」

ヨッシーは、昔とは別人のように太った頬を細かく震わせ、涙声になっていた。

*　*　*

タケシはベッドを見て、真相に気付いてくれたようだった。その様子を目の当たりにして、俺は思わず涙声になってしまった。

「タケシ……だまして連れてきて、すまなかった。でも俺には、このままで終わらせるなんて、どうしてもできなかったんだ」

俺は涙をこらえながら、昔と比べてすっかり痩せたタケシを見つめて語った。

「あの日、俺たちの運命は、何もかも変わった。まさに入れ替わったみたいに、逆転しちゃったんだよな。今でも高三の夏休みの、あの日のことは忘れないよ……」

俺はそう言いながら、過去を回想する。この作戦を進める中で、梅酒を飲みながら、あるいはマリアとタケシの会話をイヤホンで聞きながら、何度もしてきたように――。

回想・2003年7月〜2019年6月

高校三年の夏休みのあの日。母と川崎に、夜逃げをすることと、大学進学を断念せざるをえないことを告げられた俺は、二人を殴って家を飛び出した。その後、団地の公園でマリアに一方的に別れを告げ、さらに自転車で牛久駅前まで行ってタケシとも殴り合いの末に喧嘩別れして、衝動的に東京に出ようと決心した——。

ところが、駅の切符売り場の前まで来たところで気付いた。俺は財布を持っていなかった。気まずいけど、いったん家に財布を取りに戻らなければいけない。

その時、携帯電話が振動した。母からの着信だった。話す気にはならなかったから無視したけど、着信の後で留守番電話が録音されたのが分かった。母からの不在着信はすでに三件もあった。留守電なら聞いてもいいかと思って、俺は録音を再生してみた。

「もしもし武史《たけふみ》、お願いだから聞いて。すぐ戻ってきてください。……ああ、うちじゃなくて、北野さんの家にね。ついさっき、北野さんから電話があって、あんたを助けてくれるって。ただ、その、善人君が……まあ、とにかく、すぐ北野さんの家に行って。そうすれば、あなたは大学に行けるの」

母は動揺しているようで、何を言っているのかよく分からなかったが、タケシの家に行くように言っているのは分かった。そして何より「大学に行ける」という内容は聞き捨てならなかった。俺は留守電の続きを集中して聞いた。

「私は親失格です。ごめんなさい。自力では何もしてあげられなかった。……でも、こんなチャンス絶対にもうないから。お願いだから、この留守電聞いたら、北野さんちに行って。北野さんにお世話になれば、大学に行けるから。善人君のことは、その、申し訳ないけど……でも、それよりも、あなたには自分のことを考えてほしい。とにかく、こんな母親でごめんね」

やっぱり内容はよく分からなかったが、行くことにした。

もしかすると、タケシの家が借金を肩代わりしてくれるのかもしれない。うちの借金額がいくらなのか具体的には知らなかったけど、大金持ちならありえるかもしれないと思った。ただ、母が「善人君のことは、その、申し訳ないけど……」などと、タケシの名前を出した後で言葉を濁していたのが気になった。

急いで自転車を漕ぐこと約二十分。牛久駅から大野団地に戻り、北野家に着いた。さっき殴り合いをしたタケシは、スタジオにギターを弾きに行くようなことを言って駅に向かったから、家にはいないはずだ。俺は北野家の玄関のドアチャイムを押す。

ドアが開き、タケシの父親が顔を出した。「上がりなさい」とだけ言って、中に引っ込んだ。

「お邪魔します」

俺は家に上がった。そこで、タケシの父親の鼻と頬に痣があるのに気付いた。そういえば、タケシが昨日親父と殴り合いをしたと言っていたことを思い出した。

通されたのは応接間だった。タケシの家に上がったことは何度もあったけど、一度も入ったことがない部屋だ。「かけなさい」と言われ、高そうな革張りのソファに座る。

するると、タケシの父が切り出した。

「善人が家出をした。そして、高校に退学届を出した」

「ええっ⁉」俺は思わず声を裏返した。

「東京で音楽で食っていくんだそうだ。もう止めるのも馬鹿馬鹿しくなった」

それを聞いて、俺はもちろん驚いたけど、同時に数十分前のタケシの言葉を思い出していた。拳の傷について「ギターは弾けるから大丈夫だ」などと言っていたこと。また、柏のスタジオにギターを弾きに行くのかと俺が聞いたら、「今日はもうちょっと遠いんだけど、まあそんな感じだ」とか「しかも今回は、うんと長い時間取ってあるからな。ずっとギターに没頭できるよ」と言っていたこと。——あれは、家出して東京に出て、これから音楽だけで生きていくことを意味していたのだ。

まだ俺が衝撃を受け止めきれない中、タケシの父は語り出した。

「一方で、君は知っているかどうか分からないが、先週から何度か、君のお母さんから電話があった。内容は借金の申し込みだった。悪いが断らせてもらった。近所に住んでいて息子が友人同士だからって、金を貸す義理などないからな。――君のお母さんは『このままじゃ息子が大学をあきらめて、高校も辞めなきゃいけないんです』なんて泣きついてきたが、私の知ったことではない。それどころか、君は善人と同じ筑波大の医専を目指していると聞いていたから、理論上は善人のライバルが減ることになる。むしろ好都合だとすら思っていたよ」

タケシの父は薄情なことを淡々と言った後、ふうっとため息をついた。

「だが、この通り事情が変わった。もっとも、前から悩んではいたんだ。善人に病院を継ぐ意志が感じられないこと。いっこうに勉強を頑張らないこと。筑波の医専を目標にさせていたが、E判定以外取ったことがなかったこと」

「えっ……」

B判定じゃないの、と思ったけど、そこではっと思い出した。そういえば、タケシの模試の結果を覗き見た時、判定欄のアルファベットの右側が隠されて、左半分が見えただけだった。タケシは俺より成績がいいんだろうと思い込んでいたけど、あれはBではなくEだったのだ。

「そして挙げ句の果てに、あいつは音楽で食っていくと言い出した。学歴なんていらない、高校も辞めてやると啖呵《たんか》を切って、私を殴って家を飛び出した。ハッタリかと思ったら、今日になって担任教師から電話がかかってきた。本当に退学届を出したということだった。もう私にはお手上げだ」タケシの父は、言葉通り両手を上げるポーズをした。「善人を医者にさせようなんて考えは完全に消えた。好きにさせることにした。というより、息子ではないと思うことにした。まあ、いわゆる勘当というやつだな」

そしてタケシの父は、俺をまっすぐ見つめて言った。

「さて、そこで君だ。単刀直入に言おう。私の後継ぎになるなら進学費用を出す。要は、君の人生を買うということだ」

人生を買う——他人の人生を何だと思っているのかと、俺は唖然とした。だが彼は平然と話を続けた。

「善人を捨てることにした以上、金が余った。それに、息子を医者として育てるつもりだったのに、それが叶わないことになって、心に隙間が空いてしまった。まあ一言で言えば、金持ちの気まぐれだ。どうだ、善人の代わりにならないか?」

気まぐれどころの話じゃないだろう——。言葉を失う俺の前で、彼はさらに語った。

「今私の下で働いている者に、後を継がせる器は見当たらなくてね。そもそも、うちの病院はベテランが多くて、後継ぎにできる若さの人間は多くない。優秀な若手もいるにはいるんだが、そういう者に限って、生涯をうちの病院に捧げる気はないようだ。それに私も、後を継がせるとなったら、生育歴や人となりを把握できている人間がいい。もちろん善人が最適だったが、その可能性が閉ざされた以上、他を探すしかない。その点、君は適任だ。貧乏でガッツがあることは善人からも聞いていたし、医は仁術という言葉もある通り、医者たるもの貧しい患者の気持ちも分からなくてはいけない。私には少々不足している点だけどね」

タケシの父は少しだけ笑ってみせた。

「善人を想定していた以上、やはり年齢の近い人間がいい。また、病院経営は、普通の医者とは違う能力も求められる。そういったスキルも、若いうちから伝えておきたい。そんな状況で、進学したくてもできないと母親が泣きついてきた君の存在は、まさに渡りに船だった。だから君の家に電話して、君を呼び出してもらったんだよ」

母が留守電で動揺していた理由が分かった。まさかこんなことを言い出す人間がいるとは思わなかった。ただ借金を肩代わりしてくれる優しいお金持ちの方が、まだ現実感がある。でも目の前の男は、十七年間育てた息子を捨てると決めた直後、その幼なじみである俺の人生を買いたいと、顔色一つ変えずに言っているのだ。タケシが父親を悪く言うのを聞いてはいたけど、その気持ちがよく分かった。こいつは人として、親として、最低限備わっているべき愛情が欠如している。――俺は強く実感した。

ただ、そうだとしても、この提案にすがるしかなかった。俺にとってもこの提案は、渡りに船以外の何物でもなかった。

とはいえ、一つだけ心配があった。俺は質問した。

「もし僕がこの提案を受け入れたら、タ……善人君は、どうなるんですか」

タケシ、と呼び慣れたあだ名で言いかけて、すぐに言い直した。すると彼は無表情で答えた。

「言ったろ。あいつのことはもう捨てたんだ」

「捨てたって言っても、大事な息子さんですよね」

「私にとっては、善人も君も、血のつながりはない。その点では条件は同じだ。……あ、聞いてなかったか？」

「いや……聞いてます。善人君から」

俺が継父である川崎と初めて殴り合いをした翌朝、タケシにその話をした時に、逆にタケシから「俺、親父とは血がつながってないんだよ」と告白されたのだった。

「まあ、そういうことだ。私の遺伝子は入っていないのだから、大事な息子というほどの思い入れはない。むしろ、長年金と手間をかけて育てたのに、この期《ご》に及んで音楽で生きていくなんて戯言《たわごと》をぬかし、私を殴って出て行った善人に対しては、今は憎しみの方が強いぐらいだ」

タケシの父は、少しだけ眉間に皺を寄せたが、すぐにまた淡々と語った。

「君がこの提案を呑もうが呑むまいが、善人の今後は何一つ変わらない。私はあいつに、これから何一つしてやるつもりはない。君がこの提案を呑んであいつが損することも、君が提案を断ってあいつが得することもない。だから君自身の気持ちだけを考えて決めなさい――。心配することはない。あいつは自分の通帳を持って出て行った。千万単位の預金が入ってるはずだ。あれだけの金があれば、着の身着のまま出て行っても当分は暮らせるだろう。逆に、あの金を使い果たしても夢が叶えられないようなぼんくらなど、もう顔も見たくない」

そしてタケシの父は、まっすぐ俺を見つめて言った。

「さあ、どうする？　君にとって悪い話ではないはずだ」

俺は、返事をしようとして、すっと息を吸った。だが、俺が言葉を発する直前に、彼は思い出したように付け加えた。

「ああ、ただし条件がある。現役合格することだ。筑波大で浪人するレベルの後継ぎなど願い下げだ」

最後の最後に、ものすごく厳しい条件を付けられてしまった。

でも、やっぱり、他に選択肢はなかった。

「……よろしくお願いします」俺は頭を下げていた。

こうして俺は、タケシの父――北野吾郎の援助を受けることになった。

まず、家の借金を肩代わりしてもらった。もっともそれは、利息なしでちゃんと返済することが条件だったけど、俺が筑波大の医学専門学群医学類に現役合格すれば、受験費用や学費は本当に全部出してもらえることになった。

夜逃げの必要はなくなったものの、母はほどなく川崎と別れ、我が家はまた母一人子一人になった。一度殴ってしまった手前、母との間にわだかまりはあったけど、親子関係のことを考える余裕もないほど、俺は受験勉強に集中せざるをえなかった。

一方、マリアにはすぐに全てを打ち明けた。夜逃げすることになって、別れるためにひどい言葉を吐いたことを涙ながらに詫びた。マリアは「やっぱりそんなことだろうと思った」と、泣きながら笑って許してくれた。

しかし、タケシとの連絡はつかなかった。タケシは電話番号もメールアドレスも変えてしまったようだった。夏休みが明けて、タケシが中退したことが学年中に伝わると、みんなざわついていた。あいつのことだから、いつもの笑顔でひょっこり戻ってくるんじゃないかとも思っていたけど、とうとう戻ってくることはなかった。

二学期以降の俺は、ひたすら勉強の日々だった。ただ、それまでとは集中力が違っていたのだろう。模試の成績もC判定、B判定と上がっていき、本番で無事、筑波大の医学類に現役合格することができた。マリアも看護・医療科学類に合格した。

俺とマリアは、大学時代も引き続き交際を続けた。お互いに実習などで忙しく、なかなか会えない時期もあったけど、それぞれ看護師と医師の国家試験に合格し、仕事にも慣れた二十八歳で結婚した。俺たちの愛情は、高校時代から何も変わらなかった。大きく変わったのは、俺の視力と体型だ。もっとも、猛勉強で落ちた視力は眼鏡をかければ矯正できたけど、体型はそうもいかず、多忙な研修医時代からの不規則な食生活と、長かった貧乏時代の反動で食い道楽になってしまったせいで、かつて痩せ型だったのが嘘のように加速度的に太ってしまった。マリアには「いい加減痩せなきゃダメ!」なんてしょっちゅう怒られて今に至るけど、それでも結婚生活は幸せだ。

一方で俺は、後期研修先に選んだ綾瀬北野病院で、消化器外科医としてのキャリアをスタートさせていた。綾瀬北野病院は、元々あった病院を北野吾郎が買い取り、長年院長を務めた牛久北野病院の分院として立ち上げた病院だった。牛久北野病院の運営は部下に任せ、北野院長は綾瀬の方を中心に携わるようになっていた。

欠落した人間だと思っていたが、北野院長は医師としては間違いなく一流だった。手術のスピードや正確性のみならず、患者への治療方針の説明の分かりやすさと的確さ、それに術後の患者の心身両面のケアまで行き届いていた。こんなに素晴らしい医師が、家庭では妻や息子に対して暴力を振るっていたなんて想像もつかないほどだった。

普段はプライベートな話をすることはなかったが、俺がマリアと正式に結婚することになった頃、院長室で一度だけ打ち明けられたことがあった。

「私は結婚に失敗した」

院長はそう前置きした後で、病院のスタッフや患者にはまず聞かせることのない、辛辣な言葉を交えて語った。

「仕事一辺倒で、気付けば四十を過ぎても独身で、さすがにそろそろ結婚しなければと焦って相談所で捕まえた女が、子持ちで玉の輿狙いで家事もろくにやらない女だった。しかも、善人が小さい頃は、私は忙しくてほとんど家に帰れなかった。そのせいで、善人が小学校に入る頃になって、甘やかされて育っていたことに遅まきながら気付いた。連れ子とはいえ後継ぎにするつもりだったから、今からでも厳しく育てなければと思って、父親として努力したつもりだったんだが、それが裏目に出たんだろうな」

父親として努力したつもりだった——それが息子の側から見れば、暴力に他ならなかったのだろう。もちろん俺の立場で、それを率直に指摘することはできなかったが。

ただ院長は、「私が間違っていたのかな」とつぶやいた後、俺に言った。

「とにかく、私のような失敗はしないことだ。まあ、君は彼女と長く付き合ってるんだから、私のようなことにはならないだろうが」

その時が、現役だった頃の院長と私生活について話した、数少ない機会だった。やはり院長は、職場と家庭では見せる顔が違ったのだと分かった。そして残念ながら、父親としては間違いなく三流以下だったと言わざるをえなかった。

とはいえ、院長が医師としては一流であることに違いはなかった。それからも俺は、院長の医師としてのレベルに少しでも近付けるよう、研鑽《けんさん》を積んでいった。また院長も、俺を後継者として考えていたため、徐々に病院経営のノウハウも伝えようとしていた。

しかし、そんな中、予想外の悲劇が二つ起こった。

まず、おととし、マリアの子宮体癌が発覚した。残念ながら子宮と卵巣、卵管を全摘出せざるをえず、治療のために看護師の仕事も退職することになってしまった。

マリアは落ち込んでいた。特に摘出手術の前後は、一生分の涙を流したのではないかと思えるほどだった。もちろん俺も、子供を授かる可能性がなくなったのだから、悲しい思いはあった。でもそれ以上に、俺にとっては、マリア自身の命が無事であることの方がよっぽど大事だった。俺はそのことを、何度も繰り返しマリアに伝えた。

不幸中の幸い、転移はみられず、マリアは時間をかけて肉体的にも精神的にも回復してくれた。将来は特別養子縁組で子供を育てようかとも、夫婦で話すようになった。

そんな矢先だった。もう一つの悲劇が起こった。

突然、院長が倒れたのだ。

そして、その診断結果に、俺だけでなく病院のスタッフ全員がショックを受けた。

院長は膵臓《すいぞう》癌だった。それも、すでにステージ4の末期だった。

膵臓癌は、最も発見が難しい癌の一つだ。見つかった時点で転移が進み、末期ということも多い。院長もまさにその状況だった。

院長の将来設計は大きく崩れた。俺はまだ三十代前半の、医師としてはひよっ子にすぎない。病院経営に関しても、まだほとんど何も教わっていないのと同じような状況だった。さすがに院長の座を継ぐには無理があった。

でも、結果的にはそれでよかった。元々出世欲は薄かったものの、人格者ゆえにそのポストを任されていた副院長が、覚悟を決めて院長職を引き継ぐことが決まったのだ。彼の下でなら、きっとスタッフはこれからもまとまっていけるだろう。院長もその人事には納得している。

院長は、積極的な延命治療は拒み、特別個室のベッドの上で、まさに枯れていくように終末期を過ごしていった。俺は院長の担当医として直々に指名されていたが、もはや医学的にできることはほとんど何もなかった。

そんな中、院長が俺に、驚くべきことを言ったのだ。

「善人に会いたい……会って、謝りたい」

2019年7月22日

ヨッシーは、俺が家を飛び出して上京した高三の夏以降のことを、ひと通り語った。

そして、涙目で俺を見つめ、昔はかけていなかった眼鏡を曇らせ、昔は存在しなかった二重顎をぷるぷる震わせながら言った。

「タケシの立場を奪って、俺は医者になることができたんだ。もちろん院長が第一の恩人だけど、言ってみればタケシも恩人だよ」

それに対して俺は、ぶっきらぼうに返した。

「別に俺は、ヨッシーのために勘当されたわけじゃねえよ。好きに生きただけだ」

「でも、恩人の親子が、最後まで離ればなれのままなんて、耐えられなかったんだよ」

ヨッシーはそう言って、肥えた手で傍らのベッドを指し示した。

「院長は、日に日に衰弱していく中、何度も言ったんだよ。善人に会いたい、会って謝りたいって……」

「嘘つけ」俺は思わず吹き出した。「おいおいヨッシー、嘘が下手すぎるぞ。こいつがそんなこと言うわけないだろ」

俺はベッドの上で眠る、痩せこけた老人を見下ろした。俺以上に、昔と比べものにならないぐらい痩せているが、よく見ると面影はある。顔のパーツ一つ一つは、たしかにあの憎き親父だ。ずっと家の中で偉ぶって、威圧的な言動と、時に直接的な暴力を用いて俺や母を支配したこいつが、俺に謝りたいなんて言うはずがないのだ。

でもヨッシーは、困ったような笑みを浮かべて返した。

「たしかに、タケシはそう思うだろう。俺も驚いたからね。ただ、医者の立場から言わせてもらうと、それまで家族に対して厳しかった人が、死の床で人が変わったように優しくなるっていうのは、決して珍しいことじゃないんだよ」

「本当かよ……」

俺にはとても信じられなかった。しかしヨッシーは続けた。

「とにかく俺は、院長の要望を聞いて、タケシを捜すことにしたんだ。音楽で有名になれてないことは知ってたけど、有名じゃなくても、たとえばスタジオミュージシャンとかで生活できてるのかもしれない。そう思って、探偵に依頼したんだけど……」

「悪かったな、ご期待に添えなくて」俺は自虐的に笑った。「探偵を雇ったってことは、全部知ってるのか。俺が、その……つい最近まで勤めてたところも」

もしばれていなかった時のために、一応保険をかけてぼかして言ってみたけど、ヨッシーはあっさり返した。

「ああ、塀の中で二年お勤めしてたんだよな。それも今回が二回目」

隣でマリアも目を伏せた。やはり知っているようだった。だったら格好つけても仕方ない。俺は自虐的に笑った。

「北野善人。善人《ぜんにん》って書いてヨシトなのに前科二犯。最高だろ？」

「ああ、知った時はショックだったよ」ヨッシーはうなずいた。「まあ厳密には、刑務所に入ってることが最初に分かったわけじゃなくて、まず探偵さんがタケシの知人を見つけて、その人に刑務所に入ってることを知らされたんだ。ただ、どの刑務所に入ってるのかは、刑務所に聞いても教えてもらえないらしいんだよな。それで、そのタケシの知人の須藤さんに聞いてみたら、もう出所が近いって教えてくれて……」

「えっ、須藤さん⁉」俺は思わず声を裏返した。「ちょっと待って。じゃあスーさんは、最初から……」

「ああ、こっちの事情は全部知った上で、色々と協力してもらったよ」

「マジか……」

さすがに驚いてしまった。まさかスーさんもグルだったなんて。

「俺とマリアは、探偵さんと一緒に、須藤さんに直接会って、こっちの事情を聞いてもらったんだ。須藤さんは、タケシの刑期満了が近いことと、タケシは出所したらたぶん自分の家に来るだろうということを教えてくれた。前回の出所の時もそうだったし、あいつは他に行くあてはないだろうって言ってた」

「ああ……」

まさにその通りだった。俺は出所後、迷わずスーさんを頼った。

「ただ須藤さんは、タケシが父親に会うことはないだろうとも言った。酒の席で何度も父親を悪く言ってたし、一生会いたくないとか葬式にも行かないとか言ってたから、正面から頼みに行っても無理だろう。――そう言われて、俺はどうしようか悩んだ」

たしかに、親父が危篤だと普通に知らされたところで、俺は絶対この病室に来ることはなかっただろう。それにしてもスーさんは、俺の私情をずいぶんぺらぺらと喋ってくれたものだ。

「一方で、須藤さんはこうも言った。あいつが過去のことを話す時に、唯一明るい顔になったのは、初恋相手のマリアっていう女について話す時だった、って」

「………」

なんて恥ずかしい状況だ。本人の前でこんなことを言われるなんて。マリアは照れたように笑いながらちらっと俺を見た。俺は顔の温度を急上昇させてうつむくしかなかった。――中学一年生の、まだヨッシーが軟式テニス部に入っていた頃、俺とマリアは帰宅部同士で一緒に帰るようになって、俺が「付き合おうぜ」と冗談交じりに言ってみたら、マリアも「いいよ」と応じて、ほんの一時期だけ付き合っていたのだ。だから一応、俺の初恋相手はマリアなんだけど、いくじなしの俺は手をつなぐことすらできず、ほどなくマリアは別の女友達と一緒に帰るようになってしまって、俺たちの関係はあっさり自然消滅したのだった。

逃げ出したい気分だけど、たぶん逃げたところで、病院のスタッフにでも捕まるのがオチだろうな……なんて思っている中、ヨッシーは話を続けた。

「そのマリアがこの女性で、今僕と夫婦なんです、と明かしたら、須藤さんは言ったんだ。『あいつはそんなことは知らないはずだ。マリアは今も独身かな、なんて言ってたぐらいだ。だから、それを聞いたら落ち込んで、ますますお前らから遠ざかろうとするはずだ』って。でも、そこで須藤さんが、ぱっと思い付いて提案したんだ。『待てよ、そのマリアを利用すればいいんじゃないか』って。——そこから俺たちみんなで、作戦を立てたんだ」

「作戦……」

どうやら壮大な罠にかけられていたようだということは、すでに俺も察していた。

ヨッシーは、その作戦について説明を始めた。

「須藤さんは、本当は空き巣を辞めてたんだ。でも、まだ続けてることにしてもらって、タケシが出所後に須藤さんの部屋に来たところで、入りやすそうな家があるってことで我が家を紹介してもらって、タケシに忍び込ませることにしたんだ。あと、須藤さんが自分では泥棒に入れない理由を作らなきゃいけなかったから、実際はしばらくホテル住まいをしてもらったんだけど、タケシに対しては、旅行に行ったことにしてもらった。須藤さんは前から宝くじを買ってたから、それが当たったことにしようって、探偵事務所で本物そっくりの宝くじを作ってもらったんだ」

スーさんがもう空き巣を辞めていたなんて知らなかった。あと、地中海クルーズのお土産に日清スパ王を買ってきたのは、実際は地中海なんて行っていなかったからだと悟った。しかし、旅行中にホステスを抱けなかったとかいう話も嘘だったのか。まったくあのジジイ、手の込んだ芝居までしやがって。――俺が思い返して悔しがる中、ヨッシーの説明は続いた。

「それで、タケシが我が家に侵入して、出てきたところでマリアが帰ってきて、家の前で偶然を装って再会する。空き巣がばれたんじゃないかってタケシが動揺してるうちに、マリアに『あれ、久しぶり~』とか話しかけてもらって、『そうだ、ちょっと来てもらいたい所があるんだ』なんて言って、タクシーにでも乗って、勢いでこの病室に連れてきちゃう。――最初はそんな作戦だったんだ。今思えばだいぶ粗かったけど、タケシがもうすぐ出所するっていう段階で、そんな案しか思い付かなくてね。で、院長の状態を考えると、一日も早く来てほしかったから、須藤さんの提案で、隣の塗装工事の足場が組んである間だけうちに忍び込めるっていう状況を作って、タケシに出所翌日から空き巣に入ってもらうことにしたんだ。ちょうどタケシの刑期満了の日の翌日は、実際に塗装工事が中止になる雨の予報が出てたし、うちの隣のビルもここの医療法人の所有だから、すぐに業者に頼んで足場を組んでもらったんだよ」

「本当はうちに足場を組んじゃうのが手っ取り早かったんだけど、見るからに新築なのに塗装工事をするのは不自然だって須藤さんに言われて、隣にしたんだよね。あと、須藤さんの知り合いの業者にお願いしたんだけど、実際に塗装はしないで足場だけ組むっていう注文に戸惑ってたよね」マリアが付け足した。

「そこまで仕組まれてたのか……」

俺は唸った。でも、今になって考えれば、隣の塗装用の足場がベランダに跳び移るのにちょうどいい位置に組んであって、メッシュシートがベランダ側だけ外れているなんて、あまりに好都合な状況だった。スーさんにもっともらしい理由を説明されたからすんなり納得したけど、あんな好条件だった時点で気付くべきだったのだ。俺はもう今後、ドッキリにかかっている芸人を見て笑う資格もないと思った。

そこで再び、マリアが説明した。

「とりあえず、善人君に当面の生活費を手に入れてもらうために、ベランダに面した私の部屋に、現金がたくさん入った財布を置いて、隣の夫の部屋にも腕時計を置いといたの。腕時計は夫の同僚からの借り物だったから、後で買い戻したんだけどね。――で、私はいったん買い物に行ったように見せかけて、近くの曲がり角からじっと見てたんだけど、須藤さんに聞いてた、空き巣の仕事に必要な七、八分っていう時間を過ぎても善人君が出てこないから、もしかして裏から出ちゃったのかと思って、家に入ったんだ。でも、近くで待機してた探偵さんに後で聞いたら、善人君はあの時まだ家にいたんだよね。もう少しで私と鉢合わせするところだったんだよね」

「ああ……」

恥ずかしい限りだ。それはつまり、俺の仕事が、空き巣の平均的な滞在時間よりずっと長くかかってしまったということだ。

「それで、善人君を逃がしちゃったから、いきなり作戦失敗ってことで、これからどうしようかって思ってたんだけど……次の日、善人君の方から会いに来たから驚いちゃった。一応、善人君とばったり会った時のリアクションは、前から練習してたんだけど、練習の必要もなかったぐらい本気で驚いたよ」

商店街で再会した時、マリアは涙さえ浮かべて驚いていた。俺の方も、本当は偶然ではないことがばれないように心がけていたが、マリアの方が一段上のレベルで演技していたのだ。しかもマリアは「善人君、痩せたね」と言ってきた後、「元々痩せてただろ、俺」と冗談を飛ばした元肥満児の俺に、「ふふ、そうだったね」と笑って返す余裕さえ見せていた。

「で、そのあとうちに上がってもらった時、防犯診断士をやってるって善人君が言った時は、思わず笑いそうになっちゃったよ」

「ああ……そうだよな。俺が空き巣だって知ってたんだもんな」

またまた恥ずかしい限りだ。俺は苦笑した。

「ただ、私もあの日は心の準備ができてなかったから、まず家に上げて、それからどうやって話を持っていこうか考えてるうちに、つい結婚してることを言っちゃって、そうなるとさすがに隠してるのも無理だと思って、夫が誰なのかまで言っちゃって……最初の作戦とだいぶ違うことをしちゃったんだ。あとで反省したよ」

そこでまた、ヨッシーが語った。

「そのあと、まずはマリアが入院したことにして、この病室の部屋番号を伝えて、お見舞いに来てもらう作戦を立てたんだ。直接ここに来てもらえば、確実に親父さんに会ってもらえるからさ。――でもタケシは来なかった。まあ、綾瀬北野病院って名前から、牛久北野病院の分院だって気付かれたんだよな。となると、俺や親父さんにも会うかもしれないって警戒されたんだよな」

俺はうなずいた。まさにその通りだった。マリアからの「お見舞いに来て！」というメールで、さすがに病院名を書かざるをえなかったのだろうが、北野という我が苗字が冠された病院名を見た時点で、俺は行かないことを決意したのだ。――ちなみに、この綾瀬北野病院の近くには、偶然にも綾瀬北野神社という神社があるらしい。まあ、北野神社とか氷川神社という名の神社は、都内だけでもそこらじゅうにあるが。

「結局、お見舞いに来てもらう作戦は失敗だったから、今度は夫の上司の親の葬儀が近くであるっていう理由で、高円寺のイタリアンに誘ったんだ。でも、私が善人君に、お父さんの話を慎重に振ってみようとしたら、『俺は親と絶縁状態だ。もう絶対に会うことはない。もし会うとすれば親を殺しに行く時だ』とまで言われちゃって……」

マリアがそう言って、悲しげに俺を見た。ヨッシーが引き続き語る。

「そんな話をマリアから聞いて、やっぱり強引な形じゃないと、タケシをここに連れてくるのは無理だと思った。この病室から物理的に少しでも近い場所まで、タケシに自分の意思で来てもらって、そこからは担いででも連れてくるしかないと思ったんだ。そのためにはどうすればいいか——。考えてるうちに、突拍子もない作戦を思い付いた。俺とマリアが夫婦であること。そして俺とタケシは、愛する女に暴力を振るう男に成り下がったらお互いを殺しに行くという『男同士のお約束』を交わしていたこと。この二つの条件を利用して、タケシに俺への殺意を抱かせれば、この病室のすぐ近くまでおびき寄せることができるんじゃないか、ってね」

「ていうか、正確にはイタリアンの段階で、この作戦と、なんとか説得して病院に来てもらう方の二パターンを準備してたんだよね。イタリアンの時は、善人君と夫を引き合わせる最後のチャンスにしようって決めてたの。で、急に夫の帰りが早くなったことにして、会わせようとしたんだけど、善人君に断られたし、お父さんのことも許してないみたいだったから、こっちの作戦に切り替えたんだ。まあ、作戦変更をスムーズにできるように、その前から夫とうまくいってない芝居はしてたんだけどね——。お芝居なんて全然経験がなかったから、うまくできるか自信なかったけど、ぐっと集中したら涙まで出せた時は自分でも驚いたよ」

たしかに、あの後のカラオケで、マリアが見せた涙まで演技だったとは驚きだ。ただ一方で、マリアが情緒不安定に見えたのは、演技経験もなく人物設定も定まらないまま芝居をしていたのが原因だったのかもしれないと、今になって気付いた。

「で、私が、病院の奥様会でカラオケを歌うことになったっていう理由で、善人君を呼び出して、そこで夫とうまくいってないことを確実に伝えた上で、今度は家に呼んで、目の前でDVの場面を見せたの。もちろん、あれも二人で何度も練習したお芝居だし、実際は一発も殴られてないからね」

「クローゼットの中のタケシから見える位置では、本当に殴ったように見せかけたけど、タケシから見えないところでは、俺が自分の体を叩いて音を出してたんだ」

ヨッシーがそう言って、自らの肥えた腕をバチンと叩いた。あの時はマリアが殴られる音だと思い込んでいたが、改めて聞くと、相撲取りが取組前に自分の体を叩くような音だった。

「あと、あの時の鼻血はね、夫が直前に自分で採った血を、キッチンの陰でDVしてるように見せかけてる間に、私が手鏡を見ながら鼻の下に塗ってたの。あのDVシーンのメイキング映像、撮影しとけばよかったね。後で見たら笑えたと思うよ~。二人でしゃがんで、夫が自分の腕をパンパン叩いて音を出して、私が『ごめんなさい、ごめんなさい』とか言いながら、鏡を見て鼻の下に血を塗って、二人で『よし、オッケーだね』って目配せした後で、こうやって包丁突きつける体勢で立ち上がったんだよね」

マリアがジェスチャー付きで説明する。なんだかずいぶん楽しそうだ。すっかり騙されていた俺は「くそお……」と苦笑するしかなかった。

さらにヨッシーが、微笑みながら語る。

「あの『男同士のお約束』を、きっとタケシは覚えてるだろうと思った。それに、タケシならマリアの手を汚さない手口を選んでくれるとも思った。そこからは、タケシが外階段でこの七階まで来て、煙草を吸いに出てきた俺を殺すっていう手口をとるように、もろもろのヒントを与えて誘導していったんだ。まあ、もしタケシが思い付かないようだったら、マリアから提案してもらう予定だったんだけどね。――すべては、この病室にできるだけ近い場所まで、タケシに自ら来てもらうための作戦だったんだ。ちなみに、本当はうちの院内は全面禁煙だし、俺も煙草は吸わないし、特別個室の専属医師なんてものは存在しない。俺はただのひよっ子の消化器外科医だよ」

「二人して、俺をこけにしやがって……」

俺は腹立たしさと恥ずかしさで、顔が熱くなっていた。結局、刑務所を出てからずっと、俺はこいつらの手のひらで転がされていたのだ。

もうこれ以上恥ずかしいことなんて無いので、俺は思い切って尋ねてみた。

「もし、俺がマリアと二人きりの時に、マリアを襲っちまったらどうするつもりだったんだ？　そんな危険性だって十分あったろ？」

「いや、タケシはそんな卑劣なことはしないと信じてた」

ヨッシーは即答した。だが、マリアが隣で付け足した。

「なんて、この人は言ってるけど、私はちょっとだけ怖かったから、ちゃんと近くにいてもらったの」

「ああ……たしかにカラオケボックスでは、二人をあの部屋に案内するように、店員さんに事前にお願いしといたんだ。で、マリアには隠しマイクを持ってもらって、俺は隣の部屋で、イヤホンで二人の会話を聞いてたんだよ」

ヨッシーがそう言って、自分の右耳を指差した。

「あっ……そういえば、カラオケの隣の部屋に、太ったネルシャツの男がいた！」

俺は思わず頭を抱えた。あの時は、一人カラオケに来たオタクだろうと思っていたが、あれがヨッシーだったのか。

「あと、タケシがうちに来て、マリアの手料理を食べた時も、俺は家の裏に隠れて盗聴させてもらってたんだ。突然帰宅してから、タケシにDVシーンを見せなきゃいけなかったからね。食事が終わって、マリアが『ごちそうさまでした』って言ったら、俺は近所の駐車場までダッシュして、停めておいた車で帰るって打ち合わせてあったんだ――。

で、カラオケの時も、家の時も、俺はイヤホンで二人の会話を聞きながら、昔のことをじっくり回想してたんだよ」

「盗聴までしやがって、一歩間違えれば犯罪だぞ。……まあ、本物の犯罪者の俺が言えたことじゃないけど」

と、そこで俺はふと気付いた。

「でもあの時、ヨッシーの暴力を止めるために、俺がクローゼットから出てきちゃう可能性もあっただろ。そしたらどうするつもりだったんだ？　実際、俺は出ようとしたんだよ。まあ、扉がうまく開かなかったんだけど……」

と言いかけて、俺ははっとした。

「えっ、もしかして、あれも何かの方法で……」

するとマリアが、にやりと笑って言った。

「あれはね、私がクローゼットを閉めるのと同時に、扉の前にダンベルを置いたの」

「だから開かなかったのか！」

俺はまた頭を抱えながら、あの日家に上がってすぐ、クローゼットの脇に置かれたダンベルを見ていたことを思い出した。

「そのあと扉を開ける時は、わざとふらついて扉に倒れ込んで、隙間を体でふさいでから、ばれないように足下のダンベルをどかしたの。そういう動きも、ＤＶのお芝居も、私たち何日も練習したんだよ。クローゼットの中からどれぐらいの範囲が見えるか確認した上でね。あの練習風景も、後で見たら面白かっただろうから、動画撮っとけばよかったね〜」

「たしかにね〜」

マリアとヨッシーの夫婦が、見つめ合って笑う。

「くそっ、お前ら、馬鹿にしやがって……」

俺は悔しがりながら、頭をかきむしった。一方、ヨッシーは楽しげに語る。

「でも、この一ヶ月、色々と大変だったけど楽しかったよ。まあ、一番大変だったのはマリアだけどね。俺が病院にいる間も、タケシと会ったり電話したり、仕掛け人として動いてくれてたわけだから——。で、俺は家に帰ってから、マリアがタケシと会ってどんな話をしたか報告を受けてたんだけど、懐かしい話が出たって聞くたびに、後でその思い出をじっくり回想してたんだ。自分の部屋で一人、梅酒を飲みながらさ……」

と、そこまで言ったところで、ヨッシーが「あっ」と声を漏らし、恐る恐るマリアを見た。マリアは、さっきまでの笑顔を消し、ヨッシーを睨みつけた。

「えっ、ちょっと待って。梅酒飲んでたの？」

「ああ……ごめん」ヨッシーはしゅんとうなだれた。

「最悪なんだけど。血糖値がやばかったから、当分の間やめるって約束したよね？」

「うん……本当にごめんなさい」

「この人お酒弱いのに、お義母さんの影響で、梅酒だけは大好きなの」

マリアが俺に説明した。そういえばヨッシーの母親は梅酒が好きだった。――ちなみに俺は、刑務所に入ったのを機に酒も煙草もやめている。一度強制的に絶たれたことで、あんなものは金がかかるだけだと気付いたし、スーさんに出所祝いの酒盛りに誘われても断ったぐらいだ。

マリアはまた、怒った顔でヨッシーに向き直った。

「まったくもう。私は、ダーリンの体が心配だから言ってるんだよ……」

と、そこで今度はマリアが「あっ」と呻いた。そして、ちらりと俺を見た後、目をそらした。

「普段、ダーリンって呼んでるのか……」

俺が指摘した。さすがにここまではっきり言われると、聞き逃したふりもできない。

「いつもじゃないよ、時々だよ……」

マリアはうつむいて頰を赤くした。一方、ヨッシーが話題を戻す。

「ごめんごめん、ちょっと話がそれちゃったね……。とにかく今回、タケシをいわばドッキリにかける形になっちゃって、悪いとは思ったけど、これを機に色々思い出すこととか、あと今になって初めて知ったこととかもあって面白かったよ。そういえば、ポケモンのビデオを見て倒れて入院した俺に、タケシが入院費をタダにしてやるからビデオのことは人に言うなって裏取引を持ちかけてきた時の会話を、マリアに聞かれちゃってたのは初めて知ったな。夫婦なのにあの話は一度もしたことがなかったんだ。タケシもヘコんでたって聞いたけど、俺も今回初めてマリアに聞かされて、恥ずかしくなっちゃったよ」

ヨッシーは、なんだかうれしそうに語り続けた。

「それと、カラオケの時、タケシは熱く語ってたよな。『昔から、いじめも子供の貧困も、教員の長時間労働もあった。今さら社会問題になってるけど、まずは昔放置してきた人に対してごめんなさいって謝らなきゃダメだ』みたいなことを、ツヨシや石田先生の名前も挙げてさ。俺はあれを聞いて、石田先生に卒業式の後ひどいことを言っちゃった記憶とかを回想して、つらい気持ちにもなったけど、同時に確信したんだ。やっぱりタケシは、根は優しい奴なんだって。俺にジュースやお菓子をおごってくれたり、CDウォークマンを聴かせてくれたり、勉強を教えてくれたりした。子供の頃のタケシのままだって。――そりゃ、金持ちのボンボンで鼻持ちならないところもあったけど、本当はタケシは、人の痛みが分かる奴だもんな」

だが、そこでマリアが、首を傾げながら言った。

「私は、昔から教育無償化とかやってればよかったんだって、お金持ちのボンボンの善人君が言ってたのに関しては、お前が言うなよって思ったけど……」

「まあまあ、そう言うなって」ヨッシーが妻をとりなす。「あの時タケシは、こういうことを言いたかったんじゃないかな。もし昔から、家の所得に関係なく、公正な競争が担保されてる世の中だったら、自分だって家が金持ちだから大丈夫だなんて油断せずに、勉強も音楽活動も、あの頃よりずっと頑張れたはずだって」

「……覚えてねえよ」

俺はごまかしたが、おおかたヨッシーの言った通りだった。

お坊ちゃま育ちの自分の弱さを自覚したのは、上京して一年ほど経ってからのことだった。千万単位の預金が入った通帳を持っていたので、最初はアルバイトもせず、家賃十万円台の部屋に住み、路上で弾き語りをしていればすぐスカウトされるんじゃないか、俺のギターテクをライブハウスで披露すればバンドを組みたいという奴が続出するんじゃないか、なんて甘い考えを持っていた。でも当然そんなことはなく、田舎の祭りで褒められたギターテクは東京では場末のライブハウスでも埋没するレベルで、貯金がどんどん減っていくことに気付いてやっとバイトを始め、安いアパートに引っ越し、メンバーを募集して地道にバンド活動をしていった。

だが全然芽は出ず、インディーズで活動するための資金として残しておいた百万円以上の貯金を仲間に持ち逃げされてとうとう金が尽き、ほどなくバンドも解散し、あげくに家賃も払えなくなって、貧乏暮らしですっかり痩せた身一つでホームレスに転落した。そこでホームレス同士の刺殺事件まで目撃してしまい、心が荒んでいき、とうとう盗みに手を染めるようになってしまった――なんて転落人生は、俺に最初から根性があれば回避できたんじゃないかと、後になって何度も思ったのだ。もちろんその頃には、俺の代わりにヨッシーが親父の後継ぎとして医者になったことも風の噂で聞いていたから、もう帰る場所もなくなっていた。

結局、なぜ俺に根性がなかったかといえば、親父は俺を後継ぎにしたがっているからいざとなったら金の力で進路はどうにでもなる、という甘えがあったからだ。たまたま金持ちの家に生まれた子は、親の庇護を受ければ何不自由なく生きていけて、たまたま貧乏な家に生まれた子は、幼い頃から絶えず苦労を強いられ、人並みに進学したければ人並み以上の努力をしろと言われる。もし俺の学生時代から、そんな格差がなく、金持ちの子でも苦労をしろと尻を叩かれる世の中だったら、俺だってもっと根性が備わっていたんじゃないか。それにヨッシーだって、医者になる夢は叶ったとはいえ、高校時代にあそこまで苦労はしなくて済んだんじゃないか――と俺は思ったのだ。もちろん、俺のそんな考え自体が、世間ではマリアが言った通り「お前が言うなよ」としか受け止められないことは分かっているが。

でも、金持ちのボンボンだった俺の言葉の真意を、貧しい家庭で苦労して育ったヨッシーが理解してくれていたというのは、なんとも皮肉だった。

ヨッシーは、俺をまっすぐ見つめながら言った。

「とにかく俺は、前科はついても本当は優しいままのタケシと、タケシを勘当したことを後悔してる院長が、会えないまま永遠に別れてしまうなんて、どうしても耐えられなかったんだ」

「今さら会えたからって、しょうがねえよ……」

俺は、ヨッシーのまっすぐな視線に耐えきれず、目をそらして言い捨てた。

「俺なんて、音楽をあきらめて、金欲しさに空き巣をやってるうちに二回もパクられた、野垂れ死にがふさわしい人間のクズだろ」

「タケシ……野垂れ死にがふさわしい人間のクズなんて、本当にいるのかな？」

ヨッシーは、目を潤ませ、太った頰を紅潮させながら語った。

「患者さんの中にも時々、自暴自棄になって、そんなふうに言う人がいるんだよ。自分は生きてる価値なんてない、早く死にたい、なんて言う人が。でも、本人がそう思っても、誰かにとってはかけがえのない人なんだよ。この世の中の全員が、たとえ本人が意図してなくても、きっとどこかで誰かに大切に思われてるもんなんだよ――。タケシがまさにそうだろ。自分では、野垂れ死にがふさわしいクズだなんて言ってるけど、俺は断じてそうは思わない。タケシは大事な親友だし、タケシと毎日のように遊んだあの日々は、俺の人生にとってかけがえのない宝物なんだよ。タケシにはこれから再起してほしいって、心から思ってるんだ。空き巣の被害者への賠償も、できる限りこっちでやるつもりだ。実は弁護士さんとも、すでにその方向で話してある。だからそのスタートとして、親父さんとの対面を……」

「余計なお節介なんだよ！」

俺は、ヨッシーの優しすぎる言葉に耐えきれず、声を荒らげた。

「言っとくけど俺は、親父を許そうなんて思わないからな！」

悲しい顔になったヨッシーとマリアを睨みつけながら、俺は一気にまくし立てた。

「ああ、分かってるよ。犯罪者のくせに人を許すとか許さないとか言えた立場かよって思ってんだろ？　でも、俺がこんな人間になったのも全部こいつのせいなんだよ。ああ、分かってる分かってる。いい大人が自分の駄目さを人のせいにするなって思ってんだろ？　でも、九九でつっかえるたびにビンタされて、都道府県と県庁所在地を間違えるたびにビンタされて、お袋も暴力振るわれて、しまいにお袋は俺を捨てて出て行って、中学も高校も親父の母校を受けさせられて、落ちたら説教されてまたビンタされて、こっちも力がついてからはしょっちゅう殴り合いになって……そんな家で育った苦しみがお前らに分かるかよ。金があれば幸せだと思ったら大間違いだよ。うちはいくら金持ちでも、心の中はずっと貧乏だったんだよ！」

言い終わったところで、自分が涙を流していることに気付いた。酒の勢いを借りてスーさんに言ったことはあったが、素面《しらふ》でここまで思いを吐き出したのは初めてだった。

するとヨッシーは、しみじみと言った。

「誰からも大事に思われない悪い人間なんていない。それと同じで、誰からも憎まれない完璧な人間っていうのも、やっぱりいないのかな。——院長は、俺にとっては紛れもなく恩人だよ。それに患者さんにとっても、あんなに優秀で信頼できる医者はいなかったと思う。でも、タケシにとっては悪い父親だったんだもんな。誰から見ても聖人君子のような人間でいることも、無理なのかもしれないな」

「ふん、知ったような口きくなよ。こいつは家ではずっと……」

と、俺がまだ言い返そうとしながら、親父が横たわるベッドに目をやった時だった。

親父は、いつの間にか目を開けていた。

「えっ……」

その視線に、ヨッシーもマリアも気がついた。

「あっ……院長！」

ヨッシーは、すかさず俺の手を引いた。

「今、善人君が来てくれてるんです！」

「おい、やめろって……」

俺は抵抗したが、ヨッシーの力は強かった。体重差は昔とすっかり逆転しているから、振りほどこうにもびくともせず、ベッドのすぐそばまで連れてこられてしまった。

痩せこけてほとんど骨と皮だけになった親父と、じっと見つめ合う。親父は俺のことが見えているのだろうか。ぼおっとこちらを見つめている。俺は親父を睨みつける。でも、ちゃんと睨めているかどうか分からない。

すると、親父の口から、か細い声が聞こえた。

「ごめんなあ……」

驚いた。親父が俺にこんなことを言うなんて――。でも、すぐに疑った。いやいや、そんなはずはない。ただの聞き間違いかもしれないし、親父は俺のことがちゃんと見えていないのかもしれないし、見えていたとしても、今の俺は昔とは似ても似つかないほど痩せているのだ。俺を別人と勘違いしているのかもしれない。

でも親父は、再び俺の目を見つめて、さっきよりもはっきりと言った。

「善人……ごめんなあ」

親父の顔が一瞬でぐにゃりと歪んだ。慌てて目元を拭って、鼻をすすった。――今さら謝ったからって何だ。俺をさんざん苦しめて、俺から母親を奪って、俺を勉強嫌いにさせて、全部お前のせいなんだぞ。俺が今こんな人間になった原因はお前だ、お前のせいで俺は苦しんでるんだ……と、心の中には親父を罵る言葉があふれてきた。

なのに、口をついて出てきたのは、全然違う言葉だった。

「謝らなきゃいけないのは、俺の方だよ。親父、ごめん……」

すると親父は、またか細い声で言った。

「ごめんなあ……」

「俺の方こそごめん……本当にごめん……」

俺は、親父の骨と皮だけになった右手を両手でがっちり握り、また心にもない言葉を口にした。――そうだ、この言葉は全部嘘なんだ。俺はいつも親父の前で、こうやって嘘をつき続けてきたんだ。本当は勉強する気もないのに、小遣いをせびるために、あるいは暴力から逃れるために、勉強すると何度嘘をついたことか。だからこれも嘘なんだ。俺は親父に謝る必要なんてないんだ。悪くなんてないんだ。いや、そりゃ前科二犯なんだから悪いことは悪いけど、俺がこうなったのは全部親父のせいなんだ。

「善人、ごめんなあ……ごめん……ごめんなあ」

親父は、今にも消え入りそうな声で何度も言った。わずかに残った力で、俺の手を握り返していた。

「ごめん……親父……ごめん……」

俺は、ぐにゃぐにゃに歪んだ親父の顔に向かって言った。――これは本心じゃないぞ。ヨッシーやマリアがいる手前、空気を読んで謝ってるだけだ。こいつらが手間暇かけて俺をここに連れてくるなんて馬鹿なことをしやがったせいで、こんな芝居をしなきゃいけなくなったんだ。涙がぼろぼろ出てきて鼻水まで出てるのだって、そのせいで言葉が途切れ途切れになってるのだって、感極まって思わず親父の手を握ったのだって、全部芝居だからな。許してなんかいないんだ。俺はお前を許してなんかいないんだ。

「ごめんなあ……善人……ごめんなあ」

「親父……俺、ちゃんと更生するから……今度こそ、やり直すから……」

俺は、親父の右手を両手で握り、額に当てて、誓うように言った。——どうだ、名演技だろ。何十年もずっと恨みっぱなしだった親父を、こんな一瞬で許せるはずがないんだからな。骨と皮だけになった哀れな姿で、弱々しい声で、昔じゃ考えられなかった謝罪の言葉をかけられたからって、積年の恨みが嘘のように消え去って、途端に涙があふれてきて、許そう、何もかも許そう、幼い頃からの親父の非人間的な振る舞いも、そのせいでろくな育ち方をしなかった俺自身の愚かな振る舞いも、すべて許そうっていう気持ちになって、同時に、もっと早くこうしておけばよかった、こんな状況になる前に謝っていればよかった、でも間に合ってよかった、最後に謝れてよかった、ヨッシーとマリアのおかげだ、本当にありがとう……なんてことは、これっぽっちも思ってないんだからな。なんでこれっぽっちも思ってないことが心にどんどん溢れてくるのかは分からないけど、とにかく嘘だからな。全部嘘なんだからな。

「あなたまで、そんなに泣いてどうするの」

後ろからマリアの声が聞こえた。俺のことを言っているのかと思ったけど、振り返ると、ヨッシーがこっちを見ながら「ううっ、えぐっ」と嗚咽を漏らし、滝のような涙と鼻水を流していた。そんなヨッシーを見て笑うマリアの目からも、大粒の涙が流れていた。その二人を見て、また俺の目にどうしようもなく涙があふれてきた。

その時だった。ピピピッと電子音が鳴った。

ベッドを振り向くと、親父はもう目を閉じていた。ただ、その顔には微笑みが浮かんでいた。

「親父……親父！」

俺は思わず、親父の肩を揺すって叫んだ。ほどなく病室のドアが開き、医師や看護師たちが次々と入ってきた。その中には、俺をこの病室まで担いできた、大柄な男二人の姿もあった。

「……いよいよだな」

五十代ぐらいの医師が言った。ヨッシーが涙を拭きながら「はい」とうなずく。

「いよいよって……」

俺が、涙と鼻水を拭いながらつぶやくと、マリアが小声で答えた。

「本当にギリギリだったんだよ。土日が山かもって言われてたんだから。――本当は土日に来てもらいたかったんだけど、土日は公園に人が多くなるから目撃されるかもって、善人君に気付かれちゃって、だったら月曜日が一番いいって私がとっさに言って、それで今日来てもらったの」

そういえば、マリアとの最後の電話で、そんなやりとりをしたことを思い出した。マリアは鼻をすすると、真っ赤な目を俺に向けて微笑んだ。

「とにかく、どうにか間に合ってよかった」

「そんなに……」

死期が迫っていたのか、という言葉は、涙で詰まって出てこなかった。

改めて親父を見つめた。――つまりあんたは、本当に最後の最後、ギリギリの力を振り絞って、俺に謝ったのか。

「院長、ありがとうございました」

「お世話になりました」

医師や看護師が声をかけていく。涙ぐんでいる人が何人もいる。親父が職場でいかに慕われていたかが分かった。その様子を見て、俺の涙と鼻水もまた流れ出てきた。

「親父……」

俺はそうつぶやいただけで、言葉を切った。そこからは、だんだん呼吸が浅くなっていく親父を見ながら、心の中で語りかけた。

親父、ごめんな。でも、ヨッシーがいたからよかっただろ。少なくとも親父の医療技術とかは、たぶんヨッシーに受け継がせることができたんだよな。こいつ、マジででき た奴なんだよ。俺の親友なんだぜ。いいだろ。まあ久々に会ったらぶくぶくに太ってやがったけどな。昔の俺より太ってやんの。

やっぱり、俺は本当は悪いなんて思ってないからな。悪いのは親父の方だからな。だって、あんたが俺にしてきたことは明らかな虐待だからな。それはマジで、言い訳できないぐらい、完全にアウトだったからな。まあ、あんたも今になってそれを自覚して、俺に謝ったんだろうけど――。とにかく、さっき俺が発した謝罪の言葉は、全部芝居だからな。

でも、これは芝居じゃない。心の中で語りかけてるこの言葉は、全部本気だ。ていうか……ごめん、訂正。さっき口から発した言葉も、たぶん芝居じゃない。

親父、最後に誓わせてくれ。俺、ちゃんと更生するからな。あんたのように医者になることはできなかったけど、もう犯罪には走らずに、どんな仕事でも地道にやって生きていくからな。あんたのために、ヨッシーのために、そしてマリアのために、必ず更生するからな。

じゃ、地獄で会おうな。……いや、あんたも俺も、一時期は悪かったけど反省したんだから、地獄じゃなかったらいいな。まあ、これで天国に行けちゃうと、ヨッシーみたいなマジでいい奴と比べて不公平になっちゃうから、天国と地獄の中間ぐらいの所がいいな。血の池地獄だけど四十度ぐらいの適温とか、針山地獄だけど針の先が丸まってて適度にツボが刺激されるとか。

とにかく、色々あったけど、安心して逝ってくれよ。

最後の最後に、あんたに会えてよかったよ。

——俺が心の中で、そこまで語りかけた直後だった。

もう一度「ピピピッ」と音が鳴った。さっき入ってきた五十代ぐらいの医師とヨッシーが、医療機器のモニターをしばらく確認した後、親父の脈をとり、胸に聴診器を当てた。その後、医師が白衣のポケットからライトを取り出してヨッシーに渡した。ヨッシーは、親父のまぶたを開き、ライトで照らした。

そして、ヨッシーはみんなの方に向き直って、丸々太った顔を真っ赤にして、鼻をすすってから言った。

「ご臨終です」

みんなうつむいて、何人もがすすり泣いていた。

その時、ヨッシーが俺を見つめてきた。

おい、今こっちを見るなよ、こんなタイミングで見られたら俺……ほら、もう。

また俺の視界がぐにゃっと歪んで、頬を何滴ものしずくが流れ落ちていった。

2019年8月17日

作業服姿で、俺は駅まで歩く。法にのっとった目的で作業服を着るのはずいぶん久しぶりだ。

それにしても朝から暑い。電車に乗れば冷房が効いているだろうけど、現場に着いた時点で汗だくになっていてはいけないから、タオルで汗を拭きながら歩いた。

と、もうすぐ駅というところで、新品のスマホに電話がかかってきた。

画面を見ると、ヨッシーからだった。俺は電話に出た。

「もしもし」

「おおタケシ。清掃の仕事、今日が初出勤だったよな」

「ああ、そうだよ」

「頑張れよ」

「ヨッシーに言われなくても頑張るよ」俺は苦笑した。「ていうか、そっちだって忙しいんだろ。いいよ、いちいち電話してこないで」

「じゃあ、最後に一言だけ言わせてくれ」

ヨッシーは、真剣な声で言った。

「いいかタケシ、もしまた空き巣なんてやったら……」

やらねえよ、と返そうとしたけど、その前にヨッシーは言った。

「俺が身元引受人になってやる。だから、仕事が嫌になったらすぐ辞めていいし、また悪い癖が出て捕まったら、全部俺が面倒見てやるからな。いくらでも俺に甘えてくれていいんだからな。もしどうしても再犯したくなっちゃったら……」

「はあ？　二度とやるもんか、バ〜カ！」

俺が言い返すと、ふふふ、とヨッシーが笑った。――ここまで照れ臭いことを言われれば、俺が絶対に再犯できなくなるだろうと計算した上で、ヨッシーがさっきの言葉をかけてきたのだということぐらい、俺には分かっていた。

「じゃあ、また時間ができたら会おうな」ヨッシーが言った。

「うん、ありがとう。じゃあまた」

電話を切った。

今度はいつ会えるかな、会ったら何をしようかな、何か面白い物でも持って行ってやろうかな。そうだ、今さら懐かしのゲームボーイとかCDウォークマンでも持って行ってやったら、ヨッシー驚くかな……。

小学生の頃のようにわくわくしている自分に気付いて、少し恥ずかしくなった。にやけた顔を引き締めて、俺はまた駅へと歩き出した。

本書は小社より二〇二〇年に刊行された『あなたに会えて困った』に加筆・修正を加えたものです。

双葉文庫

ふ-31-04

逆転泥棒《ぎやくてんどろぼう》

2023年10月11日　第1刷発行

【著者】

藤崎翔《ふじさきしよう》

【発行者】

箕浦克史

【発行所】

株式会社双葉社

〒162-8540 東京都新宿区東五軒町3番28号

［電話］03-5261-4818（営業部）　03-5261-4831（編集部）

www.futabasha.co.jp（双葉社の書籍・コミックが買えます）

【印刷所】

大日本印刷株式会社

【製本所】

大日本印刷株式会社

【カバー印刷】

株式会社久栄社

【DTP】

株式会社ビーワークス

【フォーマット・デザイン】

日下潤一

ISBN978-4-575-52697-4 C0193
Printed in Japan

JASRAC 出 2306272-301